UN PALACE EN ENFER

Au pays de Rosie Maldonne

Alice Quinn

UN PALACE EN ENFER

Au pays de Rosie Maldonne

Michel LAFON

118, avenue Achille-Peretti – CS 70024
92521 Neuilly-sur-Seine Cedex
www.michel-lafon.com

À mes formidables enfants.

Le bonheur,
c'est un plat de frites supplémentaire.

Charles Monroe Schulz, *Snoopy*

Lundi

Mon doux foyer à moi

– 1 –

Mon nom, c'est Rose. Rosie Maldonne. 95 65 90. Ce n'est pas mon numéro de portable. Non. Ce sont mes mensurations. Il paraît que je suis canon. Je ne peux pas vous dire, je n'ai pas de miroir en pied.

C'est complètement bidon de s'appeler Rose. C'est la seule chose que m'a laissée ma mère. C'est pour ça que j'ai horreur qu'on m'appelle Rose. J'estime qu'il n'y a qu'elle qui en avait le droit. Alors je me fais appeler Cricri. C'est encore plus naze, et ça n'a vraiment rien à voir, je sais. Mais au moins ça ne me fait pas chialer. Parce que ma mère, elle est morte quand j'avais seize ans. Depuis elle me manque tous les jours.

Faut dire qu'on était comme cul et chemise toutes les deux. Elle m'a tout appris : comment rédiger une demande de RSA – enfin, avant on disait RMI – ; comment pourrir les employés du Pôle emploi – enfin, avant on disait ASSEDIC – quand les papiers traînent trop ; comment foutre dehors un bonhomme qui vous pique vos sous et qui baise à côté ; comment s'épiler au sucre chauffé et se teindre les cheveux au henné ; comment paraître à son avantage avec ces soutiens-gorge à balconnets, si possible rouges.

Ce jour-là, j'avais décidé d'appeler Mimi – Mimi, c'est pour Émilie – pour lui emprunter de l'argent, vu qu'on n'avait plus rien à bouffer, moi et les gosses. Mimi, c'est une amie. Elle est riche, puisqu'elle a un travail à plein temps, ce qui n'est pas mon cas. Il n'y a qu'à elle que je peux demander ce genre de choses.

Ça a sonné un moment et elle a fini par décrocher. Mais dès que j'ai commencé ma phrase, elle m'a coupée. Soi-disant que je ne savais pas gérer mon budget. Et surtout que je ne lui avais toujours pas rendu ce que je lui devais.

– Mais Mimi, puisque je te dis que ça n'a aucun rapport ! La dernière fois, c'était parce que je n'avais pas fait gaffe en faisant mes courses au supermarché, j'avais acheté plein de conneries pour la maison, mais cette fois, c'est simplement à cause de la rentrée, le week-end et tout ça, et en plus, ils sont en retard pour le airèmi, c'est une affaire de quelques jours, c'est tout... Oh, allez, Mimi, te fais pas prier !... *Oui, ma puce, j'ai vu, tu as fini ton caca ! Oh ! Il est beau, ma quiquine !...* Non, Mimi, ce n'est pas à toi que je parle, c'est à Emma, elle était sur le pot... Non, ce n'est pas débile, il faut bien que je la félicite pour quelque chose de temps en temps, non ?... *Attends, non, attends, ma puce, non, ce n'est pas de la peinture, Emma !...* Elle a décidé de repeindre la banquette avec... Oui, je sais, ça ne t'intéresse pas vraiment, t'as horreur des gosses... Bon, alors, ce fric, tu peux me le passer ou pas ? *EMMA !!! STOP ! NON ! NON ! EMMA, TU M'ÉCOUTES ?...* Ouais, excuse, ah, tu ne peux vraiment pas... Bon, je dois y aller, là, je te rappelle, OK ?

J'ai raccroché et j'ai hurlé :

– C'te peau d'vache, c'te bourge, c'te conne !

– Maman, t'as dit un gros mot, s'est offusquée Sabrina, ma grande, toujours très à cheval sur le protocole côté expression orale.

Je l'ai superbement ignorée pour continuer à me concentrer sur ma colère :

– Je sais bien qu'elle a au moins six cents euros sur un compte épargne logement, et elle dit qu'elle n'a pas d'argent à me prêter ! Emma, arrête ! Bon allez, viens par là, et arrête de tartiner ça sur le chat ! Pas sur ta figure non plus. Allez, file dans la douche.

Émilie, elle claque tout son argent en sapes, elle est célibataire. Ce qui est cool, c'est qu'elle me file ses vêtements quand elle se lasse, et c'est souvent... C'est pour ça que vous me verrez tout le temps super fringuée, et du coup je trompe mon monde. Je vois bien quand je vais voir l'assistante sociale, elle bave sur mes frusques. Minijupes en cuir rouge, corsets en satin orange, talons compensés rose fluo. Elle en crève de jalousie. Chaque fois, elle manque d'en avaler son dentier... En général, ça n'arrange pas mes affaires...

J'ai laissé Sabrina, ma grande, devant un cahier de coloriage, pour flanquer les jumelles – elles sont pas jumelles mais je les appelle les jumelles parce qu'elles ont le même âge – sous la douche. C'est là que j'ai vu que je n'avais plus d'eau chaude. Sûrement un truc qui avait pété dans l'installation électrique.

Pour couronner le tout, Pastis – c'est mon chat – protestait parce que je lui avais donné comme seule ration un fond de lait tourné avec trois croûtes de pain.

Voilà. Pas de surprise. La routine. Parce que, en général je n'ai pas de bol. À croire que mon nom de famille est prédestiné. Maldonne. C'est le nom de mon père. Il a épousé ma mère quand elle s'est retrouvée enceinte. Un mois avant qu'elle accouche, il l'a plaquée.

Il s'est barré au Canada, paraît-il. De toute façon, je m'en tape, je ne l'ai jamais connu.

Maldonne. C'est une expression qu'on emploie quand on joue aux cartes. Si quelqu'un a mal distribué les cartes, on dit qu'il y a maldonne. C'est exactement ce qui s'est passé pour moi. Tout a été mal distribué au départ dans ma vie.

Si mon nom avait été Madonne, par exemple, ça aurait été différent. Je serais peut-être devenue une star de la pop music, comme l'autre ?! Qui sait ? Pour l'instant, je pourrais m'appeler Rosie Malchance, ça reviendrait au même.

Par exemple : je n'ai jamais rien *trouvé*. J'ai rencontré des tas de gens qui m'ont raconté dans le détail ce qu'ils avaient trouvé : la femme de leur vie, le prince charmant, le canapé dont ils rêvaient, un carton plein de boustifaille quand ils étaient SDF, ou même l'adresse exacte de la Sécurité sociale... Mais moi, non. Je n'ai jamais compris pourquoi. Le destin ? Le hasard ? Y a-t-il seulement une raison ? Et si je la cherche, vais-je la trouver ? Nous y revoilà ! J'en doute.

Pourtant, j'aime qu'il y ait des raisons à tout, mais là, comme ailleurs, je n'en trouve jamais. Et ce n'est pas faute de chercher ! Je passe ma vie à le faire, avec toujours le même résultat.

RIEN.

D'ailleurs, une autre de mes particularités, c'est de ne jamais *gagner* non plus.

On peut parier ce qu'on veut avec moi, je perds toujours...

Et pourtant...

La vie réserve bien des surprises, non ?

Moi qui ne désespère jamais de rien, le destin allait me donner raison.

Car cette fois-là, j'allais faire les deux d'un coup : trouver ET gagner !

Indécrottable, j'allais même croire, au début, que ma chance avait tourné. Comme dans ces histoires de roue de la fortune. Un coup en haut, un coup en bas.

Bien entendu, j'aurais dû me méfier…

– 2 –

Cette nuit-là, allongée, j'avais entendu cette phrase de ma mère : « Faut s'en sortir, faut pas stagner, faut bouger ! »

Je ne savais même pas si je rêvais ou pas ! Je me suis tournée et retournée dans mes draps. Et je suis censée me reposer la nuit !

Bien sûr, ensuite, au petit matin, impossible de me réveiller. Et j'avais quelques paroles d'une chanson qui traînaient dans ma tête : *On veut mhmh… on peut pas pas pas / mhmh… se réveiller, pas pas pas / Y'a que pas pouvoir qu'on peut !!!*

Impossible de mettre un nom sur le chanteur. Mais ce qui était sûr, c'est que ma mère adorait cette chanson ! Elle la chantait souvent, de son vivant, et là encore, j'avais l'impression que c'était elle qui chantait, ça me berçait.

C'est comme ça que je sais que ma mère, elle est toujours avec moi. Elle m'envoie des chansons. C'est notre manière de communiquer. En général, le message est limpide, je décode tout de suite. Mais ce n'est pas toujours le cas.

Depuis que je me suis retrouvée enceinte la première fois, vers dix-neuf ans, je me débrouille comme je peux.

Je commence à me faire vieille. Vingt-quatre ans. Enfin presque vingt-cinq. J'ai trois gamins qui ne demandent qu'à pousser. Deux sortis de mon ventre. Le troisième m'a été échu par les circonstances de la vie. Je ne parle pas de ceux qui se retrouvent parfois sous mon toit pour des temps indéterminés…

Les gosses faisaient un raffut pas possible. Je résistais, de toutes mes forces, tête sous l'oreiller. Je rêvais que j'étais déjà levée, pour ne pas avoir à le faire.

Finalement, quand ils ont hurlé en sautant sur moi, j'ai bien été obligée de reconnaître que je ne dormais plus.

La vérité, c'est que je n'avais pas envie d'affronter la journée qui m'attendait. Parce que je savais qu'il n'y avait plus rien à manger dans la maison. Ça fait mélo de dire ça au XXIe siècle en France, mais c'était la stricte vérité.

Et pour ce qui est de la *maison*, c'est une façon de parler. En fait, on n'habite pas tout à fait une *maison*, mais une caravane. Modèle Caravelair 1985. Elle est posée à côté de l'ancienne gare désaffectée, au milieu d'un terrain vague tout ce qu'il y a de joli. Il est rempli de coquelicots l'été, de pâquerettes au printemps, et de bleuets des fois. Le reste du temps, c'est de la gadoue. J'ai posé des planches tout le long pour pouvoir accéder à mon domicile sans me crotter. Les enfants adorent cet endroit.

Comme, malgré ma malchance chronique, je suis une optimiste, j'ai quand même ouvert le placard, pleine d'espoir. Immédiatement déçue. Il n'y avait plus que quelques croûtons.

La chanson se déroulait toujours dans ma tête : *Mhmh mhmh… on peut pas pas pas / mhmh… pas pas pas / mhmh…*

on peut pas pas pas / Non, y'a que pas pouvoir qu'on peut / Heu, heu !

Je ne pouvais pas m'empêcher de penser que la dernière journée des grandes vacances avait déjà très mal commencé. Cette année, ils avaient mis la rentrée le mardi 4 septembre. On se demande pourquoi mardi, puisque le mercredi, les enfants n'ont pas école !

J'aurais bien voulu qu'on ait des croissants pour le petit déjeuner, avec les gosses, mais bon… J'ai fait griller les croûtons, on a fini le fond du pot de confiture, et les mioches étaient contents. Ils n'y ont vu que du feu, mais moi, j'en avais gros sur la patate.

En réalité, c'est moi qui avais envie d'un croissant chaud avec un bon café.

Ça faisait deux mois que quand les allocs arrivaient, il ne me restait plus assez pour acheter du café. Et moi, sans café, je suis à prendre avec des pincettes ! Sans mon carburant principal, je fais des crises de tachycardie.

Des crises d'angoisse, quoi. Et ce bourricot d'Ahmed, l'épicier, qui ne veut plus me faire crédit parce que mon ardoise est trop grosse.

Les autres épiceries du coin, n'en parlons même pas, c'est des Français, vous pouvez toujours courir avant qu'ils vous fassent confiance ! La liste de tout ce qu'on ne pouvait pas faire trottait dans ma tête : gagner, dormir, rêver, dépenser, être heureux… *on peut pas pas pas / Y'a que pas pouvoir qu'on peut…*

Bon, à part la tune, pour le reste, tout allait plutôt bien. S'il n'y avait pas eu cette histoire de bouffe qui me tracassait, je me serais levée du bon pied, avec entrain.

J'ai décidé de prolonger mon week-end et de ne pas emmener les petits à la crèche. Quand ça va mal, j'essaie toujours de profiter de ma grasse matinée, parce que je sais qu'après je vais les avoir toute la journée, et il va falloir que j'assure. Trois mômes en bas âge, ce n'est pas toujours évident, même si les miennes, elles sont plutôt marrantes.

Ce n'est pas pour dire, mais là, c'est le seul aspect de la vie où j'ai de la chance. La fameuse règle de l'exception ! Quand je vois les morpions que se tapent les autres, les demeurées qui viennent chercher leurs rejetons à l'école, plus imbuvables les uns que les autres !

Les miennes, à côté, elles sont vraiment géniales. Ça a l'air partial, ce que je dis, mais ce n'est que la vérité toute pure.

Et je ne parle pas de mon chat ! Si je croyais à la réincarnation, je dirais qu'il est celle d'Einstein ! Je n'insiste pas parce que je sais comme c'est gonflant quand les gens parlent de leur chat. C'est pire encore que ceux qui racontent leurs rêves. Ou peut-être pas. Il n'y a pas pire que ceux qui racontent leurs rêves.

Enfin, le but de la journée, c'était quand même de trouver du fric et, connaissant ma malchance chronique, je partais battue d'avance…

– 3 –

Mon premier espoir s'était déjà évanoui, avec ce coup de téléphone à Émilie. Elle aurait pu me passer au moins quinze euros ! Tu parles, Charles ! Tu peux toujours t'accrocher avec une radine pareille !

L'ennui, c'est qu'elle est la seule personne friquée que je connaisse. C'est sûr, elle n'est pas regardante sur les clients qu'elle se fait en fin de mois ! De temps en temps seulement. C'est pas mon cas. Depuis que ma grand-mère s'est rangée du trottoir, il y a un tabou sur la question dans la famille. Enfin, chez les *femmes* de la famille. On est pour la liberté sexuelle. La vraie.

Mais il faut dire aussi que Mimi, elle a un autre boulot. Déclaré. Serveuse au Sélect, comme moi, enfin sauf qu'elle, elle a un CDI à plein temps, et moi, c'est un black discontinu. J'y vais seulement quand je peux, et avec les trois gosses, ce n'est pas très souvent.

Le Sélect, c'est un café dans la Vieille Ville. Le patron, Toni, il m'a à la bonne, parce qu'il voudrait coucher avec moi. Je ne dis pas qu'il ne me plaît pas, pour un vieux – il a trente-quatre ans… En fait, je n'y ai jamais sérieusement réfléchi. Mon instinct me dit que si j'accepte, il ne voudra plus me prendre comme serveuse au black. Alors, là, ça ne m'arrangerait pas du tout. Ça me fait quand même quelques rentrées d'argent qui m'aident pour des tas de trucs. Surtout qu'il me laisse faire les horaires à ma convenance, c'est bien utile quand on a des mioches.

Et puis, au Sélect, parfois, le samedi soir, Toni fait venir un orchestre, et la dernière fois les musicos étaient sympas, ils m'ont laissée pousser ma gueulante. J'adore chanter. Chez moi c'est une seconde nature. Je chante du matin au soir. C'est peut-être pour ça que ma mère m'envoie des chansons, la nuit ?

Je me réveille avec ces paroles dans la tête qui me trottent ensuite toute la journée. Toujours des chansons qu'elle aimait. Ce qui explique le répertoire un peu vieillot. Des messages. À moi de décrypter. Des rébus. Des énigmes. Des puzzles à reconstituer. C'est rare que je ne trouve pas dans la journée qui suit ce que voulait me dire ma mère. Toutes les solutions à mes problèmes sont dans les chansons qu'elle m'envoie. Il suffit de pincer la bonne corde…

Comme d'hab, la seule solution, ce jour-là, pour moi, ça a été de me pointer au Sélect avec les trois mômes. Je les ai collées au fond du café avec des coloriages.

J'ai fait mes deux heures de boulot, moyennant quoi Toni a bien voulu me filer quinze balles. *On peut pas pas pas / Y'a que pas pouvoir qu'on peut…*

On est reparties toutes ragaillardies vers midi s'offrir des McDo.

C'est là qu'on est tombées sur ma copine Véro. Ma meilleure amie. En ce moment, elle ne bosse que les après-midi, elle fait le ménage dans une mutuelle, un truc comme ça.

Elle est sympa, Véro, mais c'est Madame Chagrin en personne. Je ne sais pas comment elle fait, cette fille-là, pour s'attirer le malheur comme ça, mais c'est systématique. Ou bien son proprio la fout dehors, ou bien son mec lui fout sur la gueule. Enfin, quand je dis son mec, je veux dire celui du moment, car elle n'a pas vraiment de mec. Moi non plus, je n'en ai pas, bien sûr, mais ce n'est pas pareil. Elle, elle passe son temps à pleurer qu'elle n'a pas de mec ! Moi, je m'en tape. Je n'en cherche pas, au contraire. C'est eux qui me cherchent un peu trop. Mon problème, à moi, c'est plutôt comment les larguer.

Bref, quand on est arrivées, mes filles se sont précipitées sur son gamin, Simon, et ils sont tous partis jouer sur les toboggans et tout ça. Véro faisait une tête de trois pieds de long, j'ai tout de suite vu que quelque chose n'allait pas. Elle n'a rien voulu me dire.

C'était bien la première fois qu'elle m'écoutait parler. Elle était un peu absente, mais elle écoutait quand même. Elle a fini par dire :

– Si t'as pas de fric, je peux t'en passer, j'ai touché un arriéré des APL. J'irai à la banque demain et je te les filerai quand on se verra devant le portail de Victor-Hugo.

L'école maternelle Victor-Hugo, située non loin de la place du même nom.

C'est à cette école que vont Sabrina, ma grande, en grande section, et Simon, son premier, chez les moyens.

Ils ont accepté de le prendre en moyenne section sur l'insistance de la psy, malgré son léger retard de langage. En fait, il n'aime pas parler, Simon. On ne sait pas s'il sait vraiment. Il bégaie un peu. Quelquefois, on comprend quelques bribes, et quelquefois, rien du tout. Et quand il en a vraiment marre, il ne l'ouvre carrément pas. Il n'y a que Sabrina, ma fille, qui le comprend tout le temps, même quand il ne dit rien. Alors elle nous traduit.

Véro, ma meilleure amie, avait donc l'air soucieuse ce jour-là, dans le jardin du McDo. Elle était avec Simon, mais il n'y avait pas son petit, Pierre, et ça a fini par m'étonner, parce que en ce moment elle ne le met pas à la crèche le matin, comme elle ne travaille que l'après-midi. Je lui ai demandé pourquoi il n'était pas là, et elle a éclaté en sanglots.

Ça m'a effrayée, et inquiétée, c'est vrai, quand vous demandez des nouvelles d'un mioche et que sa mère se met à chialer, ça vous fait tout de suite penser à la leucémie ou un truc comme ça, et en plus, Véro, elle est tellement jolie et fragile avec ses cheveux coupés tout court et ses grands yeux qu'on a toujours envie de la protéger, et moi, de la voir pleurer, ça m'a mise dans tous mes états.

– Mais qu'est-ce qu'il y a ? Oh ! Véro ! Arrête un peu ta fontaine, dis-moi ! Qu'est-ce qu'il a le petit ?

– Non, il n'a rien, tu sais, mais je suis tellement heureuse !

– Heureuse ? Comment ça, heureuse ?

Ça m'a coupé la chique, sa réponse ! C'est avec des événements comme ça qu'on réalise à quel point on a un vocabulaire limité !

Le mot « heureuse », par exemple, ce jour-là, je me suis rendu compte que c'était un mot qu'on n'utilisait jamais dans mon entourage. Comme bonheur, joie de vivre, tranquillité, félicité, paix, satisfaction, bien-être, sérénité, facilité, légèreté et même béatitude, tiens, et pourquoi pas ? Par contre, galère, malheur, pas de bol, misère, mauvais coup, marre, ras le bol, crevée, nulle, naze, pourriture, ça, ça y va ! C'est mon quotidien, même si je m'en sors plutôt bien grâce à mon système D…

Véro était *heureuse*… Aussi incroyable que cela paraisse, elle avait rencontré un homme qui était dingue d'elle. Il était instit en Haute-Savoie, mais il en avait eu marre de la neige alors il était venu ici, dans le Midi, et il ne bossait plus comme instit, mais il l'avait rencontrée, elle, Véro, et il était tombé fou amoureux. Elle lui avait avoué la vérité, qu'elle avait deux gosses et que son con d'ex, Michel, ne voulait pas divorcer et qu'il lui avait découpé le tissu de son canapé en fines lamelles de deux centimètres et tout et tout, eh bien cet Alexandre –, parce que en plus il s'appelait Alexandre –, il était complètement à la masse d'elle et aussi des enfants, et aujourd'hui par exemple, il avait emmené Pierre avec lui, faire une balade à vélo.

– Et tu vois, même les engueulades avec Michel, maintenant, ça me fait ni chaud ni froid. Je plane. Je vis sur un nuage rose.

– Pourquoi ? T'as revu Michel, ce salopard ? Il est revenu ? Qu'est-ce qu'il voulait ? Vous vous êtes engueulés ?

Mais elle n'a répondu à aucune de mes questions. Elle a fait un geste négligent de la main. Comme pour les balayer paresseusement.

Sur ce, souriante, elle s'est levée, m'a embrassée sur les deux joues, et s'est éloignée en tenant Simon par la main. Et pas un seul dernier petit regard de mon côté ! Dingue ! Hallucinant !

Je suis rentrée toute rêveuse à la maison, ce n'est pas tous les jours qu'on rencontre le Bonheur en Marche, et j'étais particulièrement de bonne humeur avec les gosses, ce qui fait que quand ils se sont mis à me déménager tout ce qui était bougeable dans la Caravelair, sous prétexte de se construire une maison au beau milieu du salon, je n'ai pas eu le cœur de les en empêcher. *On peut pas pas pas / Y'a que pas / Pas pas pas pas pas pas pas…*

Tout ça m'a fait triple boulot le soir, après les avoir mises au lit, toutes les trois dans leur petite cabine, pour pouvoir descendre ma banquette.

Pastis avait eu la bonne idée de se planquer en haut d'un placard pendant tout ce ramdam, et dès que les gosses ont été couchées, il s'est frotté contre mes mollets avec insistance. Autrement dit, *qu'est-ce que t'as à bouffer ? T'as pensé à moi ?* Je lui ai donné la moitié de mon hamburger de midi que j'avais gardé pour lui, mais il n'en a pas voulu – quand je vous disais que c'est un chat exceptionnel ! Il sait reconnaître la merde, même emballée dans du papier de soie. Boudeur, il a voulu sortir.

À mon avis, il avait dans l'idée de se faire une souris. Je lui ai ouvert la porte à contrecœur. C'est le seul mec de la famille, j'aime mieux quand il est avec nous, la nuit.

Quand même, heureusement que le père d'Emma m'a un jour offert cette caravane ! Je sais qu'il me l'a donnée parce qu'il ne pouvait plus rien en faire vu son état, mais ça m'a bien rendu service juste au moment où j'étais expulsée.

Parce que je ne risquais pas d'aller dans leurs foyers à la con pour les mères seules avec leurs gosses ! Plutôt crever !

Il faut savoir être reconnaissant de ce que la vie vous offre.

Merci, Caravelair, mon doux foyer à moi…

Mardi

Un petit flic trognon

– 4 –

Mardi de la rentrée des classes.

Réveil avec l'air de *Love Me, Please Love Me…*

Du coup, j'ai retrouvé le nom du chanteur d'hier : Polnareff. Un vieux que ma mère adorait.

D'abord je n'avais que l'air, mais sur le chemin les paroles me sont revenues, pour ne plus me quitter de la journée.

Je ne voyais pas bien quel message ma mère voulait me faire passer avec cette chanson. Sauf que bien sûr, comme tout un chacun qui vit seul, je me sens peut-être en mal d'amour ? Il faudra que ma mère s'explique un peu mieux ! *Love me, Please love me / Je suis fou de vous…*

Je n'ai pas vu Véro.

D'habitude, je la vois en emmenant Sabrina à l'école, mais comme j'étais à la bourre… C'est toujours comme ça quand il y a école.

Courir avec la poussette double, d'abord à la maternelle, puis à la crèche. Le marathon pour les habiller tous les trois.

Lisa qui a vomi sur son pull à la dernière minute. Enfin je cours, je cours, et je ne calcule personne. J'aurais bien voulu la rencontrer, pourtant, Véro ! Elle m'avait promis de me filer des ronds.

En voyant Simon dans la cour, j'ai compris qu'elle était déjà passée et repartie. Pas grave. Je me suis dit qu'elle me donnerait l'argent tout à l'heure, à la sortie, en venant rechercher le gosse. Je débarquerai tôt ce soir pour être sûre de ne pas la rater.

Je suis rentrée. J'ai récuré la Caravelair de fond en comble, et je suis allée à l'EDF.

J'ai traîné un long moment mes fesses sur un siège en plastique, deux heures en tout, pour tenter d'entr'apercevoir un pote, Benjamin, qui bosse là-bas.

Il m'avait prêté à l'époque son matériel de pro pour que je m'installe en toute clandestinité un branchage spécial sur un fil à côté de la caravane.

J'aurais bien voulu qu'il me refile le matos maintenant pour jeter un coup d'œil sur mon eau chaude qui ne marchait plus.

Quand j'ai compris que c'était pas mon jour pour ce genre de plan, j'ai filé chez Toni bosser deux heures, ce qui m'a permis ensuite d'acheter un petit cartable transparent pour Emma. Jusqu'à présent, elle mettait son goûter dans la poche. Quand j'ai regardé ma Swatch, j'ai vu qu'il était pile quatre heures et quart, l'heure des mamans, comme ils disent à la maternelle.

Comme toujours, devant l'école, il y avait toutes les demeurées qui stationnaient sur deux pattes en attendant de récupérer la prunelle de leurs yeux.

C'est une des raisons pour lesquelles je n'arrive jamais à l'heure, je ne supporte pas ce troupeau, et la pauvre Sabrina, elle m'attend toujours avec la maîtresse qui me jette des regards noirs ou avec l'assème – c'est comme ça qu'on abrévie pour dire l'assistante maternelle, je crois, c'est la bonne femme qui assiste la maîtresse.

La maîtresse, elle ne me dit plus rien depuis le jour où, après sa remarque perfide du genre « comment voulez-vous que les enfants apprennent les règles de la vie si les mères elles-mêmes sont infichues de respecter les simples horaires de la maternelle ? », je lui ai sifflé entre les dents :

– Eh, toi, vas-y, t'ar ta gueule à la récré, pétasse, c'est à moi que tu causes ?

Mais attention, j'ai dit ça à voix basse pour que ma fille, elle n'entende pas. Ce n'est pas parce que sa maîtresse est une déficiente des neurones qu'il faut qu'elle ne la respecte pas.

L'assème, elle, elle est encore plus royaliste que le roi. Chaque fois que je me pointe, si c'est elle qui est avec Sabrina, elle ne peut pas s'empêcher de me traiter : « Tiens, voilà le dernier métro ! » Je ne sais pas pourquoi elle dit ça, vu qu'on habite dans une région sans un seul pet de métro.

Ou alors : « Ça y est, vous vous êtes décidée ? Dommage, parce qu'on commençait à bien s'amuser, Sabrina et moi… » Et comme dès qu'elle a dit ça elle s'éloigne, je ne peux rien répondre, sinon je serais obligée de crier et je ne veux pas que Sabrina, elle entende. Mais je jure qu'un de ces quatre matins je vais me faire sa petite tronche de sainte-nitouche.

Véro n'était pas devant la porte. Je ne l'avais donc pas croisée depuis hier.

Emma a commencé à pleurer dans la poussette double, je ne sais pas pourquoi, mais j'avais constaté qu'elle était un peu fiévreuse ce matin et, dans ces cas-là, une journée à la crèche, ça n'arrange pas les choses.

Moi, en voyant que Véro n'était pas là, j'ai regretté d'avoir acheté le petit cartable, et j'ai répertorié mentalement ce qui me restait dans les placards.

Des pâtes, oui, ça, j'en ai toujours. Par contre, plus de beurre, mais je pouvais mettre de l'huile, et puis... ben je crois que je n'avais plus rien d'autre, et ça m'emmerdait un peu de ne pas pouvoir leur filer leur ration de calcium, avec une pointe de protéine. Je ne parle même pas de fruits ou de légumes ! J'avais encore la solution d'aller faire les poubelles à la sortie du Ed.

Je pestais contre le père de Lisa, qui pourrait au moins m'envoyer de temps en temps une partie de la pension alimentaire qu'il me doit, vu que c'est le seul qui a réussi à me faire passer devant le maire, puis par la suite devant le juge, mais d'un autre côté, je ne veux pas faire trop de vagues, parce que des fois que ça lui prenne d'imaginer qu'il pourrait en avoir la garde, il aurait beau jeu ! Une petite visite de la DDASS, et je ne ferais pas vraiment le poids face à sa villa dans le Var.

Il est plutôt sympa comme père, il la prend de temps en temps pendant les vacances, c'est déjà pas mal ! Il s'est maqué avec une bonne femme qui a une agence immobilière, il paraît que ça va plutôt bien pour eux. Tant mieux. Mais je crois qu'elle flashe pas mal sur ma Lisa ! Bref, je préfère rien lui réclamer.

C'est là, pendant que nous, les *mamans*, on attendait mortellement notre heure devant le portail fermé de l'école, que les flics ont débarqué.

Il y en avait deux. En civil. Coup de frein, bruit de pneus qui crissent, gyrophare, portières qui claquent, grand jeu. Les cow-boys se sont précipités vers le portail et ils l'ont secoué pour rien. Il était fermé. Il fallait attendre, comme tout le monde. Ils nous ont demandé nos papiers, comme si on était des voleuses ou histoire de s'embarquer peut-être quelques clandestins vite fait bien fait ? Alors là, j'étais hors de moi et j'ai refusé tout net de sortir ma carte.

Le jeune flic qui me parlait s'est trouvé tout con et il a rougi. Ça m'a fait bizarre parce que je croyais qu'il allait râler, ou me remettre à ma place, ou au moins insister un peu, ça m'aurait défoulée de pouvoir brailler un bon coup contre un flic, mais pas du tout. Il était tout décontenancé, il est parti vers sa voiture, il est rentré dedans, il s'est assis et il n'a plus bougé.

Son chef l'a suivi d'un air furax et ils ont entamé une discussion. Apparemment, le petit jeune se faisait engueuler. C'est là que j'ai remarqué qu'il était plutôt mignon. Une radasse qui attendait à côté de moi a dit :

– C'est un type qui fait son service. Ce n'est pas un vrai flic. Il a un bord vert à son chapeau.

J'ai fait celle qui n'entendait pas parce que je ne veux pas parler à toutes ces imbéciles.

J'ai deux copines dans ce bled depuis que Yasmina est morte, Véro et Mimi, et basta.

Ça suffit comme ça. Et en plus, elle disait n'importe quoi. Il n'y a plus de service militaire obligatoire depuis au moins un siècle.

Et puis il n'était pas en uniforme, il avait une casquette Titanic. Avec un bord vert ! Quelle flèche ! *Eh, il faut suivre, patate !* j'ai pensé, mais j'ai rien dit.

– 5 –

Voilà que le portail s'ouvre et que les flics foncent dans la cour en bousculant tout le monde. Je m'écarte pour les laisser passer, je n'ai pas envie de faire les frais d'une bavure et d'entrer dans les statistiques du ministère de l'Intérieur.

Le temps que je récupère Sabrina, je me dirige vers le portail quand j'entends la maîtresse de la classe d'à côté dire aux flics, sur un ton énervé :

– Mais attendez, vous n'allez pas l'emmener au poste comme s'il avait fait quelque chose ! Il ne comprendrait pas !

– Mais madame, on n'y peut rien, nous ! C'est comme ça. Sa mère est recherchée, elle n'est pas chez elle, il faut bien qu'il aille quelque part.

– Attendez un peu ! Le directeur doit avoir une liste de personnes à contacter si la mère fait défaut.

Et là, j'ai vu Simon, le Simon de ma Véro, qui se tenait entre les flics et la maîtresse, retenant ses larmes.

J'ai fait trois pas en avant.

– Cherchez pas, j'ai dit. C'est moi.

– Comment ça, euh… C'est vous ? a balbutié le jeune flic en rougissant.

Vraiment, il était trognon, il n'y a pas à dire. Quoique, l'expérience m'a appris qu'il faut se méfier des trop mignons timides au début.

Parce que après, quand ils se lâchent, ils sont pires que les autres. Et en plus, celui-là, il était flic ! C'est quand même un signe. J'ai enchaîné :

– C'est moi, la liste des personnes à contacter en cas que la mère fait défaut. Et pareil pour mes gosses. Véro, c'est ma meilleure copine, et il n'y a qu'à elle que je confierais mes mômes s'il m'arrivait quelque chose un jour !

Il a baissé les yeux.

– Oh ! Je vois. En ce cas…

Son chef m'a toisée, puis il a lancé un regard appuyé sur les enfants.

Emma et Lisa se tiraient les cheveux dans leur poussette, pendant que Sabrina, très sage, se tenait à mes côtés en observant la scène avec un grand intérêt. Cette môme, elle ne perd jamais une miette de rien.

Le regard du chef s'est relevé vers moi avec une nuance de mépris. Pas besoin de me faire un dessin, j'avais compris. Encore un que ça gêne, les enfants du soleil. Sabrina, ma grande, elle a la peau couleur café, une chanson que je lui chante souvent, mais pas café au lait, hein ! Café *kahawa*, pur robusta ! Comme celui que je bois. Ce n'est pas étonnant, vu que son père c'est un Cap-Verdien qui s'est installé chez moi au début quand il venait juste de débarquer en France. Le temps que j'accouche du fruit de nos amours, il avait réussi à faire venir sa famille du Cap-Vert. Il a eu du bol de faire ça à l'époque ! Maintenant, il habite dans une cité, avec sa femme et ses quatre gosses qu'il avait déjà là-bas. Depuis, il en a eu encore deux.

Il est sympa, je ne peux pas dire, il prend souvent

Sabrina le dimanche, avec les autres. Ce qui est bizarre, c'est que Sabrina est plus noire que ses autres enfants. Les mystères de la loi de Mendel !

Emma, elle a plutôt un côté beur, mais bien beurré. Son père, Béchir, il l'a eue avec sa femme, Yasmina, qui était ma copine à l'époque. Mais elle est morte en accouchant.

Ça paraît incroyable de nos jours, mais ça arrive encore. Elle était dans le bus quand elle a perdu les eaux et, le temps qu'on appelle l'ambulance et qu'elle soit transportée à l'hôpital pour se rendre compte qu'il y avait un problème, Emma était née. Yasmina, elle avait dix-neuf ans. Elle n'a pas tenu le coup. Elle avait mon numéro de téléphone sur elle, alors ils m'ont appelée.

À l'époque, Béchir travaillait avec un groupe de maçons pour une entreprise dans l'arrière-pays. Il ne rentrait que le week-end. Je le savais, mais je n'avais aucun moyen de le joindre. J'ai vaguement fouillé chez eux, mais pas trop en profondeur, je n'ai pas osé, et je n'ai jamais trouvé son numéro.

Quand il est rentré, Emma était chez moi. C'est moi qui l'ai déclarée à la mairie. Heureusement, je savais que Yasmina voulait l'appeler Emma. Une fois je lui avais demandé pourquoi, et elle m'avait expliqué que c'était le nom d'une héroïne de roman.

Yasmina, elle ne lisait pas, elle dévorait les bouquins. Elle m'avait dit :

– Ma fille, je l'appellerai comme la nana qui a marié un docteur, mais comme elle s'emmerdait sec, elle couchait à droite à gauche.

– T'es bizarre, Yasmina, je lui avais répondu, tu veux donner à ta fille le nom d'une pute ?

– Tu comprends rien, Cricri, avait-elle rétorqué,

écœurée. C'est pas le blème. C'est une question de liberté. Tu le connais, ce mot ?

Béchir n'en a jamais rien su, de ce roman ! Heureusement, parce que je ne crois pas qu'il aurait vraiment apprécié !

Depuis ce jour-là, Emma, elle est toujours chez moi. Au début, Béchir a dit qu'il avait du mal avec un bébé, et puis il avait son boulot et tout ça, et moi, j'ai accepté, parce que cette petite, je m'y étais déjà attachée, même si je faisais tout pour ne pas le savoir, parce que je pensais que tôt ou tard il allait me la reprendre. Et puis par la suite, il s'est remarié et il est allé habiter vers Lyon. Si Emma avait été un garçon, j'aurais eu plus de problèmes, mais j'ai eu du pot : c'est une pisseuse !

Et Lisa, elle, il n'y a rien à dire, elle est blonde comme les blés. Même qu'à côté des autres, elle fait un peu albinos. J'ai toujours peur qu'elle soit malade ! L'histoire de son père, alors là, c'est encore plus compliqué. Vu qu'il a été mon mari ! Ce sera pour une autre fois.

Bref, le gros chef de flic, il lorgnait mes gosses d'un air désapprobateur. Je n'ai pas pu résister plus longtemps :

– Vous voulez leur photo, à mes mioches ? Ils ont quelque chose qui vous revient pas ?

Furax, il s'est éloigné à grandes enjambées en me jetant par-dessus son épaule :

– Si vous voyez votre copine, dites-lui qu'elle est recherchée. On l'attend au commissariat !

– Et Pierre, son petit ? j'ai demandé. Il y a quelqu'un qui va le chercher à la crèche ?

Alors là, bizarre, ça l'a arrêté net dans sa course. Il s'est retourné et il m'a regardée longuement. Puis il a dit :

– Ne vous occupez pas de Pierre. On s'en charge.

Et il est reparti d'un pas moins vif, un peu voûté.

Le jeune flic, que je ne calculais plus depuis un moment, s'est approché de moi :

– Je m'appelle Jérôme. Jérôme Gallo.

Il me tendait une main franche et amicale, que je n'ai pas prise. Je l'ai toisé :

– Qu'est-ce que vous voulez que ça me foute ?

Eh oui, comme dit toujours ma Sabrina : « C'est comme ça la vie ! » C'est toujours les gentils qui trinquent pour les méchants. Comme l'autre avait voulu m'humilier avec son regard supérieur, je me suis vengée sur le petit trognon. C'est con, je sais, il y a des fois on est aussi con que les plus cons.

Quand j'ai vu sa tête, j'ai regretté mes mots. Alors j'ai aussi tendu la main :

– On m'appelle Cricri, mais je m'appelle Rose.

J'ai rigolé.

– Ne me demandez pas pourquoi, c'est trop long à expliquer.

– Vous m'expliquerez un jour ? il m'a demandé sur un ton à la fois charmeur et suppliant.

J'ai encore ri bêtement.

– Faut pas me chercher, je suis une fille compliquée. Pour pas dire à histoires.

Son chef a gueulé depuis le fourgon.

– Gallo, tu te magnes ?

Le beau Jérôme s'est éloigné d'un air rêveur. J'ai dit à Simon de mettre la main sur un barreau de la poussette, comme Sabrina le faisait de l'autre côté. Et on est partis d'un bon pas tous les cinq. Je me disais en moi-même que j'espérais avoir assez de pâtes à la maison.

– 6 –

J'ai cherché une cabine téléphonique – j'ai fini ma mobicarte depuis longtemps – pour appeler Véro sur son portable. J'ai fini par en trouver une, mais ça ne répondait pas.

En passant devant son immeuble, j'ai sonné, personne.

Je ne voulais pas harceler Simon, mais quand même, pendant le repas, j'ai essayé de poser quelques questions :

– Elle était à la maison, ta maman, hier soir ?

Comme je l'ai déjà expliqué, ce n'est pas facile de le faire parler. Mais alors là, il s'est mis à bégayer comme je ne l'avais jamais vu. Son visage s'est empourpré et il a commencé à pleurer.

J'en ai déduit qu'il s'était passé un truc grave. Je l'ai consolé en lui disant qu'il ne devait pas s'en faire, que sa maman allait revenir bientôt et, petit à petit il s'est calmé, surtout que Sabrina, qui était sûrement jalouse de tous ces câlins que je lui faisais, s'est soudain étranglée avec un spaghetti – il faut le faire, mes gosses sont vraiment géniaux – et elle est passée par toutes les couleurs. Ce phénomène a tellement intéressé Simon qu'il en a oublié son chagrin. Finalement, Sabrina a fini son repas sur mes genoux, ce qui était sûrement le but recherché.

Simon, lui, a avalé royalement un spaghetti et demi,

puis il a repoussé son assiette et il s'est mis à chantonner. J'ai eu beau tout essayer, il n'a rien voulu manger d'autre. Des fois, en plus de ne pas vouloir parler, il ne veut rien manger…

D'après ses petits bouts de phrases, Véro n'avait pas l'air d'avoir passé le reste de la journée à la maison, la veille.

Le fameux Alexandre non plus, d'ailleurs. Et il m'avait semblé comprendre, au milieu des pleurs de Simon, qu'elle avait demandé à une voisine, avant de partir – mais quand exactement ? –, si elle voulait bien emmener Simon à l'école le lendemain matin.

Incroyable ! Elle avait laissé Simon tout seul à la maison ??? Et elle ne m'avait pas appelée pour me demander de l'aider ? Mais quelle dèbe je fais ! Normal qu'elle ne m'appelle pas ! Je n'avais pas une seule fois consulté mes messages sur mon portable ! Je l'avais jeté dans un coin avec hargne quand j'avais vu que je n'avais plus de crédit sur ma mobicarte et pas un radis pour m'en racheter une. Du coup, la batterie s'était vidée, bien sûr. Elle avait peut-être essayé de m'appeler, il n'avait même pas sonné !

Je me suis mise à fouiller un peu partout dans la caravane en bousculant Pastis. Je ne sais pas pourquoi, il se faisait une joie de traîner juste sous mes pieds. J'ai fini par retrouver le chargeur tout au fond du placard sous l'évier.

Par la même occasion, j'ai vu que je n'avais plus que deux couches. Il fallait absolument que j'aille voir l'assistante sociale jusqu'à ce que je gagne un peu d'argent, pour qu'elle me donne un bon qui me permettrait d'avoir quelques couches pour les petites.

J'ai écouté mes messages en branchant le portable sur le secteur, et là, je me suis vraiment traitée de tous les noms d'oiseau ! Mais quelle abrutie, quelle débile, quelle naze, mais c'est pas vrai !

Véro avait essayé de m'appeler tout l'après-midi du lundi pour me demander si je pouvais aller chercher Simon chez elle pour m'en occuper. Les raisons étaient confuses, et je n'étais pas bien sûre d'avoir tout compris.

Grosso modo, il semblait que Pierre avait disparu pendant qu'elle faisait ses courses, devant la boulangerie, ou était-ce Alexandre (le fameux merveilleux Alexandre !) qui l'avait perdu pendant sa promenade à vélo, bref, elle était allée, dans un état second frôlant la syncope, déclarer la disparition de Pierre chez les flics, et là, elle avait eu une illumination.

C'était sûrement son attardé d'ex, Michel, qui était venu piquer Pierre, ça faisait des mois qu'il voulait le récupérer, il n'avait jamais digéré qu'elle le plante là et qu'elle se tire avec les gosses. Surtout qu'elle l'avait vu au même moment !

Au fur et à mesure que les messages de Véro se succédaient sur ma messagerie vocale, sa voix s'altérait, ses propos semblaient de plus en plus décousus.

Elle parlait de tuer, mais qui ? Pas très clair.

Elle disait que Michel n'avait jamais fait que l'emmerder, que cette fois ça ne se passerait pas comme ça, parce qu'elle avait un mec avec elle, et qu'il l'aiderait à récupérer le gamin, et puis elle le flinguerait avec le fusil de chasse d'Alexandre.

Tiens, il est chasseur, maintenant, l'instit, enfin, le prince charmant ? Elle avait l'air de débloquer que c'est rien de le dire !

Je n'aimais pas cette histoire, mais alors, je n'aimais pas ça du tout.

Quand je vous disais que cette fille, elle était toujours

dans des angoisses à vous arracher les tripes ? Ça sentait vraiment très mauvais, cette fois.

J'avais beau faire, et même avec Simon sous les yeux, tout me semblait bien irréel. Il faut dire que j'étais obsédée par une seule chose, trouver un peu de fric pour faire bouffer la marmaille. Finalement, tout le reste me semblait extrêmement secondaire.

C'était dommage aussi qu'on n'était pas samedi, parce que j'aurais pu demander à Toni qu'il me laisse chanter avec ses musiciens du samedi soir. La dernière fois, il y avait eu des gens qui m'avaient demandé une chanson spéciale, et ils m'avaient refilé cinq euros de pourboire ! Pas mal, non ?

Les gens aiment bien qu'on leur chante des trucs qui leur rappellent leur jeunesse, par exemple. Il y en a eu aussi qui ont dit que j'avais une voix faite pour le jazz. Ils m'ont demandé des chansons d'Ella Fitzgerald. *Kézako ?* que je me suis dit, mais je ne leur ai pas montré que je ne savais même pas de quoi ils parlaient. Par contre, je leur ai déplié tout le répertoire de Nino Ferrer, un franc succès !

Mais bon, en attendant, on n'était pas samedi, et il fallait que j'aille faire un peu la serveuse pour me ramasser deux, trois biffetons.

Si j'avais écouté mon répondeur ce matin, j'aurais su que Véro, elle ne serait pas à l'école aujourd'hui, et donc qu'elle ne pourrait pas me prêter d'argent, et donc je n'aurais pas dépensé tout le fric gagné chez Toni en un ridicule petit cartable en plastique. Ou alors j'aurais bossé plus longtemps au lieu de perdre mon temps à l'EDF.

Je n'ai trouvé personne pour me garder les petits, et je n'ai pas pu aller travailler ce soir-là. Je suis allée voir la voisine de Véro, qui s'était occupée de Simon, elle m'a donné les clés de leur appartement, si j'avais besoin d'affaires pour le petit. J'y suis allée avec les enfants.

J'ai récupéré des couches, et deux, trois choses à becqueter. Tout était en l'air dans l'appart de Véro, un vrai bordel. Le passage de la tornade. Pourtant, Véro est plutôt quelqu'un de maniaque. Étrange...

Bref, cette année scolaire commençait vraiment tout faux pour moi. Pour Véro encore plus, fallait croire.

En rentrant, malgré tout ce qui allait de travers, je me sentais d'humeur mutine et je chantonnais : *Love me, Please love me / Je suis fou de vous...*

Et le visage du petit flic flottait sur les paroles...

Mercredi

Palace party

– 7 –

Faut croire que la réalité de la situation avait alarmé ma mère, parce que le lendemain matin, c'est Aznavour qui était au rendez-vous avec *Emmenez-moi au bout de la terre / mh mh mh… au pays des merveilles / mh mh mh… moins pénible au soleil…*

Impossible de me sortir cette chanson de la tête. Les petits et moi, on a pu manger des Choco Pops et du Nesquik à l'eau, récupérés chez Véro. Comme c'était mercredi, mon assistante sociale ne travaillait pas. J'ai mis les jumelles, Emma et Lisa, à la crèche. J'avais encore les deux grands, Simon et Sabrina. La présence de Simon avait rendu Sabrina complètement excitée, alors que d'habitude elle est plutôt calme. J'ai quand même décidé d'aller gagner une petite croûte au Sélect en installant les enfants au fond du café.

Mais Sabrina hurlait, circulait dans toute la salle, ne voulait pas rester sage à sa table, et Simon faisait caprice sur caprice en braillant comme un dément. Bref, au bout d'une demi-heure, Toni a craqué et il nous a foutus dehors. Royal, il m'a donné le salaire d'une heure, à savoir sept euros cinquante.

J'ai rangé la tune au fond de ma poche et j'ai récapitulé mentalement les victuailles que j'avais récupérées chez Véro en me disant qu'il valait mieux que je ne dépense pas un centime de ce blé et que je le garde en cas de coup dur.

Je suis allée avec les deux gamins, qui se sentaient un peu penauds, les pauvres, jusqu'au square du McDo. Pas pour manger, juste pour jouer. Celui-là même où j'avais vu Véro pour la dernière fois. Le mercredi, comme ils ont plus de clients, ils ne voient pas si vous jouez dans leur jardin en ayant consommé ou pas. Et c'est eux qui ont le plus de jeux dernier cri pour les mômes, genre toboggans supersoniques sur sol caoutchouté.

Pour le principe, j'étais un peu fâchée avec les enfants parce qu'ils ne s'étaient pas tenus sages au café.

Pour me contrarier, ils se sont mis à farfouiller dans la poubelle. Je les ai engueulés à plusieurs reprises.

– Avec ce super toboggan et tous ces jeux, vous trouvez le moyen de vous amuser dans une poubelle ? À quoi ça sert de venir ici, alors ?

Mais il n'y avait rien à faire. Sûrement qu'ils étaient frustrés de ne pas avoir eu de hamburger, ils fourrageaient dans les déchets et ils s'employaient à aller à la pêche aux restes de frites et de nuggets.

Absorbée dans mes pensées noires et obsessionnelles – *comment trouver à manger, beaucoup à manger, en peu, très peu de temps* –, je les laissais faire un moment, pour de nouveau les gronder copieusement, et ainsi de suite pendant presque une heure.

Mes yeux les voyaient sans prêter une réelle attention à leurs jeux. Entre-temps, ils avaient trouvé des boîtes de jouets promotionnels. De la pub pour un film Disney. Sûrement un conte, parce que je voyais vaguement que Sabrina avait une figurine entre les mains. Une petite poupée, genre princesse indienne avec voiles et bijoux. Elle la saucissonnait dans un long collier de brillants en même temps qu'elle lui donnait à manger une tambouille de papiers froissés.

Malgré le regard courroucé d'une cliente qui devait certainement trouver que j'étais une mère indigne parce que je laissais mes enfants jouer dans une poubelle, j'ai relâché encore un peu plus mon attention pour continuer à élaborer des plans pour pallier au plus urgent.

Je savais bien que ce n'était pas très propre de les laisser trifouiller là-dedans, mais franchement je n'avais pas le courage de faire plus que pousser une gueulante de temps à autre. Surtout que je sentais que j'étais sur le point de trouver une solution…

Et pourquoi ne pas essayer de comprendre quelque chose aux courses de chevaux ? Il y a des gens qui vivent avec ce qu'ils gagnent en misant sur des chevaux. On voit ça dans des films, non ?

Un coup d'œil vers les enfants et j'ai compris qu'ils jouaient à la dînette. À l'aide de quelques boîtes ayant contenu en leur temps hamburgers ou frites, ils avaient dressé une jolie table par terre, pour trois personnes. Sur le moment je me suis dit : *Ils sont trop mignons, ils ont pensé à moi, ils ont mis une assiette pour moi.* C'est quand j'ai vu qu'ils asseyaient la fameuse nouvelle poupée devant le troisième carton que j'ai su que je ne faisais pas partie du festin.

Ils garnissaient l'intérieur des assiettes avec des petites boulettes de papier. Des « miam-miam » convaincus ponctuaient leur jeu.

Mais en voyant qu'ils mâchonnaient vraiment ces morceaux de papier, j'ai craqué. Je me suis levée et dirigée vers eux :

– Bon allez, on rentre !

Sabrina a vite enfoui sa poupée dans sa poche.

Ils se sont pointés en mâchouillant et en froissant le

papier entre leurs doigts gras. Ils continuaient de jouer. Ils échangeaient des mines de régalade :

– Mmmmmm… Crès bonne, la glace ! ils se congratulaient, en mâchonnant consciencieusement les bouts de papier cradingues.

Je me suis penchée machinalement pour leur faire cracher leur cochonnerie, et c'est là que j'ai failli avoir ma première crise cardiaque. Quand Sabrina a sorti de sa bouche son papier mâché et qu'en le dépliant j'ai vu que c'était un billet de cent euros. Tout vert. Si j'avais eu le cœur fragile, j'y passais, c'est sûr. J'ai regardé à droite puis à gauche, et je leur ai dit :

– Qui vous a donné ça ?

– Personne, maman chérie.

Sabrina aime bien m'appeler comme ça quand elle sent qu'elle a fait une grosse bêtise mais qu'elle ne sait pas trop quoi.

– Où vous l'avez trouvé, alors ?

– Poubelle !

Je les ai forcés à cracher, puis, en essayant de me faire remarquer le moins possible, j'ai fouillé dans la corbeille en question.

Une primitive avec ses deux avortons, en foulard Hermès et sac Gucci, m'a jeté un regard horrifié. J'ai grimacé un sourire.

J'ai marmonné en essayant de paraître la plus normale possible :

– C'est la petite, elle me jette toujours sa tototte dans les endroits les plus dingues !

La femme a tourné la tête en faisant comme si j'étais transparente, et je lui ai tiré la langue par-derrière tout en continuant à farfouiller entre les emballages de bouffe. Sabrina hurlait d'une voix stridente :

– T'es menteuse, maman, z'ai plus de tototte !

Et comme je ne répondais pas, elle ne s'arrêtait pas :

– Menteuse, maman, ze suis grande, moi, ze suis plus un bébé. Z'ai plus de tototte depuis crès crès crès…

Ses lèvres se sont mises à trembloter, mais je ne l'écoutais plus. Je ne la voyais pas. Je ne l'entendais pas. Je ne voyais ni n'entendais plus personne. Je m'accrochais de toutes mes forces aux bords de la poubelle pour ne pas m'évanouir.

Les pleurs désespérés de Sabrina m'ont finalement tirée de ma crise. D'un geste vif, j'ai brandi l'enveloppe de papier kraft bourrée à ras bord de billets de cent euros tout neufs, je l'ai fourrée dans le panier sous la poussette double des jumelles, et je me suis carapatée en vitesse, sans demander mon reste.

Je n'ai regardé ni à droite ni à gauche pour savoir qui m'avait vue. *Emmenez-moi au bout de la terre / Emmenez-moi au pays des merveilles…*

En sortant de l'aire de jeux du McDo, on est passés devant la cabine téléphonique. Mes yeux ont flashé sur une corbeille à papier municipale, juste à côté de la cabine.

S'il pleut des biffetons dans les poubelles, j'vais me gêner de regarder dans toutes !

C'est vrai, quoi ! En général, une poubelle, on ne regarde jamais dedans. Et on a tort, la preuve. On se contente de l'ouvrir du bout des doigts et de jeter le plus rapidement possible ce qu'on doit y jeter. Si on pouvait se douter des trésors qu'elles peuvent receler, on en verrait plus que ça en train de fouiller comme des forcenés. J'ai foncé sur la deuxième poubelle, Sabrina pleurant toujours à mes côtés, pendant que Simon l'observait d'un air très intéressé, et là, rebelote ! Il y avait une autre enveloppe kraft, bien fermée celle-là, et bien rebondie. Je l'ai subtilisée derechef. Puis je me suis mise à écumer toutes les poubelles du quartier, comme une folle, suivie des deux enfants toujours dans le même état. *Emmenez-moi au bout de la terre / Emmenez-moi au pays des merveilles*... Oui, Oui, Oui...

Incroyable, mais vrai ! J'ai trouvé – OUI, TROUVÉ, MOI ! – de ces enveloppes dans pas moins de six poubelles en tout !

L'itinéraire semblait se rapprocher du centre-ville. Je suis arrivée devant Monop', et là, à ma grande déception, il n'y avait plus rien. Mis à part ce que contient en général ce genre de réceptacle, à savoir peaux de banane, canettes de Coca cabossées et papiers gras ou collants, au choix.

J'avais trouvé dans certaines poubelles des sachets plastique un peu pourris que j'avais accrochés aux poignées de la poussette, pour les remplir de ces enveloppes, car comme il y en avait trop, elles ne tenaient plus dessous, avec mes affaires.

Moi qui n'avais jamais rien trouvé de ma vie. Moi qui ne savais même plus que ce mot existait dans la langue française. Je venais de dénicher la cagnotte du siècle. D'accord, ce n'était pas exactement ce que je cherchais, puisque je voulais surtout dégotter à manger, mais la nuance était à mon avantage. Qui peut le plus peut le moins. L'argent n'a pas d'odeur. On ne prête qu'aux riches. Ventre vide n'a pas de...

Pour trouver, j'avais *trouvé* ! Et gagné ! Le jackpot !

– 8 –

Après avoir continué à fouiller pour rien plusieurs poubelles vides, je suis comme sortie d'une transe, et j'ai commencé à voir et à entendre le monde autour de moi.

J'avais envie de danser comme une folle sur les paroles enivrantes : *Emmenez-moi au pays des merveilles*... Merci maman, t'avais vu juste, je suis au pays des merveilles...

Et j'ai vu que Sabrina pleurait.

On s'est assis sur un banc pour que je la console. Je l'ai bien serrée et bien froufrougnée, mais bien sûr il a fallu que j'avoue que j'avais dit un mensonge à propos de la tototte. C'était vrai qu'elle n'avait plus de tototte depuis plus d'un an, et que c'était une grande fille.

Elle a accepté mes excuses. Je leur ai demandé :

– Eh, les morpions, ça vous dirait d'aller manger au restaurant ?

– On a le droit d'une glace au dessert ?

– Tout ce que vous voulez !

Ils ont hurlé : « Chouette chouette chouette ! Youpi ! » en chœur, et on s'est installés sur la place de la République à la terrasse de la Brasserie de la Piazza, endroit assez standing, qui ne bénéficie pas souvent, pour ne pas dire jamais, de ma fréquentation, faute de moyens, comme on peut s'en douter !

Là, on a mangé comme quatre (chacun), et il faut bien dire que leur réputation n'est pas volée.

On a terminé dans une orgie de glaces pour les gosses, tandis que je m'enfilais l'un derrière l'autre trois cafés bien serrés.

La caféine m'a remis les idées au clair. Enfin je revivais ! J'étais en manque de café depuis si longtemps !

Quand la note est arrivée, après l'avoir comptée et recomptée (d'accord, on était dans un resto classe mais quand même, ils ne se gênent pas pour escroquer le chaland, ces zozos-là !), j'ai sorti, sous les yeux médusés du serveur, deux billets de cent euros froissés et mélangés à d'autres tout aussi chiffonnés, de la poche de la salopette de Sabrina, qui riait.

– Maman, toi aussi tu as zoué dans les poubelles, on t'a vue !

J'ai regardé le serveur d'un air d'excuse :

– Ne faites pas attention… Les enfants… Vous savez ce que c'est.

Je lui ai laissé vingt euros de pourboire, royalement, en lui disant :

– Les comptes ronds font les bons amis !

Et je me suis rentrée tout doucettement chez moi en espérant que les enfants accepteraient de faire une petite sieste, parce que toute cette aventure plus ce repas bien arrosé m'avaient un peu engourdie.

Pourtant mon cœur chantait d'allégresse, et à chaque personne que je croisais, j'avais envie de hurler : « Cause toujours, je suis riche ! »

Il était déjà trois heures, et le mercredi, j'allais toujours chercher les jumelles à quatre heures et demie.

On est rentrés dans notre chaumière, j'ai mis les gosses dans leur cabine avec leur appareil à cassette audio et des livres de coloriages, et je me suis affalée sur la banquette du salon, pour m'endormir profondément.

Quand Pastis m'a vue dans cette position, il a immédiatement élu domicile sur mon ventre, ce qui m'a permis de faire un super rêve d'oppression, où j'étais prisonnière au fond d'un boyau dans le film *Voyage au centre de la Terre.*

Mais malgré ce cauchemar, et malgré les gamins qui faisaient un boucan pas possible, rien n'aurait pu me réveiller, pas même la bombe atomique ! L'émotion, sûrement.

Une fois que je me suis habituée à avoir ce poids sur le ventre, mon rêve a changé, et c'est ma mère qui m'a rendu une petite visite.

Comme d'habitude, elle était bien branchée sur mon actualité. Elle me disait : *Monsieur Gaston s'occupe de tes ronds / Gaston y a l'téléfon qui son ! Et y a jamais person qui y répond…*

Comme d'habitude, elle avait sûrement raison. Mais elle voulait me dire quoi au juste ? Son messager, cette fois, c'était Nino Ferrer. C'était un de ses hits. Et moi, je l'aime bien aussi. Je me suis taillé un bon succès grâce à lui, chez Toni ! *Monsieur Gaston s'occupe de tes ronds !* D'accord, mais où, quoi, et comment ?

Je me suis fait le raisonnement suivant : on ne trouve pas tous les jours du fric, et en pareille quantité, dans des dépotoirs ! Surtout moi et ma veine !

Mimi, elle, une fois, elle avait ramassé de l'argent par terre. Depuis qu'elle avait aperçu cette fois-là le billet de dix sur le trottoir, j'avais toujours la tête baissée en marchant. Mais moi, jamais rien, bien sûr. *Nada.* Normal. Par contre, c'est pratique pour éviter de marcher dans les crottes de chien. C'est pour ça que je n'en ai jamais vraiment perdu l'habitude. C'est un peu une question de survie.

Je ne me souviens plus très bien de la suite logique de mes pensées, mais j'en étais arrivée à la conclusion que tout ce fric, c'était de l'argent malhonnête, forcément. Qui irait ranger son fric bien propre dans des poubelles, au lieu de l'apporter tout simplement dans une banque, hein ?

J'avoue que je n'ai pas réfléchi plus loin. Au fond je n'avais pas du tout envie de savoir ce que ce fric pouvait bien faire là. Je me suis juste dit : *Il faut que j'y aille mollo. Surtout que tout le monde, en ville, sait que je n'ai pas de tune en ce moment. Il faut que je planque tout ça, sauf un peu, et que je raconte que je vais avoir une rentrée d'argent bientôt.* Je savais que j'allais réussir à inventer une belle histoire bien crédible, car ce n'est pas l'imagination qui me manque.

Provisoirement, j'ai fourré les enveloppes sous l'évier derrière les produits détergents – pour de l'argent sale, c'est tout indiqué – et j'ai gardé quelques billets de cent dans mon porte-monnaie, tout simplement. Le pauvre, il n'avait jamais été aussi rempli, j'ai cru qu'il allait exploser !

– 9 –

Ce qui m'étonnait le plus, et aussi me perturbait un peu, c'était de ne plus avoir besoin de faire carburer mes neurones pour tenter d'élaborer un plan de survie alimentaire.

Le problème était résolu. Finita la commedia. Repos. Je pouvais mettre mon cortex sur stop. Même si je me sentais légèrement déséquilibrée par ma nouvelle situation.

En allant chercher les jumelles avec mes deux grands, je me sentais à la fois euphorique et soucieuse. J'oscillais d'un état à l'autre. Euphorique, ben ce n'est pas difficile de comprendre pourquoi. Soucieuse, parce que je me disais qu'un paquet d'argent comme ça, il faut le placer, et j'ignorais complètement ce qu'il fallait faire en la matière pour ne pas se faire avoir par les banquiers. Des soucis de bonne bourgeoise…

Les jumelles me furent rendues en bonne et due forme, et comme j'étais encore sous le choc d'avoir tant de cash je me suis dit : *Si je vais dépenser un peu de fric dans un quartier où je ne connais personne, personne ne pourra savoir que j'ai toute cette galette.*

Avec ce raisonnement imparable, je me suis dirigée vers l'Hôtel de Provence, un hôtel quatre étoiles où j'avais essayé de faire des ménages deux ans auparavant ; la chef du personnel n'avait pas voulu de moi parce qu'elle trouvait que je m'habillais de façon trop voyante – traduisez que je n'étais pas assez classe pour eux.

Ma façon de m'habiller était toujours la même, mais chacun sait qu'on peut se permettre des choses en tant que clients qu'on ne peut absolument pas en tant qu'employé.

J'ai passé la porte principale avec les quatre mômes et je me suis dirigée royalement vers les salons du bar. J'ai vaguement cru discerner un mouvement sur ma gauche, au niveau de l'accueil, comme si mon arrivée avait froissé le bon ordonnancement des choses, mais devant mon aplomb, personne n'a moufté. Quelques clients m'ont regardée d'un air intéressé. Normal, je suis quand même assez remarquable, avec mes échasses rouges pailletées, mon chignon pétard et mon corset en satin.

Ce que j'ai aimé dans ce bar, c'est qu'ils avaient installé des sièges et des tables, comme si on était à la maison. Des vrais canapés, profonds et moelleux, et des fauteuils autour de petites tables basses. Le tout très intime !

Les gosses étaient ravis, ils ont rarement l'occasion de se vautrer dans ce genre de mobilier, avec tellement d'espace. Ils ont chacun pris place dans un fauteuil, sauf Simon qui a voulu se mettre à côté de moi sur le canapé.

J'ai commandé le plateau à pâtisseries, ils nous ont apporté un chariot incroyable qui croulait sous les gâteaux. Pour un goûter, c'était un goûter !

Et là, on a remis l'orgie de midi.

À croire que je suis complètement boulimique ! Mais non, c'est simplement que j'étais le matin même sans un sou en poche, avec comme seule perspective de repas du pain sec, ou à la rigueur des pâtes à l'eau, et basta. Et ça durait depuis assez longtemps pour avoir développé chez moi une sacrée frustration. Chaque bouchée avalée, c'était toujours ça de pris que les autres n'auraient pas !

Comme on ingurgitait éclairs au chocolat, ganaches et autres douceurs, j'ai remarqué dans un coin du grand salon du bar deux mecs balèzes en costard pas du tout décontractés qui venaient d'arriver et qui serraient la pince à un troisième plutôt nerveux. J'avais l'impression de le connaître celui-là. Ah ! Ça y est, ça me revenait ! J'avais vu sa tronche sur une affiche électorale pendant la campagne municipale. C'était notre maire !

Ils se sont assis à la même table, mais le maire n'est pas resté plus de trois minutes.

Dès qu'il est parti, les deux autres se sont mis à causer chacun dans son portable d'un air affairé.

Pfff. La frime ! je me suis dit en moi-même. *Tout à fait le genre de mecs à causer dans un portable pour faire les importants, mais en fait ils parlent à bobonne pour savoir s'il faut ou pas rapporter une baguette ce soir.*

Et je me suis désintéressée des zigotos.

Je réfléchissais à ce que j'allais faire après le goûter. Depuis que ce fric était apparu dans ma vie, tout mon emploi du temps était chamboulé. C'était dingue, assez perturbant, mais finalement plutôt stimulant. J'ai lu quelque part qu'il faut casser la routine pour se sentir vivre. Pour moi, ce serait aller faire des super courses au Monop' et remplir les placards de la caravane de toutes ces choses que je ne pouvais jamais me payer. Et toutes les cochonneries que les enfants allaient réclamer, je leur dirais oui. Mais alors quand je dis tout, c'est tout, hein ! Et je prendrais tellement de café que j'en aurais pour le restant de mes jours !

Comme j'étais perdue dans mes pensées, je n'avais pas remarqué que les serveurs me regardaient de plus en plus de travers à cause des gosses. Ceux-ci avaient fini leurs gâteaux, alors ils s'étaient mis à explorer ce nouveau terrain de jeux. Tout les attirait.

Les vitrines luxueuses qui laissaient entrevoir bijoux et fringues de marque, sur lesquelles ils pouvaient jouer à dessiner des routes entrelacées avec leurs doigts crémeux et leur bave de petits crapauds. Les tables basses, juste à leur portée, où ils pouvaient aller piquer les victuailles des autres clients qui s'y étalaient. Les rideaux, où ils allaient essuyer leurs traces de chocolat. Bref, ils s'éclataient.

Là, tout s'est mis en action en même temps. C'est curieux comme les choses peuvent stagner pendant des siècles dans une espèce de morne alanguissement sans que rien ne se passe, et comme brusquement plusieurs actions se déclenchent à la fois, en une seconde.

Ce jour-là, il y a eu en même temps un des serveurs, excédé, qui est allé d'un pas vif dans la direction de Simon qui était en train de fourrer ses pattes dans le bol à glaçons des deux malabars qui, outrés, lui avaient fait signe d'un air excédé – au serveur ! –, n'osant pas intervenir directement sur Simon.

Il y a eu moi, l'œil aux aguets, qui allais me redresser, prête à faire un scandale si l'un d'eux osait seulement *effleurer* le tee-shirt cradingue de Simon. Et il y a eu un vieux type, portant beau ses cheveux blancs bouclés, qui se rapprochait de moi, détournant mon attention de la scène qui se déroulait trois tables plus loin.

Le vieux s'est penché vers moi. J'ai hoché la tête, polie, me demandant ce qu'il pouvait bien me vouloir.

– Dix-huit heures trente, 421 ? m'a-t-il susurré d'un air préoccupé.

– 10 –

J'ai répété bêtement :

– 421 ?

Je me suis demandé pourquoi soudain ce type voulait jouer aux dés avec moi.

Finalement, j'ai rétorqué :

– Désolée, je ne joue pas aux dés.

Il a éclaté de rire.

– Très drôle. J'apprécie votre humour. Mais 421, c'est le numéro de ma chambre… Gaston. Gaston Contini. Enchanté, dit l'homme en tendant la main vers moi.

Dans un réflexe, je l'ai saisie en souriant. *Gaston y a l'téléfon qui son !* Le voilà ! Il était là, le Gaston que maman m'avait annoncé !

Je lui ai répondu niaisement :

– Vous avez un nom de vieux malfrat dans un film de Coppola. Moi, c'est Cricri Maldonne…

Il a eu l'air perturbé et il a froncé les sourcils.

– Je vous signale que votre nom n'a rien à envier au mien ! Comment avez-vous dit ? Cricri… Euh… C'est bizarre, je n'avais pas compris ce nom, au téléphone… Je suis si distrait. Excusez-moi… Euh… Vous êtes sûre ?

Comme s'il s'était attendu à un autre nom. Et pourquoi

diable aurais-je dû m'appeler autrement ? À part Rose, bien sûr ! Et de quel téléphone parlait-il ?

Et le voilà qui en profite pour s'asseoir carrément à côté de moi sur le canapé. Il avait l'air agité, un peu anxieux. Il parlait sans s'arrêter, comme pour calmer sa nervosité.

– De vous à moi, je suis soulagé que la glace soit rompue. J'ai toujours eu horreur des interviews. Je me demandais comment vous aborder. Je suis un peu perdu. Et puis j'ai pris mon courage à deux mains et je me suis dit que ça ne pouvait pas durer comme ça. Il faut bien que de temps en temps j'accepte de communiquer. J'avoue que je pensais à votre voix que vous étiez plus âgée. J'ai été impressionné par vos diplômes. Je le suis encore plus à présent en constatant votre âge ! Une thèse sur Saint-John Perse ! Rien que ça ! Votre rédacteur en chef a insisté pour que la rencontre ait lieu dans ma chambre, à cause des photos. C'est plus personnel. Pour faire quelque chose d'intérieur. Le poète dans son intimité, c'est l'idée, je crois… Mais ce qu'il ne sait pas, c'est que c'est une pseudo-chambre ! Peu importe, je venais vous en communiquer le numéro. Je préférais ne pas le dire par téléphone. Tout cela doit rester encore secret pour le moment. Vous me trouvez un peu parano ? Je suis juste jaloux de ma propre vie.

– Je vous comprends, c'est pour la même raison que j'habite en caravane.

– Ah bon ? Oui, c'est une bonne idée.

– Oui. Celle qui est devant la gare désaffectée.

Il avait l'air perplexe. Quelque chose le tracassait.

– Votre article sera le premier sur mes cahiers. Qu'en pensez-vous ? Comment dois-je procéder ? Le photographe est avec vous ?

Il s'est brusquement arrêté, haletant, et il m'a fait un grand sourire. Comme pour sa poignée de main, je n'ai pas pu m'empêcher de lui rendre son sourire.

Par réflexe. Et puis, il était assez désarmant. Mais en même temps, j'étais contrariée. Je ne comprenais pas toutes ces salades. De quoi il parlait. Et je me demandais s'il n'était pas en train tout simplement de se foutre de moi. Parce que la première impression que j'avais eue, quand il m'avait donné son numéro de chambre, c'était qu'il m'avait prise pour une pute !

Alors j'ai cessé de sourire bêtement et j'ai dit d'un ton sec :

– D'abord, vous vous poussez, parce que là, je vous trouve un peu collant…

– Ah bon ? Oh ! Oui, bien sûr ! Pardon…

Simon est arrivé juste à ce moment-là en hurlant et en prononçant ces quelques mots avec difficulté :

– Cri-cro-fort !

Il était suivi de mes trois filles, et un serveur leur courait derrière. J'ai deviné les deux malabars aux portables qui gesticulaient des imprécations dans notre direction. Les enfants se sont jetés sur moi. Je les ai orientés dans les bras de mon nouvel ami en me levant, indignée, vers le serveur qui les poursuivait.

– Qu'est-ce que vous avez contre mes enfants ?

Gaston Contini s'est exclamé :

– Ils sont tous à vous ? Alors là, je suis époustouflé ! Vous avez eu le temps de faire ces enfants, d'étudier, de terminer votre thèse et de travailler pour ce journal, en un laps de temps record si j'en juge par votre â…

Je lui ai coupé la parole :

– C'est quoi, toutes vos salades, là ? C'était comme ça qu'on draguait, au Moyen Âge ?

Il est resté interloqué, puis il a rougi.

Un téléphone portable s'est mis à sonner, et il lui a fallu un petit temps pour comprendre que c'était le sien.

Il a fouillé dans ses poches et il a sorti le dernier iPhone, qu'il a porté à son oreille en essayant de reprendre contenance :

– Allô ? Oui, non… Mais, je ne comprends pas… Elle est là… Ah bon ? Merci. Bien sûr. Au revoir. À demain !

Il est devenu de nouveau rouge comme une pivoine et il s'est levé du canapé d'un air gêné. Ses yeux ont fait un aller-retour du plafond à mon visage. Soudain, il a éclaté d'un rire tonitruant…

Le serveur, lui, pendant ce temps, devant mon expression, n'en menait pas large. Il a pilé net.

– Euh, madame, euh…

– Oui ?

– Voudriez-vous avoir l'amabilité de maîtriser vos… euh…

– Mes quoi ? Hein ? Eh bien allez, dites-le, ça vous démange !

– Vos…

– Mes monstres, c'est ça que t'arrives pas à cracher, tête d'œuf ?

– Madame, je vous en prie ! Ils importunent la clientèle et ils ruinent le mobilier.

– Rien que ça, vraiment, des anges pareils ? Et ton cul, on te l'a déjà ruiné ?

J'ai pris mon nouvel ami à témoin. Il ne s'est pas départi de son calme, un sourire réjoui toujours plaqué sur son visage de ravi de la crèche.

Il se tenait toujours debout à mes côtés, et il me regardait avec une sorte d'enchantement. Comme si je n'étais pas réelle. Il a fini par se tourner vers le serveur.

– 11 –

Gaston Contini a mis sa main sur la manche du serveur et s'est rapproché de lui d'un air intime. Il s'est penché vers son oreille et a collé son nez contre sa joue. Je n'ai pas entendu ce qu'il lui a murmuré, mais j'ai remarqué que leurs mains se rejoignaient furtivement. Il m'a semblé voir passer quelque chose de l'une à l'autre, mais je n'en suis pas sûre.

Cet échange s'est brusquement interrompu, Gaston Contini s'est écarté en toussotant. Le type a disparu comme par enchantement.

Sabrina était repartie sournoisement, certainement pour se venger. Gaston, donc, puisque c'était le nom de mon nouveau copain, s'est excusé de sa méprise.

– Vous êtes si jolie, donc j'ai été attiré par vous comme un papillon par la lumière, excusez pour le cliché, mais c'est logique, d'autant que vous aviez certaines similitudes avec mon rendez-vous.

– Comment ça ?

– Eh bien, celle que j'attendais m'avait dit qu'elle aurait une jupe noire et un chemisier rose. Bien sûr, j'ai été un peu surpris par vos vêtements, mais c'était bien les bonnes couleurs…

– Comment ça, surpris par mes vêtements ?

– Eh bien, ils sont un peu, euh…

– Ouais, je sais, vous n'êtes pas habitués, dans le quartier, à voir des nanas fringuées super stylé…

– Oui, c'est ça, il a souri.

– Comment ça, « c'est ça » ? Qu'est-ce que vous voulez dire avec ce « c'est ça » ? Me cherchez pas, parce que ce n'est pas moi qui ai venue vous chercher, compris ?

– Calmez-vous, Cricri. Vous avez l'air nerveuse.

– Chacun son tour…

– Oui, c'est vrai, je reconnais que les journalistes m'angoissent. Mais ça va mieux maintenant. Et vous ? Comment vous êtes-vous fourvoyée dans ce bouge ?

– Ça, mon vieux, c'est une longue histoire. J'ai hérité d'un vieil oncle quelque chose comme dix mille balles, mais en liquide, parce qu'il est clamsé en laissant tout ça sous son matelas, alors je le dépense vite fait.

– Oh ! Je vois ! Vous êtes très avisée…

Juste à ce moment-là, devinez qui a passé la porte ?

Jérôme !

Jérôme Gallo !

Le jeune flic trognon qui m'avait vaguement dragouillée à la sortie de l'école, la veille. Il semblait être en mission. Il a parlé avec le barman. Il était discret, en civil, et personne n'avait l'air de penser que c'était un flic.

Il observait la salle et posait des questions au hasard à des clients et aussi aux serveurs.

Gaston a tout de suite vu que j'avais été troublée par quelque chose, et il a suivi mon regard.

– Il est pas mal, joli garçon…

Je lui ai lancé des yeux noirs en rougissant.

Jérôme Gallo a tourné la tête juste à ce moment-là et il m'a vue. Son visage s'est illuminé d'un grand sourire et il s'est avancé vers moi d'un pas tranquille. Les deux hommes baraques en costume regardaient de l'autre côté.

– Bonjour, mademoiselle Rose. Ce n'est pas un endroit où je vous aurais imaginée.

– Pourquoi, j'ai une tête à fréquenter que les bistroquets de seconde zone ? C'est mon oncle Gaston qui m'a invitée avec les enfants.

Gaston s'est levé et il a serré la main de Jérôme.

– Enchanté. Je ne vois pas souvent ma nièce, et comme je suis de passage…

– Mademoiselle Rose, on vous a cherchée partout pour vous poser quelques questions à propos de votre amie, mais vous n'habitez plus à l'adresse que vous avez laissée à l'école, ni à celle qu'ont les allocations familiales.

– C'est vrai. Ça reste entre nous, mais j'aime bien brouiller les pistes. On sait jamais. C'est un réflexe qui me vient de ma grand-mère qui était juive pendant la guerre de 40. Et je vous ai déjà dit que je préfère qu'on m'appelle Cricri.

– Mais Rose, je trouve que ça vous va mieux.

– On ne vous a pas demandé votre avis.

Sur ma dernière remarque, il a quand même fini par fermer son clapet. C'est dingue ce mec, il voulait toujours avoir le dernier mot. On était tous les trois debout, plus ou moins gênés, et je commençais à regretter d'avoir été dure, mais tout ce que j'ai trouvé à dire, c'est :

– Bon, faut que j'y aille.

Et j'ai ajouté :

– Je traîne assez souvent au Sélect. Allez, ciao !

J'ai appelé mes poussins, quand un cri de rage a retenti. J'ai deviné alors que la vengeance de Sabrina avait été terrible, et j'ai pressé le pas pour quitter cet endroit maudit où je me suis juré de ne plus jamais remettre les pieds, malgré leurs pâtisseries qui, il faut bien le reconnaître, sont trop top.

Je n'étais pas à ma place, ici, et les enfants non plus, c'était clair !

– 12 –

Sabrina, elle a une spécialité : elle affectionne les ficelles, les fils, les élastiques et, en règle générale, tout ce qui s'y apparente. Et elle passe son temps à tout attacher ensemble. Les tables avec les chaises, les objets, les ustensiles, tout, tout, tout.

La caravane, par exemple, est un piège permanent, déjà qu'on y est à l'étroit, en plus on se prend tout le temps les pieds dans des fils tendus. La psy de la crèche où elle allait quand elle était petite m'avait dit qu'elle cherchait à relier ce qui était détaché, c'est-à-dire son père, moi, ses autres frères et sœurs… Peut-être que c'est ça ? Peut-être que simplement ça l'amuse de tout attacher ensemble ? Bien sûr, elle se trimbale partout avec ses provisions de ficelles, et là, ça n'a pas manqué.

Aidée de Simon qui faisait diversion, elle avait ligoté ensemble tous les fauteuils situés autour de la table des deux malabars. Quand ils s'étaient levés pour quitter l'endroit, juste au moment où j'appelais les enfants, ce qui devait arriver arriva.

Simon et Sabrina regrettaient de n'avoir pas pu être là pour assister à la défaite de leurs ennemis.

Ils n'ont donc pas pu se repaître du massacre : les

deux malabars avaient dû s'étaler de tout leur long, les pieds empêtrés dans les ficelles sous tension.

On en riait encore en rentrant à la maison, et les jumelles riaient de nous voir rire, c'est sûr, le ton avait bien changé en l'espace de moins de douze heures ! J'étais passée d'une morosité anxieuse à une légèreté et une insouciance que je n'avais jamais connues de toute ma vie. C'est fou l'effet que peuvent faire quelques billets sur le moral des troupes !

On a dévalisé le Monop', j'ai acheté une mobicarte maxi conso et on est rentrés. J'ai laissé un message sur le portable de Véro pour la rassurer et lui dire que je m'occupais de Simon. Je lui disais aussi que les flics la recherchaient et je lui demandais des explications.

Finalement, je n'en ai pas eu besoin parce que les flics sont venus d'eux-mêmes, et ils m'ont dit ce qu'ils savaient. Enfin pas tout mais une partie.

Quand ils sont arrivés, j'avais sorti les enveloppes contenant mon trésor, parce que j'avais décidé de compter combien de fric j'avais en tout, aidée dans cette tâche par Pastis, le roi des mathématiques, et les jumelles, qui se sont prises d'une soudaine passion pour les liasses. Heureusement que Simon et Sabrina étaient occupés dans leur chambrine ! Ils jouaient avec sa poupée indienne McDo et ses trésors.

On a frappé à la porte, j'ai poussé les billets sur un coin de la banquette et je les ai planqués sous les sachets des courses pas encore déballées. Je suis allée ouvrir.

Je suis sortie de la caravane pour que personne n'y entre, et Sabrina, qui a immédiatement senti qu'il se passait quelque chose d'intéressant, est venue se poster à mes côtés pour tout observer. Pendant ce temps, les jumelles et Simon sont descendus dans le pré pour jouer.

C'était bien eux. Les poulets.

– Bonjour ! Alors, vous voyez que c'était pas dur de me trouver !

Ma remarque a immédiatement fait monter la rage, la haine et la frustration dans les yeux du chef hystérique de Jérôme.

– Ce n'est pas dur si on a l'adresse ! Heureusement que mon coéquipier vous a vue par hasard à l'Hôtel de Provence, et qu'il a fait ce matin sa petite enquête au Sélect !

– Oh, allez, ça va, vous n'allez pas m'en faire un fromage.

Alors là, il s'est carrément étranglé.

– Bon, écoutez, madame, il va falloir la mettre un peu en sourdine, parce qu'on ne vient pas ici pour rigoler…

– Justement, c'est ce que je voulais vous demander. Qu'est-ce que vous me voulez ? Et qu'est-ce que vous lui voulez, à Véro ? Vous avez vraiment que ça à fabriquer, faire suer les ménagères de moins de vingt-cinq ans ?

Jérôme m'envoyait des regards ronds genre pour me prévenir d'y aller mollo, de ne pas énerver son chef, mais ça me donnait envie d'en rajouter. Surtout que je me sentais forte et invincible avec tous mes millions sur ma banquette.

Le chef a levé les yeux au ciel, puis il a jeté un regard à Jérôme d'un air de dire : *Tu vois, j'aurais fait mon possible, mais là je tiens plus.* Le regard de Sabrina allait de l'un à l'autre, passionné par la joute. Et puis le chef m'a dit d'un air sinistre :

– Vous connaissez bien le petit Pierre Lanoux ?

Je riais encore, mais je commençais à pressentir un drame, et mon rire a viré au jaune. Il s'est carrément coincé dans ma gorge quand il a continué avec :

– Est-ce que vous reconnaîtriez des vêtements qui lui ont appartenu ?

Je ne sais pas pourquoi, sûrement l'enchaînement trop rapide de plusieurs événements sans rapport les uns avec les autres, mais j'ai imaginé le pire et j'ai eu une vision, comme dans un film, du petit corps de Pierre, sans vie, au milieu d'un champ. J'ai frissonné.

– Quoi ? Pourquoi ? Qu'est-ce que c'est que cette histoire ? Il est où, Pierrot ?

Mais ma voix faiblissait, le chef a jeté un regard gêné sur Jérôme qui a tendu le bras pour me soutenir. C'est là que j'ai compris que j'étais en train de m'évanouir. J'ai eu le temps d'entendre la voix de Sabrina qui criait : « Maman, maman ! », et puis je n'étais plus là.

J'ai repris connaissance, vachement gênée, sur la banquette, la tête sur les sachets de commissions qui recouvraient les billets, et Pastis de nouveau allongé sur mon ventre. Par je ne sais quel miracle – il y a des fois où il en faut –, les flics n'avaient pas pensé ou pas osé repousser le bordel qui encombrait la banquette avant de m'y allonger.

– 13 –

Dès que j'ai repris mes esprits, j'ai hurlé :

– Sortez d'ici ! Vous n'avez rien à faire chez moi ! Vous n'avez pas le droit de franchir ma porte, vous n'avez pas de mandat de perquisition !

Pastis a sursauté et il s'est enfui pour rejoindre les enfants qui jouaient dehors.

Jérôme s'est énervé et il a lancé :

– Ça va ! Calmez-vous un peu ! On n'est pas dans un film américain ! Et puis on n'est entrés que pour vous faire boire un peu d'eau et vous allonger. On n'allait pas vous laisser par terre, quand même.

– Si, parfaitement, par terre, c'est ce que vous auriez dû faire pour respecter la loi ! J'en ai marre de ces cow-boys qui se croient tout permis sous prétexte qu'ils sont flics !

– Tu vois, a dit le chef. Je t'avais prévenu qu'elle prendrait pas ça bien.

– Ce n'est pas grave, a dit Jérôme, de toute façon elle prend toujours tout mal.

– Dites, ça vous gênerait de ne pas parler de moi à la troisième personne, je suis encore vivante, hein !

– Des fois qu'on l'oublierait !

Et tout d'un coup, ça m'est revenu, cette histoire

sinistre que j'avais tenté de d'escamoter tant que je pouvais. J'ai baissé la tête et je me suis tue. Les deux lascars n'en revenaient pas.

– Asseyez-vous, je leur ai fait. Vous voulez un café ?

Car bien sûr, je n'avais pas oublié d'acheter des tonnes de mon robusta préféré. C'est cool d'être riche et d'offrir du café aux autres !

J'étais sûre qu'ils allaient m'annoncer la mort de Pierrot. Tout plutôt que d'entendre ce qu'ils avaient à me dire.

Bizarrement, je crois qu'ils avaient compris ce que je ressentais parce qu'ils ont accepté le café. Ils n'ont plus ouvert le bec de tout le temps où la cafetière a fait son boulot de filtreuse.

J'ai ramassé quelques affaires des petits et des pulls à moi qui traînaient dans la cabine que j'ai empilés sur le tas de sachets qui recouvrait les billets de cent. Je remâchais mes idées noires pendant que les gosses jouaient devant la caravane.

Comme une égoïste, je pensais : *Merde, pour une fois qu'on était heureux comme des rois !*

« Fffflllrrreeecrssschhh… » a râlé la cafetière, voulant signifier par là qu'elle avait fini son boulot et qu'elle espérait ne plus être emmerdée avant un bon moment.

J'ai servi les cafés et rapidement avalé ma dose. Je m'en suis resservi un autre illico.

Le chef a dit :

– C'est gentil de prendre soin de Simon.

– Oh, vous savez, quand il y en a pour trois, il y en a pour quatre.

J'ai attendu encore un peu et puis j'ai demandé à voix basse :

– Qu'est-ce qui lui est arrivé, au petit Pierre ?

– On a retrouvé tout un tas d'habits d'enfants, bien

pliés, ainsi qu'un doudou et une tétine, dans un square, sur un banc, tout près du lieu où sa mère a déclaré qu'elle avait laissé la poussette, quand elle est venue signaler sa disparition. Alors, on a fait le rapprochement…

– Où ?

– Dans le square près de la boulangerie *À la Baguette Dorée*, au pied de la cathédrale.

– Ah ! Oui, je vois où c'est. Je connais.

– On a besoin de quelqu'un qui connaît bien la famille pour être sûrs que ces affaires sont à cet enfant.

Je me retenais pour ne pas pleurer devant eux. Le choc d'apprendre tout ça de la voix officielle de la police !

– Vous ne pouvez pas faire des analyses de labo, pour savoir à qui c'est ?

– Si, bien sûr, ça va être fait, mais ça va prendre du temps, et si quelqu'un pouvait reconnaître ces affaires, ça nous ferait un début pour accélérer le mouvement… Et comme on ne trouve pas sa mère…

– Et Alexandre ?

– Alexandre qui ?

– Je ne sais pas, Alexandre ! Je ne l'ai jamais vu, c'est son nouveau mec. Il paraît qu'il adore les enfants…

Les deux flics se sont lancé un regard de connivence.

– Oh ça va, arrêtez de me prendre pour une conne ! Vous avez intérêt à tout me dire, parce que sinon, moi non plus je ne vous dirai pas tout, hein ! Donnant donnant.

– Dans le cadre de l'enquête, nous ne pouvons rien révéler. Mais vous êtes tenue de nous livrer tous les renseignements qui sont en votre possession.

Je leur ai tiré la langue, et puis j'ai farfouillé sous l'évier, où j'avais mis mon portable à charger. J'ai trifougné des boutons et je leur ai tendu l'appareil pour qu'ils écoutent les messages de Véro.

Ils ont eu l'air très intéressés, et ils m'ont demandé quand je pourrais venir identifier les affaires. Je leur ai montré les gosses et j'ai dit :

– Demain, quand ils seront à l'école et à la crèche. Je ne veux pas les emmener chez les flics.

– OK. Une voiture de police viendra vous chercher vers dix heures.

– Ensuite nous vous retiendrons encore un peu pour prendre votre déposition. Nous pouvons garder votre téléphone ?

J'ai haussé les épaules d'un air indifférent en pensant : *J'ai assez de fric sous les fesses pour m'en acheter quarante millions, des téléphones portables !*

Et ils sont partis.

Jérôme Gallo, en quittant la caravane, m'a serré la main. Son chef était déjà loin devant, à la voiture.

– Ça va aller ?

J'ai fait oui de la tête avec une grimace étrange. J'ai alors senti une pression appuyée sur ma main, et je l'ai retirée vivement. « Attention, ne baisse jamais ta garde devant les ennemis, ils en profitent ! » me disait ma mère.

Je me suis assise sur les marches en parpaing de ma caravane et j'ai regardé les flics s'éloigner en laissant enfin les larmes couler sur mes joues.

Je ne voulais pas que tout le monde ait disparu comme ça. Véro, Pierre, et même ce type, Alexandre. Je ne voulais pas qu'il soit arrivé quelque chose au petit Pierre.

J'entendais les jumelles se chamailler à mes côtés, mais je ne les voyais pas. Sabrina s'est approchée de moi et elle m'a caressé la joue en me disant :

– Maman ? Ça va ? Tu veux un câlin ?

Je l'ai serrée fort en lui souriant pour la rassurer, mais je ne sais pas si ça a marché.

Et puis je me suis dit : *Heureusement que j'ai acheté une bonne bouteille de vodka, parce que dès que les petiots seront au lit, je vais pouvoir me soûler la gueule.*

Parfois, il n'y a pas d'autre réponse possible à donner à la vie. Mais avant de faire quoi que ce soit, il fallait que je finisse de compter ma tune, et puis que je lui trouve une super planque, et puis que je fasse le poulet canja riz pilaf que j'avais promis aux enfants, d'après une recette que m'avait confiée Nelson, le père de Sabrina, qui lui venait de sa mère, et tout et tout et tout.

C'est ça qui est le plus moche quand un tout petit enfant disparaît et qu'on n'a plus de nouvelles : c'est que la vie continue sans lui.

– 14 –

Je n'ai pas pu attendre que les gosses soient couchés pour me biturer.

J'ai commencé par un pastaga bien opaque en apéro, tout en servant une grosse ration de Felix à Pastis, mélangée à des graines bio pour chat, que j'avais découvertes pour la première fois dans le rayon animaux.

Toute cette histoire m'avait fait comprendre que l'argent rend la vue, ou en tout cas guérit d'une cécité partielle.

Des choses, dans les magasins, dans la rue, qu'on ne regarde qu'à moitié, ou même qu'on ne distingue pas du tout habituellement, s'imposent subitement à votre vision et à votre conscience, en gros plans, du simple fait qu'on a la cagnotte remplie.

Aussi sûr que l'amour rend aveugle – encore que c'est une connerie que je n'ai jamais bien comprise, mais enfin on le dit –, eh bien l'argent, lui, restitue le monde visible. La preuve, j'avais vu pour la première fois qu'il existait des graines bio pour les chats !

J'ai d'abord fait sauter le riz façon pilaf, et quand il s'est mis à rissoler, je l'ai noyé dans une dose d'eau salée et safranée. Puis j'ai découpé le poulet en morceaux en me servant un deuxième verre. Pastis a fini son énorme plat en un clin d'œil, et il nous a fait un cinéma après ça, il a sauté de joie dans tous les sens. La danse du ventre plein. Ça nous a fait éclater de rire, et j'ai même cru un moment qu'il allait tomber dans la poêle où je faisais mijoter les oignons finement coupés en rondelles.

J'avais mis à mariner dans un saladier les morceaux de poulet dans de la crème de coco, le tout allongé d'eau chaude, arrosé d'huile d'olive et saupoudré de cumin.

Je m'envoyais des chips pour faire descendre l'apéro, tout en mettant de côté les oignons dorés et fondants pour faire revenir le poulet dégoulinant de sa sauce.

Quand j'ai senti que ça commençait à saisir, j'ai ajouté les oignons et la sauce de la marinade, quelques graines de coriandre, et pour finir j'ai encore ajouté de l'eau.

L'odeur dans la caravane nous faisait déjà planer. J'ai goûté. Comme aurait dit ma grand-mère Ruth : le petit Jésus en culotte de velours !

À sept heures piles, c'était prêt et on s'est mis à table.

J'ai ouvert pour l'occasion un châteauneuf-du-pape que j'ai pris au hasard dans tous les vins que j'avais achetés, et une bouteille de Champomy pour les petits. C'était vraiment la fête. Pendant que les enfants en étaient aux Petit Gervais, j'ai entamé la bouteille de vodka.

Bien entendu, je n'étais plus vraiment en état de réfléchir après tout ça. Du coup, au lieu de coucher les petits, j'ai décidé qu'on irait faire un tour tous ensemble et on s'est mis sur notre trente et un. Je me suis dit que j'avais besoin d'aller voir quelques copains, et le Sélect me semblait tout indiqué. Il y avait quand même une petite trotte jusqu'au centre-ville, et je ne suis pas sûre que mon itinéraire ait été très rectiligne.

Je suis entrée au Sélect en riant, et Mimi a tout de suite vu que j'étais pompette. Elle m'a installée au fond du café. Elle n'avait pas trop le temps de parler, mais elle a réussi à me demander comment j'avais fait pour me retrouver avec un quatrième gosse sur les bras.

– Je suis une rapide ! j'ai répondu.

– Ouais, ben en tout cas, essaie de faire en sorte que Toni ne te voie pas dans cet état, parce que c'est ton seul job, je te signale ! Et je ne crois pas que tu pourrais t'en passer.

Ça m'a mise en rogne cette dépendance au patronat, et, forte de tous mes millions que je n'avais d'ailleurs toujours ni comptés ni planqués sérieusement, je me suis mise à gueuler :

– Rien à foutre de ce type ! Qu'il aille se faire voir ! S'il croit que je vais lui lécher le cul !

– Maman ! m'a jeté Sabrina avec un regard noir. Tu dis des gros mots.

Alors là, j'ai eu honte, et je me suis levée d'un air digne.

– Bon, Mimi, ce n'est pas tout ça. J'étais venue pour te dire un truc important, mais t'es trop c… (j'ai jeté un coup d'œil à Sabrina)… trop nulle, alors je me casse !

– C'est ça ! Toujours aimable, à ce que je vois ! On en reparlera demain quand t'auras dessoûlé !

– Et tu pourras dire à l'autre… (je cherchais des mots non censurés par Sabrina)… *nouille* de mes deux que s'il a besoin de moi, il a intérêt à me faire des excuses…

J'ai quitté les lieux avec ma smala en essayant de garder le cap dignement vers la porte d'entrée. Quelques pas plus loin, je me suis retournée pour faire un bras d'honneur au Sélect, geste tout ce qu'il y a de plus stérile et de plus gratuit, quand j'ai remarqué un bonhomme en costard noir qui y entrait. Il m'a semblé reconnaître un des deux malabars que j'avais vus à l'Hôtel de Provence, mais je n'en étais pas très sûre. Je me suis dit : *Ma vieille, tu débloques, tu ferais bien d'arrêter ta parano, plus vite que ça !*

Les enfants n'avaient rien remarqué.

Puis j'ai aperçu quelque chose qui m'a immédiatement dégrisée : le deuxième homme de l'hôtel était tapi dans une encoignure d'entrée et il avait un flingue au bout du bras.

J'ai tourné la tête le plus vite que j'ai pu, mais j'ai eu l'impression qu'il avait vu que j'avais vu et qu'il n'était pas content du tout.

Il a couru derrière l'autre dans le Sélect en rangeant son flingue dans sa poche, comme s'il avait une urgence à lui dire. Quelle urgence ça pouvait être, sinon : *Hé, mec, je l'ai trouvée !*

Mais qui, pourquoi, et pourquoi moi ?

C'était quoi, ce délire ? Tout ça parce que des gosses leur avaient fait une blague dans un café ?

Ou alors c'était : *Hé, mec, y a une conne qui a repéré mon flingue, il faut l'éliminer avant qu'elle dégoise.*

Oui, je sais, le langage, ça fait un peu *Tontons flingueurs*, et je ne crois pas que ces types connaissaient leurs classiques à ce point… N'empêche que je n'ai pas attendu de réponse à ces questions et je me suis mise à cavaler dans la rue. J'avais un peu d'avance, le temps qu'il essaie de récupérer son pote. Les petits riaient, mais je leur faisais :

– Chuuut ! Chuuut ! La sorcière est derrière nous, vite, on court plus vite qu'elle !

Dans les rues en pente, c'était pas trop dur et la poussette descendait toute seule.

– 15 –

On s'est retrouvés à la caravane en deux temps, trois mouvements, et j'ai mis les gosses au lit avec le cœur qui battait drôlement. Tout ça pour des choses complètement imaginées ! Mais la règle numéro un que ma mère m'a enseignée, c'est de me fier à mon intuition.

Mission accomplie, non ?

J'ai fait la vaisselle en essayant de ne pas être trop bruyante, mais j'avais tort de me biler. En général, ce genre de son, ça les berce.

J'attendais que les gosses soient endormis.

Quand le dernier verre a été essuyé et rangé dans son placard, ça ronflait sec dans la chaumine.

Je me suis installée sur ma banquette devant ma petite table, et j'ai vidé les sachets de la pêche miraculeuse. J'ai compté les billets en faisant des petits tas. Incroyable mais vrai : chaque enveloppe contenait vingt-cinq mille euros ! Enfin sauf une qui en contenait un peu moins. Moins des poussières. C'est-à-dire moins ce que j'avais déjà dépensé : la brasserie, le goûter à l'Hôtel de Provence, les courses au Monop' et la mobicarte, soit moins cinq cents environ. Ce qui me servait en général à vivre un mois entier. Il y avait dans chacune des six enveloppes vingt-cinq liasses de dix billets de cent euros. Soit cent cinquante mille euros en tout. Je me suis mise à parler toute seule. En fait je parlais à ma mère.

Mais pour qu'elle comprenne, fallait que je fasse la conversion en francs. Et traduit en francs, ça faisait un million tout rond. Pas mal, hein ? Cent briques. Cent patates, comme dans le film des Inconnus que je n'avais jamais vu mais qu'une copine m'avait raconté en détail.

Cent patates, maman ! J'ai trouvé cent patates ! Qu'est-ce que je vais en faire ? T'as une idée ?

Je me suis creusé les méninges quelques heures pour savoir ce que j'allais faire de tout ce fric. Je n'ai pas trouvé.

J'ai feuilleté le catalogue de La Redoute, pour avoir une idée. J'entendais la respiration des enfants. Simon avait le sommeil agité. Il remuait beaucoup. Il haletait. Il émettait des petits bruits mouillés avec la bouche.

L'autre partie de la nuit, je me suis demandé où j'allais le planquer. Le fric, pas Simon !

Pastis était parti, pourtant il avait bien mangé, et au petit matin, comme je ne dormais toujours pas, je suis sortie en griller une, histoire de voir en même temps s'il était dans les parages, et je l'ai aperçu qui émergeait d'une fenêtre du premier étage de la gare désaffectée. C'est ça qui m'a donné l'idée.

J'ai fourré rapidement environ deux mille euros dans mon sac à main. J'ai attrapé le sachet en plastique plein des enveloppes de fric. Il fallait que je fasse vite, car il allait bientôt faire jour.

Je suis entrée discrètement au premier étage de la vieille gare, par la même fenêtre que Pastis, après avoir grimpé sur le toit de ma caravane. Lui, il était passé par un petit carreau cassé. Moi, j'ai dû introduire d'abord mon bras, puis tourner la clenche, ce qui a débloqué la fenêtre. Je l'ai entrouverte et je suis passée rapidement à l'intérieur.

J'ai laissé le volet ouvert pour que la lumière du lampadaire éclaire suffisamment la pièce.

C'était incroyable. Il y avait encore tout le mobilier de bureau du temps où la gare était en état de fonctionner. Un peu dégradé, car de l'eau avait coulé sous les ponts, et surtout personne ne venait jamais nettoyer. Mais enfin, grosso modo, tout y était. En y réfléchissant, étrangement, ça n'avait jamais été squatté. Mais c'est vrai que parfois je voyais des types qui venaient faire une petite visite de contrôle.

J'ai cherché un peu partout une bonne cachette, un trou, un coin, une trappe, et puis finalement j'ai simplement sorti complètement un tiroir. Il était très profond. J'ai bloqué le sachet dans le fond, et j'ai remis le tiroir à sa place. Ni vu ni connu. J'avais improvisé une sorte de double-fond.

En repartant, j'ai essuyé les traces de mes pas dans la poussière, j'ai bien refermé la clenche de la fenêtre et j'ai poussé les volets tout contre. Pastis allait râler, mais tant pis.

Quand je suis revenue dans la caravane, Pastis est passé entre mes jambes en vitesse, il a grimpé sur la table, et il a brusquement été pris de convulsions. Il a tout dégobillé sur le Formica, je vous jure, c'était pas très ragoûtant.

Je lui ai mis un bol d'eau et il a fallu que je nettoie encore tout ça avant de pouvoir enfin me recoucher.

Il était quatre heures moins le quart, et je devais réveiller mes petits poux à sept heures. J'avais intérêt à ne pas perdre une minute. Juste avant de m'endormir, j'ai pensé que Pastis n'avait pas l'habitude de manger tant, et qu'il fallait que je fasse attention à lui mettre des portions plus petites.

Le luxe, c'est quelque chose qu'il faut apprendre à petite dose. Enfin pour certains. Parce que pour moi, ça va, merci. Je m'y suis faite tout de suite !

Jeudi

Les contes de fées, ça existe

– 16 –

Le réveil a sonné. Comme d'habitude. Sauf que c'était pas une gueule de bois que je me payais, mais carrément une gueule de béton !

J'ai avalé trois cafés serrés – pourquoi se censurer ? *Tout, tout pour ma chérie, ma chérie, Tout, tout pour ma chérie, ma chérie ...*

Merci maman, message reçu ! Elle était revenue à Polnareff.

Sous une pluie fine qui finissait par vous mouiller bien à fond, j'ai foncé dès huit heures sur les chemins des écoliers en chantonnant cet air guilleret. D'abord la crèche, où j'ai laissé la poussette, puis l'école maternelle, où j'ai snobé tout le monde comme d'hab. Mais enfin, j'étais à l'heure partout, on ne pouvait rien me dire.

Je suis revenue pour réaliser que je m'étais trimballée royalement avec mon imper enfilé à l'envers. J'avais l'air fine !

Il était neuf heures. J'ai pris le temps de me regarder dans la glace, et ce que j'ai vu ne m'a pas plu. C'était d'ailleurs la raison pour laquelle je ne m'étais pas regardée plus tôt. Je me doutais bien qu'après la sale nuit que j'avais passée, j'aurais un sacré boulot pour me ravaler la façade !

J'ai sorti ma trousse à maquillage et j'ai mis mes couleurs. Bouche badigeonnée de rouge sang, cils enduits de violet, paupières fardées de mauve et argent, joues saupoudrées de blush orange et un peu – une tartine ou deux – d'anticernes.

Tout, tout pour ma chérie, ma chérie, Tout, tout pour ma chérie, ma chérie…

Je me suis sentie un peu mieux, même si c'était pas vraiment ça. J'avais mal au cœur.

Quand j'ai voulu remettre mon imper à l'endroit, je ne pouvais plus l'enfiler vu qu'il était tout mouillé dedans. J'ai été obligée de mettre mon vieux blouson rose fluo. D'abord, c'était pas très discret pour aller chez les flics, et puis ça détonnait avec mon standing actuel. Je me suis juré que je passerai au Monop' dans la journée pour m'acheter manteau, blouson et imper neufs.

J'ai refait un café. Branché Chérie FM pour aller avec ma chanson du jour. Attendu en me refaisant les ongles, pendant que le café passait.

Comme par hasard, il y avait Polnareff qui braillait aussi. Je me suis fait la réflexion que, de là où elle était, maman arrivait même à squeezer la radio quand elle voulait me dire quelque chose d'important.

Il faudrait bien que je me décide à décoder ! Mais je n'arrivais pas à me concentrer.

Un bruit de moteur. On a frappé à la porte. J'ai regardé ma Swatch. Dix heures pile. J'ai avalé vite fait le fond de ma tasse. Je suis sortie.

Je me suis exclamée :

– Vous êtes à l'heure ! C'est bien !

En une seconde, j'ai pris note de l'état de la situation. Le chef qui haussait les sourcils d'un air exaspéré. Je ne sais pas ce qu'il avait celui-là, je ne pouvais pas ouvrir la bouche sans lui taper sur les nerfs. Ça devait être épidermique !

Jérôme m'a jeté un regard en coin franchement admiratif. Mais il n'osait rien me dire de peur que je le mette encore en boîte. Pourtant je ne pouvais pas m'empêcher de penser qu'il était toujours aussi craquant. Il m'a ouvert la portière arrière, on n'a rien dit de tout le trajet.

En arrivant au commissariat, ils m'ont tendu un gobelet en plastique avec du jus de chaussette dedans, et ils m'ont installée confortablement dans un fauteuil en face d'un bureau en me demandant d'attendre sagement.

Après avoir mariné un bon moment, j'en ai eu marre. Je suis allée dans le couloir et j'ai gueulé :

– Alors, c'est pour aujourd'hui ou pour demain ?

Un type, sur son trente et un, émergeait juste à ce moment-là d'un ascenseur.

Il m'a jeté un regard appréciateur et il s'est approché de moi :

– Que se passe-t-il ? On ne s'occupe pas de vous ?

Il a gueulé d'une voix de stentor :

– Borelli !

Une porte s'est ouverte et le chef de Jérôme est apparu.

– Je crois que madame vous attend.

Borelli a balbutié :

– Oui, monsieur le commissaire, et il est passé devant moi pour entrer dans son bureau en marmonnant entre ses dents « espèce d'enfoiré » et en disant plus haut : Si vous voulez bien me suivre, madame Maldonne…

J'ai adressé un sourire éblouissant au commissaire qui s'éloignait et je suis entrée dans le bureau derrière Borelli en lui réservant mon regard le plus triomphateur possible. Et puis je me suis rappelé pourquoi j'étais là et je me suis assise toute ramollie dans mon fauteuil. C'est terrible comme on oublie la gravité des choses, pendant quelques secondes et même parfois des minutes entières.

Je n'ai pas pu me retenir plus longtemps :

– Qu'est-ce que vous vouliez me montrer ?

Borelli m'a coupé la parole :

– On se calme ! On reprend tout à zéro. Vous avez besoin d'un petit rappel de procédure : ici, c'est moi qui pose les questions. Compris ?

Et il a commencé :

– Nom ? Prénom ? Âge ? Etc.

Puis il a extrait d'un tiroir tout un tas de sachets transparents et, avec une grande pince, il en a retiré les affaires de Pierre .

J'ai reconnu tour à tour sa salopette, ses petites sandales, son doudou – un vieux lapin d'un jaune sale.

En même temps que je faisais oui de la tête chaque fois qu'il me demandait si l'objet appartenait à Pierre, il continuait à me poser toutes sortes de questions, qui à mon avis ne servaient à rien. Il voulait surtout savoir des choses sur le fameux Alexandre.

Je lui ai demandé pourquoi il ne cherchait pas aussi du côté de l'ex qui était quand même bien frappadingue, vu qu'il avait découpé le canapé de Véro en petites lanières, mais il m'a répondu que je me mêle de mes oignons, qu'il faisait son boulot, et que surtout je ne devais me faire aucun souci, aucune piste ne serait négligée pour retrouver le petit Pierre. Il a aussi voulu savoir si je connaissais un certain Djaïd Allaoui, airèmiste de son métier, qui avait pour habitude de dormir dans les jardins d'enfants.

Je ne le connaissais pas.

Il m'a rendu mon téléphone portable en me remerciant. Ils avaient enregistré les messages et les numéros que j'avais en mémoire. Ils n'en avaient plus besoin.

– 17 –

Je suis rentrée à la caravane vers deux heures. Je crevais de faim. Je me suis avalé le reste du riz et du poulet de la veille sans les réchauffer, debout, en réfléchissant.

Et puis je me suis dit que j'avais besoin d'un certain nombre de choses et j'ai eu le temps de m'acheter un nouveau téléphone. Le mien était vraiment ringard. Il faudrait que je transfère ma carte SIM pour garder le même numéro.

En revenant des courses, j'ai trouvé un billet plié, coincé dans la serrure. Ce billet était rédigé d'une jolie écriture élégante, à l'encre noire, sur un papier à lettres raffiné. C'était pas très malin, parce que avec ce temps pourri l'encre avait en partie coulé.

Je suis passé vous rendre une petite visite. Je ne sais pas ce qui m'arrive, mais depuis quelques jours, je découvre en moi un instinct grégaire que je ne me soupçonnais pas. Je suis habituellement plutôt un solitaire, pour ne pas dire un sauvage.

Mais j'en ai soudain plus qu'assez de dîner seul. Que diriez-vous de partager un repas avec un vieil ours ? Vous êtes, de loin, la personne la plus intéressante qu'il m'ait été donné de rencontrer depuis…

Je trouve votre home tout à fait charmant, et bien à votre image ! Nous pourrions aller au restaurant – bien sûr les enfants nécessiteraient alors une baby-sitter – mais nous pouvons aussi les emmener avec nous, ou improviser un dîner chez moi ? Je suis un spécialiste des spaghettis à l'arrabiata. Qu'en pensez-vous ?

Votre dévoué Gaston

Sans commentaire. Un peu décalé, le gonze ! Je n'avais pas compris la moitié de son charabia.

J'ai appelé Véro. Rien. Je m'imaginais toutes sortes de scénarios. Que Michel, son ex, était venu chercher le petit, que Véro avait retrouvé sa trace, et qu'au moment où elle le menaçait avec le fusil de chasse d'Alexandre, il s'était enfui avec Pierre, de rage.

Mais peut-être aussi que ce mystérieux Djaïd avait quelque chose à voir avec cette histoire ? Et Alexandre ? Pourquoi les flics me posaient-ils toutes ces questions sur lui ?

Je suis partie chercher les enfants, et nous sommes revenus en flânant, après nous être arrêtés sur une place qu'ils aiment bien parce qu'il y a une grosse fontaine. On est entrés dans une boulangerie pour acheter des pains au chocolat et on s'est assis sur la margelle pour les déguster.

– Pourquoi on a droit à tous ces délices de la vie, tout à coup, maman ? m'a demandé Sabrina, perspicace.

– Parce que j'ai gagné au Loto, ma puce.

Après, les enfants ont joué au petit train. Ils célébraient des tas de victoires au Loto, je crois. Je l'ai compris parce que quand ils sont passés près de moi pour la troisième fois en faisant le tour de la fontaine, j'ai réussi à entendre les paroles de leur chanson qui étaient : *Le petit-train / Caca bou-din / Il a ga-gné / Les doigts dans l'nez / Le gros Lo-to / Les gros gâ-teaux.*

Sabrina courait avec son nouveau petit sac à dos

transparent. Il était censé ne transporter que son goûter, mais elle l'avait bourré d'affaires précieuses pour elle : poupées, habits et bijoux de princesse, trésors de guerre.

Pendant quelques secondes, je me suis abandonnée à ce qui peut ressembler à du bonheur. Parce que, si on s'habitue vite au luxe, il faut bien reconnaître que c'est plus dur pour le bonheur. On a plutôt peur de se laisser aller. On est sûr que le châtiment nous guette.

Je n'avais plus mal à la tête. J'étais repue. Les enfants, heureux, jouaient près de moi. Je n'avais pas à me préoccuper de mon avenir immédiat. Et, par un miracle horrible et égoïste, j'avais oublié en même temps la disparition du petit Pierrot et la triste vision de son doudou, dans son plastique transparent.

J'ai soupiré d'aise. On est rentrés mollement à la maison.

En approchant de la caravane, j'ai compris que quelque chose clochait quand Sabrina a crié :

– Maman, la sorcière, elle nous a retrouvés ! Elle a défoncé la porte !

Putain de bordel de putain de merde !

Ils avaient tout foutu en l'air, ces enfoirés. La porte de la caravane était défoncée, béante. Le Plexi des vitres, en mille morceaux. À l'intérieur, tout était sens dessus dessous.

Tous les placards avaient été disloqués, ouverts, et leur contenu s'étalait en couches superposées sous nos pieds quand on essayait de se déplacer. Les coussins avaient été éventrés, les lits, arrachés, les coffres de rangement, retournés, la vaisselle, cassée, le mobilier, fracassé.

Je tournais lentement sur moi-même au milieu de cette désolation, le cœur soufflé. Ça ne faisait aucun doute que quelqu'un cherchait quelque chose chez moi. Mais quoi ?

Enfin, QUI, plus exactement. Parce que en ce qui concernait le quoi, j'avais ma petite idée !

Sabrina hurlait : « Mes cassettes ! Mes livres ! Mes dessins ! Mes poupées ! » en pleurant.

Simon la regardait, comme toujours très intéressé par ses manifestations d'hystérie. Les jumelles gazouillaient de plaisir au milieu du désordre. Pastis, le poil hérissé, crachait, perché tout en haut d'un placard branlant.

Je me suis assise par terre, au milieu du merdier, et j'ai commencé à pleurer. C'était sûrement le choc, additionné aux autres émotions de la journée.

J'ai entendu un bruit de moteur, des pas, et j'ai eu la trouille qu'*ils* soient revenus. J'ai ravalé mes larmes et je suis sortie précipitamment pour ne pas me faire coincer à l'intérieur.

Ouf ! C'était juste Jérôme Gallo, tout frais, tout souriant, qui s'était pointé à moto.

– Salut ! Je passais par là et je me suis demandé si vous accepteriez de venir casser une petite croûte avec moi.

Et devant mon expression, il a vite ajouté :

– Avec les enfants, bien sûr !

Décidément, celui-là, il ne perdait pas le nord !

Mais je ne sais pourquoi, j'étais plutôt contente qu'il soit là, et je suis tombée dans ses bras en chialant.

Oh non ! Mais qu'est-ce qui m'arrivait ? J'allais pas faire dans le genre nouille à la vanille, maintenant !

– 18 –

Il m'avait entourée de ses bras vigoureux et commençait à prendre une voix de papa qui console un enfant et, bien sûr, j'ai trouvé ça drôlement bon, alors, normal, j'ai senti la moutarde me monter au nez.

Non mais pour qui il se prenait celui-là, avec ses airs supérieurs ? Je sais, ma réaction était un peu injuste, et je m'en suis prise à lui pour la bonne raison que je craquais, que j'avais horreur de ne pas me sentir assez forte pour être à la hauteur de la situation, que j'en pinçais pour ce type, et parce qu'il était là, tout simplement.

Je crois qu'il n'a rien compris à ce qui s'est passé.

Je l'ai repoussé, j'ai ouvert en grand la porte de la caravane et j'ai lancé :

– Voilà ! Vous avez vu ? Vous êtes content ?

Il m'a regardée d'un air interrogateur, et il a jeté un coup d'œil à l'intérieur.

– Mais qu'est-ce…

Pendant ce temps, je réfléchissais à tout berzingue. Je me disais que si j'acceptais de dîner avec lui, je pourrais peut-être lui tirer les vers du nez. Essayer de savoir qui était ce fameux Djaïd. Pourquoi ils en avaient après Alexandre. Et je pourrais faire d'une pierre deux coups et peut-être réussir à retrouver Pierrot… Et en même temps, en bonne midinette qui se respecte, j'avais des images de couchers de soleil en amoureux qui flottaient dans ma tête.

Bon. Je commençais à me demander comment je pouvais rattraper mon agressivité gratuite et je ne voyais vraiment pas. Découragée, je me suis assise sur mes parpaings et j'ai sorti un vieux Kleenex de mon sac pour me moucher.

Pendant ce temps, Jérôme farfouillait dans la caravane. Je trouvais ça un peu gonflé, mais c'était sûrement un réflexe de flic. Il parlait avec les enfants. Il leur posait toutes sortes de questions. J'entendais Sabrina qui lui répondait :

– Heureusement que z'avais ma princesse avec moi !

Au bout d'un moment, il est ressorti. Il s'est assis à côté de moi. Il a fait le geste d'entourer mes épaules avec son bras, mais il s'est repris. Il a mis les mains dans ses poches. Il ne disait rien.

– Je ne comprends pas.

– Vous croyez que c'est des voleurs ? j'ai demandé d'une petite voix, comme s'il ne s'était rien passé entre nous.

Je veux dire, comme si je ne l'avais pas engueulé comme du poisson pourri juste avant. Il a eu l'air plutôt soulagé.

– Moi non plus je ne comprends pas, il a répondu. Vous nous avez tout dit, à propos du petit Pierre, hein ? Vous n'auriez pas un truc qui pourrait compromettre quelqu'un et que cette personne serait venue chercher ? Ou alors autre chose ? Vous n'auriez pas une embrouille avec quelqu'un ?

J'ai pris l'air le plus innocent possible.

– Non. Je vous ai dit tout ce que je savais. Qu'est-ce que je vais faire ? Où on va dormir, nous, cette nuit ?

– Justement, j'allais vous suggérer de…

Je n'ai jamais su ce qu'il voulait me proposer, enfin je l'ai su plus tard, parce qu'il a réitéré son offre, mais là tout de suite, je ne l'ai pas su. Pourquoi ? Parce que juste à ce moment-là une Jaguar couleur bronze laquée s'est arrêtée devant nous.

Gaston en est sorti, dans un costume de lin crème, avec un panama sur la tête. Il était tout sourires et j'avoue que ça m'a fait du bien de voir tout d'un coup quelqu'un qui n'était pas au courant, pour le petit Pierre.

Oui, je sais, c'est égoïste, mais je n'ai jamais dit que j'étais une superwoman doublée d'une Mère Teresa. C'est simplement de moi qu'il s'agit, et, même si je ressentais une immense peine, un sentiment d'indignation et un furieux désir de vengeance devant tout ce qui avait bien pu arriver à Pierrot, en même temps, à cette minute, j'ai été soulagée de voir une porte qui s'ouvrait sur un possible et momentané oubli.

– Ah ! Vous êtes tous là ? a dit Gaston. C'est très bien ! Tout le monde vient dîner ?

Décidément, l'instinct *grégaire* était bien là !

– Euh… a balbutié Jérôme.

– Vous avez vu ce qu'ils m'ont fait ? j'ai demandé en désignant la porte de la caravane.

Après quelques minutes de silence pendant lesquelles il a contemplé les dégâts, il s'est écrié, indigné :

– Mais qui, *ils* ? De qui s'agit-il ? Qui vous a fait ça ? Et pourquoi ? Quand cela s'est-il passé ?

– Qui ? Aucune idée. Pourquoi ? J'en ai une vague idée. Et quand ? Entre la sortie de l'école et maintenant.

– Une vague idée ? a dit Jérôme. Comment ça ? Pourquoi vous ne me l'avez pas dit ?

– …

– Alors, pourquoi ? ont-ils demandé tous les deux, en chœur.

– Ça, ça ne regarde que moi. Je suis désolée, mais je ne peux le dire à personne.

Ils étaient tous les deux vexés comme des poux, et chacun regardait l'autre de travers, persuadé que si nous avions été en tête à tête, j'aurais confié mon secret.

Bien sûr, ils se gouraient complètement. Je n'allais sûrement pas leur expliquer que je pensais que ça avait un rapport avec cent patates trouvées dans six poubelles publiques !

– 19 –

C'est le moment qu'ont choisi les jumelles pour se mettre à hurler. Je les ai prises dans mes bras, il n'y a que ça qui les calme quand elles pleurent sans raison. J'ai une technique bien au point où elles sont positionnées ensemble sur mon bras droit – je n'ai aucune force dans le gauche. Elles adorent ça parce qu'elles sont pelotonnées l'une contre l'autre et que ça les rassure.

Et je marchais de long en large.

Sabrina reniflait toujours. Elle me suivait partout en s'agrippant au bas de ma minijupe. Simon, au milieu, observait la situation tout en tirant les oreilles et la queue de Pastis qui semblait ravi.

Ce chat a quelquefois tendance, pour se reposer de sa grande intelligence, à se prendre pour Rantanplan, le chien des Dalton. Ce qui fait qu'il était persuadé, en ce moment même, que Simon n'était animé que par une seule idée : lui faire des câlins. Il se laissait donc torturer avec délices.

– Où allez-vous dormir ? a demandé Gaston.

– Et manger ? j'ai dit.

– Mais non, manger, c'est réglé, vous venez avec moi.

– C'est vous qui le dites. Moi, je n'ai encore rien décidé.

S'il était contrarié, il n'en a rien montré.

– C'est ce que je voulais vous dire tout à l'heure, a ajouté Jérôme.

– Quoi ?

– Je voulais vous proposer de venir dormir chez moi.

– C'est comment chez vous ? Il y a combien de chambres ?

– Euh… C'est un trois pièces… J'ai une chambre d'amis. Les enfants y seront très bien.

Je le regardais d'un air incisif.

– Et moi ?

Il a rougi, cet idiot, et pour cause ! Il avait bien imaginé que moi, je serais dans son lit ! Et il n'avait pas tort. Car c'est sûr que si je passais la nuit sous le même toit que lui, ça ne traînerait pas ! Mais il ne pouvait pas le dire sans risquer de compromettre complètement son plan. Et il faut bien reconnaître que je n'étais pas insensible à son charme un peu naïf.

– Euh… Vous prendrez ma chambre, et je dormirai sur le canapé, dans le salon… ? a-t-il ajouté sur un ton plein d'espoir.

C'est là que Gaston s'est interposé.

– Non, ça ne va pas, a-t-il dit, péremptoire. Il y a deux autres possibilités. Primo, elle pourrait venir chez moi. Il se trouve que j'habite une grande demeure. Un peu surannée et sans confort, mais elle a l'habitude, n'est-ce pas, Rose ?

J'ai protesté :

– Dites tout de suite que je suis une traîne-savate !

– Chez vous ? a demandé Jérôme. Mais je croyais que vous viviez à l'hôtel !

– Non. Je suis dans la vieille bastide de la parfumerie, au sud de la ville.

– Mais vous êtes qui, vous, exactement ? a voulu se

renseigner Jérôme, qui paraissait à la fois soupçonneux mais aussi épaté, fasciné par Gaston.

Celui-ci s'est tourné vers moi.

– J'ai loué une chambre à l'Hôtel de Provence l'autre jour pour l'interview, m'a-t-il expliqué, comme si je savais tout de sa vie. Il était hors de question que je fasse entrer des journalistes chez moi. Justement. J'allais y venir. À l'hôtel. C'est mon plan B. Le meilleur, je pense. Rose, vous irez vous installer à l'hôtel.

Il s'est tourné vers Jérôme :

– C'est trop petit chez vous. Avec tous ses enfants, elle va vous déranger. Rosie, je vous invite. Après tout, je peux bien faire ça pour ma nièce. Ils ont des suites où vous serez très bien avec les enfants.

Jérôme est devenu encore plus rouge, mais cette fois, c'était de rage, et il a tourné la tête pour que personne n'assiste à son accès de colère, vite maîtrisé, je dois dire, parce qu'il s'est retourné avec le sourire :

– OK. Je capitule. Votre plan a l'air bien meilleur que le mien.

Il devait se dire que l'occasion se représenterait. En effet, il a demandé à Gaston :

– Dites-moi, vous êtes bien en vacances dans la région ?

– Absolument pas, a répondu Gaston, flegmatique. J'y ai toujours habité. D'ailleurs j'y suis même né, mais à l'époque, je n'habitais pas la grande maison de la parfumerie. Ma mère ramassait le jasmin pour les propriétaires de la fabrique pendant la saison, et le reste du temps elle travaillait à la savonnerie. J'ai tout racheté pour une bouchée de pain quand ils ont déplacé le complexe dans la zone industrielle. Les bâtiments ne correspondaient plus aux normes. Bon, vous faites votre sac et on y va ?

– Oui, mais je ne vais pas à l'hôtel, j'ai dit.

Je venais de penser que l'appartement de Véro était libre, et que finalement c'était là le meilleur endroit. Parce que franchement, malgré mon envie de passer une nuit blottie entre deux bras protecteurs, il faut reconnaître que je n'avais pas vraiment le cœur à batifoler. Eh oui, moi aussi, de temps en temps, j'ai besoin de dormir ! L'Hôtel de Provence, je ne m'y sentais pas à ma place. Chez Véro, au moins, je connaissais l'appart, je pouvais y faire à manger pour les gosses, les coucher dans les chambres des deux gamins.

En pensant à Pierrot, j'ai eu un frisson, mais je me suis dit que Simon, lui au moins, serait chez lui.

J'ai eu un brusque coup de déprime en réalisant que personne n'avait encore annoncé à Simon que son petit frère avait disparu dans la nature.

Pendant que je songeais à tout ça, après avoir reposé les jumelles, je farfouillais dans les décombres beyrouthins de mon *sweet home* pour trouver un sac de voyage.

Il faut dire que, si pour les fringues je suis super gâtée grâce à Mimi, les valises, par contre, comme je ne connais personne qui part régulièrement en voyage, je n'en hérite jamais. Alors je suis pauvre en bagages. Oui, c'est une chose que je n'avoue pas souvent, mais « *c'est comme ça la vie* », comme dirait Sabrina !

J'ai trouvé sous une banquette un vieux sac Tati dont la fermeture Éclair était cassée. Alors j'ai encore fouillé un peu et trouvé une ficelle pour fermer le fourre-tout que j'ai commencé à remplir méthodiquement : d'abord des rechanges pour les quatre enfants et moi, les couches pour les petites, et des affaires de toilette.

En me voyant faire, Sabrina a compris qu'on quittait les lieux.

– On part en vacances, maman ?

– Presque. En vacances de maison !

Elle s'est mise à prendre des sachets qui traînaient et à les remplir de ses affaires : cahiers, feutres, petites poupées, etc.

Jérôme, qui cachait mal sa contrariété, s'est approché des enfants pour les aider. Je l'observais du coin de l'œil aider Sabrina à rhabiller certaines poupées quand elle le lui demandait, et à les ranger dans le sac.

– Mais non, pas comme ça, a-t-elle dit. Celle-là, c'est la princesse. Elle a son coffret à bijoux, là, avec elle, tu vois pas ? Elle veut que moi pour s'occuper d'elle !

Jérôme a eu l'air confus et il a jeté un regard gêné vers moi. Il était trop mignon.

Une fois mon sac rempli, j'ai pris aussi un peu de bouffe.

– Mais pourquoi prendre de la nourriture, puisque nous mangeons tous au restaurant ? a demandé Gaston.

– Non, moi et les enfants, on mangera là où on va dormir.

– Et on peut savoir où vous allez dormir ? a demandé Jérôme sur un ton un peu agacé.

Son intonation m'a exaspérée. Il se comportait comme si j'étais une gamine et que je ne savais pas ce que je faisais.

– Ça ne vous regarde pas. Je ne vous le dirai pas.

– Parce que si c'est là où je crois que vous voulez aller, vous ne pouvez pas. Voilà.

– Pourquoi ?

– Parce qu'on a mis les scellés ce matin.

Gaston suivait la conversation d'un air perplexe. Et moi, j'ai lâché mon sac et je me suis laissée tomber sur un tas d'affaires par terre.

– J'en ai marre ! Foutez le camp tous les deux ! Je ne peux même pas chialer tranquille à cause de vous ! J'ai horreur qu'on me regarde pleurer !

– 20 –

Ils sont sortis de la caravane sur la pointe des pieds et j'ai pleuré tranquillement pendant au moins une minute. Mais j'ai vu que Lisa et Emma commençaient à avoir elles aussi le menton qui tremblait. Sabrina grimaçait horriblement et sa respiration se faisait haletante. Simon avait carrément mis Pastis à l'envers et il commençait à vouloir lui attacher les pattes avec la ficelle de mon sac Tati.

J'ai compris. Je me suis dit qu'il était temps que je me reprenne pour faire face à mes responsabilités de mère de famille nombreuse. Je me suis mouchée bruyamment, annonçant ainsi à la cantonade que j'avais fini ma crise. Ce que je leur ai dit d'ailleurs en sortant de la caravane avec le sac plein à ras bord.

– Bon, allez, les gars, j'ai fini ma crise, on y va.

– Où ? ont-ils demandé en chœur, pleins d'espoir, chacun pour des raisons différentes.

– À l'hôtel !

Il a fallu charger le coffre de la Jaguar avec le sac Tati et la poussette pliée. C'est beau comme caisse, mais il n'y a pas énormément de place dans le coffre, il faut bien le dire. Enfin, je n'allais pas critiquer, j'étais trop contente d'avoir un carrosse.

Les gosses se sont mis tous les quatre derrière avec Pastis qui hurlait d'un miaulement qu'on ne lui connaissait pas, comme s'il s'était coincé la gorge dans une porte de garage.

Le pauvre, c'était la première fois qu'il montait dans un véhicule qui roulait.

Jérôme nous a dit au revoir, mais Gaston a insisté pour qu'il dîne avec nous. Il a fini par céder. On s'est donné rendez-vous dans la grande salle de la Brasserie de la Piazza une demi-heure plus tard. Parce que j'avais fait un caprice pour ne pas manger au restaurant de l'hôtel. J'avais déjà été humiliée une fois dans ce tripot, je n'avais pas envie de remettre ça. Le petit déjeuner dans ma suite, c'est tout ce que j'accepterais d'avaler dans ce lieu.

– On va passer devant ma maison. Comme ça vous saurez où j'habite. Ça peut servir, a dit Gaston.

Il a fait un détour et on a emprunté une petite départementale peu fréquentée qui longeait un mur de pierre d'un côté et un ruisseau de l'autre.

Il a stoppé devant un vieux portail déglingué en fer forgé. C'était envahi de mauvaises herbes. Juste derrière, une allée majestueuse bordée de palmiers guidait le regard jusqu'au château de la Belle au bois dormant. Il émergeait de l'écrin d'un parc en friche. On devinait l'usine à l'abandon un peu plus loin. Le tout dégageait une sensation de paix.

– C'est chez vous ? j'ai demandé bêtement.

– Puisque je vous le dis ! a-t-il répondu.

– Coquet, j'ai murmuré, un peu impressionnée tout de même.

Ce grand jardin me semblait l'endroit idéal pour y planter ma maison à roulettes ! Là, je me serais sentie en sécurité ! L'injustice de la chose, c'est que ce n'était pas chez moi, et je n'allais sûrement pas lui demander de m'y installer. Je tiens trop à mon indépendance !

Il a redémarré, direction l'hôtel.

Avant de redescendre au resto à pied, on a pris possession de la suite. Fallait voir ça ! D'abord, un bagagiste m'a monté mon sac Tati et ma poussette double comme s'il portait la robe de mariée de Madonna en personne. C'est vrai, faut reconnaître, pas bégueule le mec, la vraie classe.

Je suis entrée dans une immense chambre avec un lit d'au moins deux mètres de large, et un immense salon-bureau avec télé et minibar. Il y avait deux portes en plus de celle de l'entrée. Une qui donnait sur une gigantesque salle de bains, genre « faites vos marques pour ne pas vous perdre ». L'autre ouvrait sur une autre chambre, plus petite. Celle-ci n'avait pas de salon mais un minibar et un coin bureau. Et elle était composée de deux grands lits jumeaux. Une autre porte donnait sur une deuxième salle de bains.

– Waouh !!! Mais les gosses vont se perdre là-dedans ! C'est dingue ! Ça doit faire au moins deux ans que je n'ai pas dormi dans un vrai lit !

C'est fou ! Tout s'était envolé ! La caravane saccagée, l'absence de Véro, et surtout celle du petit Pierre, qui me pesait sur le cœur. Tout !

La première chose que j'ai faite, c'est rafler tout ce qui traînait. J'ai commencé par les échantillons de savon, gel douche, shampooing et dentifrice dans les deux salles de bains.

J'ai continué avec les serviettes de bain, je n'en ai pris qu'une de chaque, car il fallait quand même en laisser des fois qu'on en aurait besoin. J'ai terminé avec des cacahuètes, des Kleenex, un cendrier et deux mignonnettes de Martini.

Gaston me regardait d'un air ahuri :
– Mais qu'est-ce que vous faites ?
– Des provisions pour la guerre.
Avec les enfants, on a grimpé sur mon lit et on a sauté comme sur un trampoline. L'éclate. Même Pastis, qui grattait comme un fou le sable de sa litière toute neuve qu'un garçon d'étage lui avait installée moyennant un gros pourboire de la part de Gaston.
On a frappé à la porte. Le groom apportait deux lits parapluie pour bébé. Le top.
Pendant qu'il les installait, Gaston, souriant, assis dans un fauteuil au salon, nous observait sans rien dire, visiblement heureux. On a fini par s'effondrer tous les cinq en riant.
– Si j'ai bien compris, ça vous plaît ?
– Pas du tout, j'ai dit sur un ton de Marie-Chantal. Je trouve que cet endroit manque un peu d'espace…
– Savez-vous à qui je vais téléphoner, maintenant ?
– Aucune idée, j'ai répondu en changeant les couches des jumelles.
– À des agences immobilières. J'ai décidé de vous offrir une maison. Il vous faut bien un chez-vous, non ? Vous n'allez pas vivre tout le temps à l'hôtel ?
Je ne sais pas pourquoi, ça a fait retomber ma joie d'un seul coup, comme un soufflé.
Il allait un peu loin. Je ne comprenais pas ses motivations. Il ne voulait quand même pas coucher avec moi ?
– Euh… Gaston… Ce n'est pas la peine de faire tout ça. Ça ne marchera jamais entre nous…
Sa joie à lui est retombée également.
– Ah non, Rosie ! Pas de ça entre nous !
– Cricri…
– Ah oui, Cricri. Il faut comprendre. Vous n'êtes pas comme les autres, n'est-ce pas ? Eh bien acceptez que

moi non plus. Je m'emmerde, voilà ! Une vie de sauvage, c'était épatant, je me suis toujours diverti. Mais tout à coup j'en ai assez. Ça m'a fait comme un électrochoc quand je vous ai rencontrée l'autre jour avec vos enfants. C'est vous qui avez raison. Enfin je ne sais pas, mais c'est ce dont j'ai envie à présent. Bouger, bazarder, remuer. Le grand chambardement. J'ai besoin de vous pour ça. C'est un échange de bons procédés, rien de plus.

J'ai bougonné :

– Commencez par vous exprimer correctement. Je ne comprends rien à ce que vous dites ! Et c'est comme ça depuis le début.

Il a éclaté de rire.

– Pardon, je vais essayer, c'est promis. Alors, on passe un accord ? En toute simplicité ?

– Gaston, ma mère m'a appris à me méfier quand un type dit ce genre de choses. Je connais la musique, vous savez ? Vous jouez à quoi, là ? Au Père Noël ? Parce que si c'est pas Noël, c'est un conte de fées ! Et je ne crois ni à l'un ni à l'autre.

Sabrina m'a tirée par la manche :

– Maman ? T'as faux, maman. Les contes de fées, ça existe, et le Père Noël aussi. Si t'y crois pas, c'est que t'es bête.

J'ai regardé ma Sabrina rêveusement. J'ai soudain pensé à mes cent patates, qui m'attendaient bien au chaud et qui m'étaient tombées du ciel.

J'ai souri et j'ai fermé ma gueule.

Gaston en a profité :

– Mais bien sûr, elle a raison. Ça existe, Rose ! J'en suis un exemple vivant. Bon, si vous voulez, j'oublie la maison. Mais vous ne m'empêcherez pas de vous gâter, vous et les enfants.

Sabrina a sauté sur ses genoux d'un air de propriétaire satisfaite. J'ai voulu protester, car ma méfiance refaisait surface. Les habitudes sont tenaces…

– Non, attendez, Gaston…

Mais il ne m'écoutait plus et il m'a demandé si j'étais prête parce que Jérôme nous attendait à la brasserie.

J'ai fourré les jumelles dans la poussette, Sabrina et Simon de chaque côté, et on est tous partis comme des rois, avec Gaston qui fermait la marche et qui récupérait la clé de la suite.

– 21 –

J'ai commandé des spaghettis bolognaise pour les enfants, et carbonara pour moi. Je n'ai pas pu m'empêcher de remarquer que Jérôme prenait juste une tomate mozzarella. Moqueuse, je lui ai lancé :

– Vous êtes au régime ?

Il a piqué un fard, ce à quoi je ne m'attendais pas. J'ai regretté ma remarque.

– Je fais toujours attention à ce que je mange, il a marmonné, mal à l'aise, sur un ton monocorde.

Puis il s'est tourné vers Gaston :

– Et vous faites quoi, dans la vie ?

J'ai haussé les épaules sans attendre la réponse et je me suis occupée à donner des gressins aux enfants histoire de les faire patienter.

J'étais un peu pensive. Plusieurs choses me préoccupaient. La première, bien sûr, c'était où était Pierrot, et toutes les questions qui pouvaient se rattacher à lui, c'est-à-dire : où était Véro ? Qui était ce Djaïd ? Qui était vraiment cet Alexandre et où était-il ? Où était Michel, le père de Simon et Pierre ?

J'aurais bien posé toutes ces questions à Jérôme, mais je ne tenais pas à le faire devant Gaston, je ne sais pas pourquoi…

Et puis je voulais savoir pourquoi on avait saccagé ma caravane. Était-ce vraiment pour cette histoire d'enveloppes ? M'avait-on repérée et cherchait-on à m'intimider pour que je rende le fric ? Alors là, on pouvait toujours s'accrocher, c'était pas demain la veille que j'allais renoncer à m'envoyer en l'air avec tous ces millions… Et qui pouvait bien être ce « on » ?

C'est que je commençais à y prendre goût, moi ! À faire des courses sans compter à Monop'. À bouffer des pains au chocolat à tire-larigot. À me dire, pour résoudre le moindre petit truc : *Tiens, je vais aller m'acheter un ou deux portables, histoire de pouvoir téléphoner tranquille !*

Je ne suivais pas leur conversation. J'étais trop occupée à surveiller les enfants pour qu'ils n'en foutent pas trop partout à côté de leur assiette, et je dois dire que ça n'était pas évident. Parce qu'à part les McDo, ils n'avaient pas trop l'habitude des restos.

Et là, on ne faisait que ça, en l'espace de deux jours ! Comme quoi, la vie ! On ne peut jamais jurer de rien, n'est-ce pas ? Est-ce que ça voulait dire que saint Expédit avait écouté mes prières, et pas seulement écouté, mais décidé de les exaucer ?

Saint Expédit, c'était le saint préféré de ma mère, que lui avait soufflé sa propre mère, Ruth, ma grand-mère juive. Les juifs, ça ne prie pas les saints chrétiens, sauf justement ma grand-mère Ruth, parce que saint Expédit l'avait protégée quand elle était arrivée dans cette ville à vingt-deux ans, après un périple épuisant à travers la France, et qu'elle avait découvert que les gens pour qui elle avait une lettre de recommandation avaient disparu dans la nature.

Elle était alors entrée dans l'église du coin pour se protéger de la pluie – dans l'histoire, il pleuvait des cordes ce jour-là – et elle s'était agenouillée devant un saint pour faire comme tout le monde. Elle ne savait pas trop quoi faire et elle remuait les lèvres pour donner l'impression qu'elle priait. Et il se trouve que c'était lui. Saint Expédit ! Elle a levé les yeux sur la statue et elle a vu une espèce de Romain en costume de centurion. Mais jeune et beau, petite jupette et cape rouge, et tout.

Elle a dit :

– Punaise, qu'est-ce que je vais faire maintenant ? Je suis vraiment au bout du rouleau ! Il faut vraiment que ça s'arrange très vite pour moi !

Elle ne croyait pas si bien dire ! Ce type-là, c'est le patron des causes désespérées et pressantes. Sa devise, c'est faire aujourd'hui et pas demain. Grâce à lui tout s'était super combiné dans sa vie. Le jour même, en sortant de l'église, elle est tombée sur un bonhomme qui cherchait des tapineuses pour sa boutique, parce que ça n'arrêtait pas de bouger et qu'il n'arrivait pas à garder le nombre suffisant. À partir de là, elle était sortie d'affaire.

Plus tard, elle a repris le bizness, puis elle a tout revendu quand elle a eu ma mère et elle s'est rangée. Elle a placé tout son fric dans des studios qu'elle louait à des copines encore au turbin. Malheureusement, quand elle est morte, on s'est rendu compte que rien n'était à son nom.

Une vieille habitude juive qu'elle avait prise pour pas que les Allemands débarquent et lui prennent tout. Du coup, ma mère a dû tout recommencer à zéro, mais c'est une autre histoire.

Bref, ça n'empêche que saint Expédit a toujours eu bonne presse dans la famille. Quand je sens que je suis vraiment au bout du rouleau, moi aussi, j'y vais de mon petit cierge. Ce qui est pratique avec lui, c'est qu'il va vite. Il *expédie* le truc, quoi, ça traîne jamais avec lui.

Enfin, c'est ce que disait Ruth, parce que pour moi, quand j'y réfléchis bien, je n'ai pas eu un vœu de réalisé. Sûrement que ma cause n'était jamais assez désespérée.

Alors, peut-être que cette fois-ci c'était la bonne, parce que le nombre de fois où je lui avais demandé de quoi remplir mes placards, je ne les compte plus !

Et voilà que non seulement j'avais trouvé cent patates, mais en prime j'avais un copain bourré aux as et qui mourait d'envie de me gâter. C'était bien la première fois que ça m'arrivait ! Sans compter la protection rapprochée des flics ! N'en jetez plus !

J'étais plongée dans mes rêveries, quand j'ai soudain entendu des choses qui m'intéressaient. Ils parlaient du maire, d'Escobar, Victor d'Escobar, qui voulait construire un casino avec des machines à sous à l'emplacement de l'ancienne gare. L'ancienne gare ?

C'était chez moi !

Mais qu'est-ce qu'ils racontaient ?

– Mais qu'est-ce que vous racontez ?

Ils ont sursauté tous les deux.

– Pourquoi vous sursautez tous les deux ? Vous m'avez oubliée ou quoi ? Hou hou ! Je suis là ! C'est quoi cette histoire ?

C'est Jérôme qui a expliqué :

– Ils vont raser l'ancienne gare et construire un casino.

– 22 –

Alors là, ça m'a fait comme une douche froide. Franchement, qu'est-ce que je peux être naïve ! Depuis que j'étais installée dans la caravane, je ne me faisais plus de soucis pour savoir où crécher. C'est vrai, quoi, j'avais une piaule, une vraie, bien à moi ! Sans loyer !

Et puis il faut croire qu'on s'embourgeoise, aussi. Je m'étais habituée à avoir quelque chose bien à moi, et comme toute bourge qui se respecte, je croyais que c'était pour la vie.

J'avais entendu parler d'une réhabilitation de la gare, mais jamais d'une destruction !

– Comment ça, raser la gare ? Mais… Et le projet d'extension de la médiathèque dans les locaux de l'ancienne gare ?

Jérôme a pris le relais :

– Pour l'instant, rien n'a été officiellement annoncé, mais ce sont les bruits qui courent.

– Et comment vous savez ça, vous ? Les petits flics sont dans la confidence ?

Il a rougi, je suppose qu'il était vexé que je le traite de petit flic.

– Je le sais, c'est tout, a-t-il bougonné, et il s'est refermé comme une huître.

– Et ma Caravelair ?

Il s'est arrêté de bouder pour dire sur un ton sarcastique qui ne lui allait pas du tout :

– Parce que vous croyez qu'un projet de médiathèque aurait toléré votre caravane devant sa porte, plus qu'un casino ?

– Ce n'est pas pareil. J'aurais pu m'arranger avec eux...

– De toute façon, vous n'avez plus de caravane, a dit Gaston le plus doucement possible.

– J'ai plus la vieille, mais je vais m'en racheter une neuve, et beaucoup plus grande, dès demain ! j'ai dit sur un ton de victoire.

Et tout de suite je me suis mordu la lèvre, effarée de nous avoir démasqués, moi et mes cent patates.

Jérôme m'a lancé un drôle de regard.

Gaston a souri d'un air indulgent, comme si je perdais la boule. Il a dit gentiment, pendant que Jérôme faisait semblant de s'occuper de Sabrina :

– C'est une super idée, ça ! Je ne l'aurais jamais eue tout seul ! Alors la voilà, la meilleure façon de vous aider ? Vous acheter une nouvelle caravane ?

J'ai marmonné :

– Je n'avais pas dit vous, j'avais dit moi...

Mais comme je marmonnais à moitié, personne n'a réussi à distinguer mes mots, alors je l'ai regardé en face et j'ai dit :

– Oui, Gaston ! Vous avez gagné ! J'accepte.

Tout plutôt que laisser deviner à qui que ce soit que j'avais chez moi un beau petit million tout rond qui m'attendait sagement.

On a fini le repas sur ces dernières paroles. Gaston faisait une tête de ravi de la crèche, et du côté de Jérôme, c'était plutôt le Golem, à tel point d'ailleurs que les gosses ne voulaient pas marcher près de lui sur le trottoir.

Il nous a quittés au coin de la rue.

On est rentrés comme des rois dans l'hôtel, et Gaston m'a souhaité une bonne nuit sans histoires.

Je me suis couchée tôt après avoir bordé les quatre gosses dans leurs lits respectifs. Un chacun, excusez du peu !

J'ai donné à manger à Pastis qui avait trouvé refuge sur la dernière étagère du placard. J'ai pris un délicieux bain chaud pour lequel j'ai été obligée d'ouvrir et d'user un échantillon de bain moussant que j'avais déjà piqué.

Quelle journée incroyable !

Je me suis glissée dans le lit avec satisfaction mais juste au moment où j'allais m'abandonner et me détendre, j'ai repensé au petit Pierre.

Je me suis fait la réflexion qu'il n'y avait jamais rien de simple dans ce bas monde. C'était quand même fou de recevoir en cadeau du ciel tellement de tunes, et qu'au moment où on pourrait enfin être heureux et profiter de la vie, sans aucun des soucis habituels, il se passait la chose la plus terrible qui puisse arriver. Ce qu'on n'ose jamais imaginer, même dans ses pires cauchemars : la disparition d'un enfant dans des circonstances mystérieuses.

Je revoyais le petit Pierre rire aux éclats ou jouer avec ses voitures. Ces images revenaient en boucle, et je ne parvenais pas à les écarter de ma pensée. Mais j'ai dû finir par m'endormir.

Me voilà seule dans ce lit royal à m'étirer et à rêver que je batifole avec deux hommes à la fois. Je ne vois pas leurs visages, mais je sais qui c'est. Jérôme ET Gaston !

C'est dingue comme les rêves peuvent vous faire faire des choses que vous réprouvez hautement, et qui sont sans rapport avec vos réelles préoccupations. Sûrement que ça commençait à faire trop longtemps que je ne partageais mon lit avec personne. Encore, Jérôme, je comprenais, mais Gaston, quelle drôle d'idée ! Hors sujet !

Jérôme, il était trognon tout plein, avec ses airs de nigaud tout en muscles. Quand même, c'était un flic, et en plus un peu juste.

En creusant un peu, je me rendais compte que j'en pinçais peut-être bien un peu pour ce flic, là, justement. Après tout, il ne portait pas d'uniforme, et heureusement ! C'était peut-être jouable ?

Et juste avant de me rendormir, j'ai repensé à l'histoire du casino. Il fallait absolument vérifier cette information au plus vite.

Vendredi

Signes extérieurs de folie

– 23 –

À mon réveil, j'ai mis un moment avant de réaliser où j'étais et ce que je faisais là. Le conte de fées continuait. Pourtant, Aznavour me martelait le crâne avec sa *Mamma* : *Elle va mourir, la mammaaaaaa*... Heureusement qu'il était là. Ça me remettait les pieds sur terre. Et pas le temps de décoder. J'avais du pain sur la planche !

On a pris un super petit déjeuner continental dans la chambre. Encore un que les Huns n'auraient pas, comme disait ma grand-mère, puis ma mère. La bamboche continuait. Mais il fallait que je me remue un peu.

J'ai donc décidé d'attaquer. Après avoir déposé les gamins à la crèche et à l'école, je me suis pointée à la mairie.

Les locaux n'étaient pas encore ouverts et j'ai dû poireauter plus d'une demi-heure.

J'ai été trimballée de bureau en bureau jusqu'à ce que je tombe sur la bonne personne. Il faut dire que je gueulais comme une malade. Que j'avais entendu dire qu'ils voulaient construire un casino là où j'avais ma caravane. Que c'était un scandale. Et pourquoi personne ne m'avait jamais rien dit ? Où est-ce que j'allais stationner, moi, avec mes enfants ?

Finalement, je suis tombée sur une superbe Black

aux grands yeux, l'air sévère. Elle triait des papiers, debout devant un meuble de rangement. Malgré son âge – trente-cinq, quarante ans ? – et son air rébarbatif, son visage irradiait d'une lumière contenue. Ses yeux pétillaient d'une lueur passionnée, ses joues à fossettes invitaient aux bisous, sa bouche sensuelle aurait fait craquer n'importe qui. Pour une vieille, elle en jetait !

Je ne parle même pas de son corps de déesse. Grande, mince et finement musclée. Bizarrement, elle semblait déguisée en mec. Comme si elle avait voulu planquer ses atouts. De courtes dreadlocks. Aucune trace de maquillage. Pour dire le contraste avec moi qui ne sors jamais sans mes peintures de guerre !

Elle portait des vêtements classiques : polo blanc, jean bleu ciel. Son seul bijou était une gourmette massive et un bracelet-montre de plongée sur son poignet gauche, délicat et robuste à la fois.

Elle s'est tournée vers moi et a rejoint tranquillement, sans me quitter des yeux, sa place derrière un bureau encombré. Elle marchait comme la reine de sabbat.

J'ai repris ma litanie sur un ton survolté.

Son regard s'est fait plus revêche encore et elle m'a sèchement demandé de me calmer :

– Un peu moins fort, s'il vous plaît. Je ne supporte pas les cris.

J'allais continuer à protester quand elle a ajouté :

– Asseyez-vous et expliquez-moi votre histoire.

Son ton autoritaire m'a subjuguée et je me suis assise. J'ai tout recommencé.

– Ah oui ! qu'elle a dit. Vous êtes Rose Maldonne. Vous avez deux enfants.

Je n'ai pas moufté. Je ne voulais pas remuer la merde pour Emma. J'avais l'accord de la DDASS et tout pour sa garde, mais ça datait d'avant que je vive dans la caravane et je préférais qu'ils ne viennent pas voir de trop près où j'habitais maintenant.

– Vous vivez sur le terrain à côté de la gare désaffectée, dans une caravane. Vous n'avez aucun droit légal de vous trouver à cet endroit.

– J'ai toujours été là.

– Votre « toujours » remonte à moins de deux ans, c'est trop peu pour vous assurer un droit sur l'emplacement. Nous vous avons envoyé une mise en demeure de quitter les lieux il y a un mois.

– Je n'ai jamais rien reçu !

– En effet, elle nous est revenue non ouverte.

Elle a brandi une lettre recommandée fermée avec « retour à l'expéditeur » tamponné en rouge.

– Ah ! C'était en recommandé !

– Bien sûr. C'est obligatoire.

– Je ne vais jamais chercher mes recommandés.

– Pourquoi ?

– C'est toujours des factures.

– Vous savez qu'un recommandé non retiré, c'est comme si on l'avait reçu ?

– Même si c'est une fausse adresse ?

– Oui.

– C'est complètement ouf ! Mais qui est le débile qui a pondu cette loi ? Je peux envoyer des tas de recommandés, moi aussi ! À n'importe qui ! C'est incroyable, ça !

– Si ça vous amuse, vous pouvez le faire.

– Et qu'est-ce qu'il y avait dans cette lettre ?

– Vous m'autorisez à vous l'ouvrir pour que vous puissiez la lire ?

– Non. Donnez-la-moi.

– Non. Je ne peux pas. Elle est dans ce dossier maintenant. J'en ai la responsabilité.

– Mais je n'ai pas envie que vous lisiez mon courrier ! C'est dingue, cette histoire !

– Mais c'est moi qui l'ai écrite, cette lettre.

– Oh, alors, effectivement ! Vous pouvez aussi bien la relire ! D'ailleurs, c'est même pas la peine de l'ouvrir, vous n'avez qu'à me la raconter !

– D'accord. La mairie vous demande de quitter les lieux au plus vite parce qu'elle va entreprendre des travaux sur le terrain même où vous campez.

– Je ne campe pas. C'est une vraie maison.

– Si vous voulez. Ce n'est peut-être pas le terme exact que j'ai employé, d'ailleurs. Bref, voilà. Vous êtes sommée de quitter les lieux.

– J'ai tout compris ! Eh oui ! C'est vraiment une vraie mafia cette mairie, hein !?

– Comment ça ? De quoi vous parlez ?

– Ben oui, ne faites pas l'innocente. Vous êtes tout à fait au courant. Le casino ! Les machines à sous ! C'est pour ça que vous allez démolir ma maison ?

– Calmez-vous. Je ne sais pas de quoi vous parlez. Le projet est d'aménager une médiathèque dans l'ancienne gare.

Et elle s'est mise à regarder à droite et à gauche puis à griffonner quelque chose sur une minuscule carte de visite qu'elle m'a tendue discrètement en me disant, sur un ton nettement plus élevé qu'auparavant :

– Oh ! et puis ça suffit, hein, je vous ai dit que je ne supportais pas les cris dans mon bureau. Alors si vous voulez bien m'excuser, j'ai du boulot. La porte est ouverte.

En parlant, elle hochait la tête en faisant des grimaces avec le menton comme pour m'indiquer que je devais porter toute mon attention sur ce qu'elle avait écrit sur la carte. En même temps, elle mettait son index sur sa bouche pour me dire de me taire. J'ai mis un certain temps à décrypter son manège, non pas que je sois spécialement gourde, mais plutôt déroutée par un comportement de ce genre dans un bureau tenu par une pète-sec de fonctionnaire.

J'ai fini par baisser la tête sur la carte et j'ai lu :

Ne dites plus un mot. RDV au café CRYSTAL à 12 h 35.

J'ai réagi au quart de tour, parce que je voulais être dans mon fief. J'ai barré *CRYSTAL* et j'ai écrit *SÉLECT* en gros et je lui ai brandi la carte sous le nez. Elle a acquiescé en un geste du genre « ne chipotons pas pour si peu ». Elle a ensuite réussi à reprendre la carte, mais je la lui ai retirée des mains et je suis sortie de son bureau en disant :

– Ça ne se passera pas comme ça ! Je vais aller voir mon assistante sociale de ce pas.

Elle a éclaté d'un ricanement sauvage, mais là, je savais que c'était pour la galerie.

– C'est ça ! Faites donc !

– 24 –

Cette histoire m'avait complètement estomaquée. Mais qu'est-ce qui lui prenait à cette vieille peau ? Elle me draguait ou quoi ? C'était dingue, ça ! J'étais allée protester contre la construction d'un casino sur mon terrain – comme si ça pouvait servir à quelque chose – et je me retrouvais dans le plus grand des secrets d'État, avec un rencard mystérieux sur le dos.

J'ai appelé Gaston sur son portable. J'avais besoin d'action.

– Alors, on va l'acheter cette caravane ?

– Donnez-moi cinq minutes, mon chou, m'a répondu Gaston allègrement.

Il fallait que je leur montre, à tous ces malfrats, qu'on ne m'abattait pas si facilement que ça !

Gaston devait passer me prendre avec sa Jaguar devant les restes de ma Caravelair.

Je m'y suis donc rendue d'un bon pas, en relisant la carte de visite de la Black de la mairie. Ismène Jourdain. Bureau de l'environnement de l'hôtel de ville. Sauf qu'en arrivant presque à mon terrain, j'ai ralenti le pas et je me suis planquée. Des fois que les casseurs seraient revenus. Quand j'ai constaté que c'était calme, je me suis approchée et je me suis assise sur les parpaings devant ma porte pour attendre Gaston. Je n'avais aucune intention d'entrer, parce que je n'avais pas envie de me foutre des tonnes de cafard sur le dos.

C'est à ce moment-là que j'ai perçu comme un bruit. Dedans, justement. Je n'ai pas bougé, je voulais faire celle qui n'avait rien entendu. Et puis une voix m'a appelée :

– Cricri ! C'est moi ! Michel !

J'ai sursauté. C'était cet enfoiré de Michel, l'ex de Véro. Je suis entrée dans ma caravane.

– Qu'est-ce que tu fous là ?

– Qu'est-ce qui est arrivé à ta caravane ?

– T'occupe ! Et toi ?

Ma question était justifiée, vu qu'il avait le visage complètement rafistolé de pansements divers et sales, un œil au beurre noir et le poignet entouré d'un bandage crasseux.

– J'ai eu un accident.

– Ah bon ? Et qu'est-ce que tu veux ? Où est Véro ? Tu sais ce qui est arrivé à ton fils ?

Alors là, j'aurais pas dû dire ça parce qu'il s'est mis à chialer comme un veau.

– Mon Pierrot. C'est pas ma faute, je te jure, Cricri. C'est pas ma faute… J'ai pas réussi à l'empêcher…

– Mais quoi ? De quoi tu parles ?

– Véro ! Je l'ai croisée dans la rue, elle avait rangé la poussette du petit devant la boulangerie et elle marchait droit devant elle. Quand elle a vu que j'étais décidé à faire valoir mon droit de visite… elle est devenue folle. Elle hurlait dans la rue …

– Qu'est-ce que tu racontes ? Et pourquoi tu ne vas pas dire tout ça à la police, hein ?

– Quoi ? Qu'elle a laissé le petit sur le trottoir tout seul ?

– Ben oui ! Et toi, tu as fait quoi ?

– Je lui courais après pour lui parler de cette histoire de visites…

– Et t'as laissé Pierrot tout seul aussi ?

– …

– Vous l'avez laissé tout seul ?

– …

– Mais c'était quand, exactement ?

– Ben je t'ai dit ! Lundi ! Au bout d'un moment j'en ai eu marre et je me suis barré.

– En laissant la poussette devant la boulangerie ?

– Je pensais qu'elle allait retourner la prendre, bien sûr !

– Non, je ne peux pas croire ça de Véro.

– Tu sais, elle n'avait pas l'air dans son état normal.

– Qu'est-ce que tu veux dire par là ?

Ses yeux sont tout à coup devenus pleins de haine et il m'a fixée comme si j'étais transparente. Et puis il s'est jeté sur moi et il a commencé à me taper dessus comme un dément en gueulant :

– Salope ! Connasse ! Si tu crois que je sais pas que tu me croiras jamais ! Tu la protégeras toujours ! Et moi, vous êtes tous prêts à tout me foutre sur le dos ! Si jamais tu m'aides pas, j'aurai ta peau, connasse ! T'as intérêt à faire ce que je te dis !

En me protégeant du mieux possible, j'ai réussi à attraper une poêle en inox double fond qui traînait sur l'évier – encore pleine des restes du poulet de l'autre jour – et j'ai réussi à lui en donner un grand coup sur la tête. Ça a été radical, il n'a plus émis un son.

Et puis, au ralenti, il a commencé à glisser sur lui-même, pour finir par s'étaler au milieu du bordel qui traînait par terre dans ma maison. Un filet de sang coulant de ses cheveux a dégoutté dans son cou.

J'ai entendu le bruit d'une voiture. Merde, Gaston !

Je me suis vaguement recoiffée du bout des doigts, et je suis ressortie de la caravane en priant pour que ce couillon de Michel ne soit pas mort.

Je n'avais même pas eu le temps de lui prendre le pouls ou une connerie comme ça, je ne sais pas, moi, ce qu'on fait en général pour voir si quelqu'un est mort. Le cœur, le pouls, ou, des fois, on met un miroir pour voir s'il y a de la buée. Il paraît qu'il y en a qui leur mordent l'orteil, c'est même pour ça que c'est devenu un métier qu'on appelle croque-mort !

Gaston, s'il a remarqué quelque chose de perturbé dans mon comportement, n'a en tout cas fait aucune remarque. J'ai embarqué et la voiture s'est éloignée doucement du lieu de mon meurtre sans que nous ne prononcions une seule parole. Puis, arrivé au premier virage, il m'a dit :

– Vous n'auriez pas dû entrer dans la caravane, Rose, ça vous a bouleversée.

Je l'ai regardé avec un sourire :

– Si vous croyez ça, c'est que vous me connaissez mal !

– Ah ! Rosie, Rosie ! Vaillant petit soldat ! Vous avez le droit de souffler, vous aussi, vous le savez ?

– Gaston ! Gaston ! Vous avez le droit de me lâcher, vous aussi, vous le savez ? Et on m'appelle Cricri !

Il a éclaté de rire. C'est ça qui est cool avec lui, même si on n'a pas grand-chose à se dire, dès que j'ouvre la bouche, il se marre !

J'ai fouillé dans mon sac à main et j'en ai sorti un CD de Mika que j'ai glissé dans son lecteur. On a écouté la musique en silence jusqu'à ce qu'on arrive chez le marchand de caravanes.

– 25 –

J'étais décidée à choisir quelque chose d'hyper grandiose parce que je m'étais dit que si la DDASS venait faire un tour pour vérifier comment j'élevais mes enfants, il fallait, tant qu'à faire, que la caravane corresponde à toutes les normes d'éducation en vigueur : à savoir, pas plus de deux enfants par chambrine.

Donc, au lieu que je dorme sur une banquette qu'on dépliait le soir au-dessus de la table du salon, il me fallait une chambre matrimoniale pour moi, plus deux cabines fermées pour les enfants. Ainsi, les banquettes du salon pourraient même servir de chambre d'amis en cas de visites impromptues. Le comble du luxe pour moi ! Des chambres d'amis. J'avais toujours rêvé d'en avoir.

C'est génial d'être riche. On peut se payer tout ce dont on a toujours rêvé. Ça paraît con, ce que je dis, mais ce n'est pas forcément évident !

Bref, j'avais décidé de choisir ce qu'il y avait de mieux, en me disant que si Gaston ne pouvait pas acheter le tout, je pourrais toujours revenir le lendemain avec mon fond de trésorerie.

Je me suis donc retrouvée avec ce qui se fait de mieux en caravane. Une Ambassador. Le vendeur en avait un modèle particulier à l'usine, commandé spécialement par un forain, mais genre roi des forains, avec une chambre en plus et tout un tas d'aménagements super stylés. À ce jour, ce client n'avait toujours pas honoré sa commande et le vendeur s'estimait libéré de tout engagement. C'était donc un modèle Ambassador amélioré. Juste ce qu'il me fallait. Juste pour moi.

Au moment de faire le chèque, j'ai cru qu'il y aurait un lézard, parce que Gaston hésitait. Et puis il m'a pris à l'écart et il m'a dit :

– Mais comment vous allez tracter ça, Rosie, ma chère ?

– Mais ils vont me l'apporter eux-mêmes sur mon terrain.

En disant ces mots, j'ai frissonné en pensant au cadavre de Michel qui m'attendait là-bas.

– Oui, d'accord pour aujourd'hui, mais après ? Si un jour vous devez changer de place ? Il vous faut une automobile, mon chou !

– Une automobile ?

– Oui, enfin une voiture…

– Vous voulez dire une caisse ?

– Oui, si vous voulez, une caisse.

– Ah non, Gaston ! Ça ne va pas recommencer ! À peine je dis oui pour un truc que vous remettez ça avec autre chose ! Et puis ça ne servirait à rien de m'acheter une caisse, moi je vous le dis.

– Ah bon ? Et pourquoi, très chère ?

– Parce que je n'ai pas le permis, très cher. Je ne sais pas conduire.

Il a éclaté de rire.

– Oh ! Ce n'est que ça ! Ça fait partie des choses qui s'arrangent facilement !

– Ah oui, très cher ? Et comment ?

– Eh bien en le passant, Rose. En le passant !

Et il est retourné signer son chèque au comptoir. Comme il voulait payer en une seule fois, l'employé était extrêmement méfiant et il a voulu téléphoner à la banque.

Je commençais à regarder ma montre parce qu'on s'approchait des midi, et j'avais rendez-vous avec ma fonctionnaire gay-black de la mairie, au Sélect.

Je me demandais comment je pouvais éliminer Gaston pour deux heures sans paraître malpolie. J'ai réalisé qu'après ce qu'il venait de faire – c'est-à-dire un gros, un très gros chèque pour m'acheter une caravane qui allait être ma nouvelle maison – je ne pouvais tout simplement pas *ne pas* déjeuner avec lui. Et voilà. Voilà comment s'achète la liberté d'action. Voilà où mène la vénalité. On se croit affranchi ! On pense faire un marché honnête ! On croit même faire plaisir à l'autre et boum ! on n'est plus libre de ses mouvements. C'est insidieux, parce que personne ne force personne à rien, n'est-ce pas ? C'est simplement que c'est la moindre des choses. La politesse. Le retour d'ascenseur. La reconnaissance…

Le vendeur expliquait qu'il avait quelques vérifications à faire et que l'Ambassador serait prête dès le lundi.

Quand désirait-on venir en prendre livraison ?

C'est là que Gaston a prouvé qu'il avait le sens des affaires, parce que sans verser un seul kopeck de plus – enfin je crois –, il a réussi à obtenir que le vendeur nous livre la caravane sur le terrain et qu'il reparte avec l'ancienne pour aller l'abandonner à la décharge, ou dans une casse.

Bravo Gaston !

On est remontés en voiture jusqu'au centre-ville. Là, à contrecœur, je lui ai demandé s'il voulait venir déjeuner avec moi au Sélect. Après tout, cette Ismène Jourdain, elle pourrait aussi bien vider son sac devant

Gaston, c'était pareil, qu'on soit un ou deux… À mon grand soulagement, Gaston m'a dit qu'il ne pouvait pas. Il avait un rencard en Suède.

Eh oui, excusez du peu, mais ce Gaston, c'est vraiment un numéro ! Il serait d'ailleurs absent plusieurs jours, malheureusement. Il était navré de me laisser tomber comme ça. Il m'appellerait dimanche soir ou lundi matin, dès qu'il serait de nouveau dans les parages. Sur ces belles paroles, il m'a déposée juste devant le café.

C'est bizarre, mais je me suis sentie toute chose quand il est parti. Orpheline. Abandonnée. Sans défense.

On s'habitue à être prise en charge. Il fallait que je me ressaisisse, et vite !

J'ai respiré un grand coup et j'ai poussé la porte du Sélect.

– 26 –

Quand j'ai fait mon entrée au Sélect, ils étaient tous bouche bée devant moi.

– Ben quoi ? Vous voulez ma photo ?

Mais j'ai soudain pigé qu'ils m'avaient vue sortir de la Jag' !

Faut reconnaître que c'est pas tous les jours qu'on voit des caisses pareilles se pointer dans le secteur.

– C'est quoi, ce type ? a demandé Toni, une pointe de jalousie dans la voix.

Comme je n'avais pas envie qu'il ne me laisse plus chanter le samedi, j'ai dit sur un ton conciliant :

– C'est rien, c'est mon oncle.

– Un oncle comme ça, a dit Mimi, c'est au moins un oncle d'Amérique !

– Justement !

– Si tu viens pour bosser, je n'ai besoin de personne en ce moment, a bougonné Toni.

– Oh, ça va, arrête de bouder ! Ce n'est pas ma faute si j'ai un oncle bourré aux as ! De toute façon, je n'ai pas besoin de bosser en ce moment.

Alors là, ça l'a achevé. Il a tourné la tête d'un air dégoûté et j'ai ajouté :

– Mais si t'as besoin de moi, tu me le dis, je serai toujours là pour toi.

Il m'a regardée d'un air stupéfait, et Mimi aussi.

– Ben dis donc, qu'est-ce qui t'arrive, toi ? On ne t'a jamais vue aussi… aussi…

Il ne trouvait pas ses mots. Je lui ai soufflé :

– Aussi conciliante ? Aussi gentille ? Aussi généreuse ? Aussi magnanime ? Aussi serviable ? Aussi avenante ? Ben vas-y, accouche !

– Euh… Oui… C'est ça…

– Parce que vous n'avez pas l'habitude de me voir comme ça, alors ça vous étonne ?

– Euh… Oui… ils ont fait tous les deux en chœur.

– Ne cherchez pas, il y a une explication.

– …

– Le fric. Eh oui ! La tune, c'est le nerf de la guerre. J'ai toujours cru que j'avais un sale caractère. Mais non, vous voyez, c'est juste que je n'avais pas assez de fric pour survivre. Ça me rendait hargneuse. Depuis que j'ai du beurre à mettre dans mes épinards, grâce à mon oncle, mon moral va beaucoup mieux. Du coup, mon humeur s'en ressent. Étrange, hein ? On croit toujours que le fric, c'est que du pognon ! Ah ! Mais non ! Faut pas croire ça ! C'est pas si simple ! Le fric, c'est aussi du baume sur le cœur !

Et brusquement, je suis passée devant le comptoir et devant leurs têtes médusées pour me diriger vers le fond de la salle.

J'avais aperçu ma nana, celle de la mairie, Ismène Jourdain, attablée devant un croque-monsieur et un café.

Même assise et fagotée en mec, elle ne pouvait pas cacher son corps superbe. Je suis canon dans mon genre, mais là, je déclarais forfait. Elle avait un port de reine, une allure à la fois décontractée et classe.

Elle m'a sentie arriver et elle a tourné la tête vers moi avec une expression interrogative qui effaçait son air rogue. Décidément, cette fille était vraiment charmante sous ses faux airs machos.

Elle m'a souri et tout s'est illuminé sur son visage.

Je me suis assise en face d'elle et, après quelques politesses du genre « comment ça va depuis tout à l'heure », etc., je lui ai balancé :

– Vous avez vu ce qu'ils ont fait à ma maison ? Ils l'ont complètement bousillée !

– Ça, ça doit être un coup de la m…

Elle est entrée dans le vif du sujet en baissant la voix pour que personne ne l'entende.

– Voilà. Vous aviez raison l'autre jour. J'en ai entendu parler. Mais c'est encore officieux. Comme c'est une décision contre laquelle le conseil municipal a voté, ils font ça en catimini.

– Quoi ? Le casino ?

– Chut… Faut pas dire le mot. Faut trouver un langage codé pour en parler. On ne sait jamais. Les murs ont des oreilles. Les RG sont partout. Tenez, on va dire le Kaa.

– Comme Kaa, le serpent dans *Le Livre de la jungle* ?

– Non ! Oh ! Taisez-vous un peu, je cherche… On va dire le Cac 40.

– Pour Casi…

– Chuuuut !

– Ouais, d'accord, OK… Cac 40… Pigé… Vu…

– Et pour l'autre mot... elle a regardé tout autour de nous, s'est penchée en avant et elle a chuchoté encore plus bas : je vais vous le faire en verlan, faites bien attention, je n'articulerai le vrai mot qu'une fois !

Décidément elle se la jouait trop Mata Hari !

– Tèkdiamé.

J'ai sursauté. Comme elle avait parlé normalement, on aurait dit par contraste qu'elle avait poussé un cri. J'ai remis le mot à l'endroit : ça faisait *médiatek*. Bon, OK.

– Maintenant que vous savez de quel mot on parle, remuez-vous, aidez-moi un peu ! Qu'est-ce qu'on pourrait... Euh…

– Médiateur ?

– Non, ça ressemble trop, le début… Un peu plus éloigné comme analogie, mais pas trop quand même...

Elle en rajoutait un max, mais c'était plutôt marrant.

J'ai approuvé :

– Ouais, c'est sûr ! Pour ne pas se congestionner les pinceaux.

– Mélanger ?

– Quoi mélanger ?

– Vous voulez dire se mélanger les pinceaux ?

– C'est pas ce que j'ai dit ?

– ...

J'ai proposé :

– Médium ?

– Non, non… Ça va pas…

Elle commençait à me courir sur le haricot à refuser toutes mes propositions. J'étais vexée.

– Eh bien, allez-y, vous ! Trouvez…

– Euh… Méthylène?

– Méthylène ? *Kézako* ?

– Ben oui, comme bleu de méthylène…

– Mais quel rapport ? On va s'embrouiller ! Vous avez dit proche…

– Oh ! là, là ! On perd un temps avec cette histoire de langage codé, qu'elle a fait d'un air excédé, comme si c'était ma faute.

– Oh ! Ça va, hein ! Ce n'est pas moi qui veux à tout prix trouver des noms de…

Elle a fait une grimace suggestive. J'ai levé la tête et j'ai vu Mimi, curieuse, qui était venue dans le coin pour savoir ce que je faisais avec la bonne femme.

– Tu veux boire quelque chose, Cricri ? Je te l'offre.

– Sympa. Oui, je veux bien… Euh… Une limonade, tiens…

Et comme elle s'attardait, j'ai été obligée de lui présenter l'autre :

– Oh ! Au fait, Mimi, je te présente…

J'allais dire son nom, mais l'autre m'a devancée :

– Chantal Clairette. Enchantée. Je travaille à la Sécurité sociale.

– Mais sur la carte, votre n…

Elle m'a foudroyée du regard et a continué sur le même ton :

– C'est sûrement là que je vous ai vue, car il me semble connaître votre visage.

Mimi s'est soudain décontenancée. Elle a pâli. Puis rougi.

– Euh oui, peut-être. Je m'appelle Émilie. Enchantée.

Et elle s'est éloignée, un peu sonnée.

J'ai regardé mon interlocutrice, perturbée par toutes ces histoires de noms. Je lui ai demandé :

– Pourquoi vous n'avez pas dit votre vrai n…

– Mais vous êtes vraiment abrutie ou vous le faites exprès ? a-t-elle répondu sur un ton carrément désobligeant.

– 27 –

Alors là, j'étais franchement froissée, mais j'ai pris un air supérieur, j'ai fait comme si de rien n'était, et j'ai jeté, triomphante :

– Méthadone.

– Quoi, méthadone ?

– À la place de médiathèque ! Méthadone !

– Chuuut ! Bon, d'accord ! Va pour méthadone. Alors, au départ, le CM…

– Le CM ?

– Oh ! Ça va pas recommencer ! Faites un petit effort d'imagination !

Elle a articulé avec ses lèvres sans prononcer les syllabes, et j'ai compris qu'elle voulait dire : « Con-seil-mu-ni-ci-pal ».

Elle râlait :

– Vraiment, je me demande ce que je fous ici, moi ! Je suis sûre que je vais tout droit à la cata avec vous ! Mais pourquoi est-ce que j'ai décidé de tout vous raconter, spécialement à vous, hein ?!

– Parce que j'habite sur le terrain. Parce que je vous suis sympathique. Parce que vous êtes choquée par ce qui se passe. Et vous avez besoin de quelqu'un qui a des couilles pour faire foirer leur combine. Sans pour autant qu'on sache que vous êtes mêlée à ça. Et du coup sans perdre votre boulot.

Elle m'a regardée d'un œil incisif, et puis elle a souri d'un air ravi.

– Je ne me suis pas trompée sur vous, a-t-elle dit.

– Il semblerait.

Elle s'est penchée en avant :

– Voilà. C'est la Mamma. Nice. Moscou. La totale.

Elle a mis sa main en cornet et elle a chuchoté encore plus doucement :

– Je dis Mamma pour dire M-A-F-I-A, vous me suivez ?

J'ai murmuré :

– Oui…

Je me suis dit : *OK, maman, j'ai pigé, merci, j'ai saisi, c'était ça, OK, c'est décodé pour cette fois !* Ça fredonnait dans ma tête : *Elle va mourir, la mammaaaaaa…*

Trop forte, ma *mother* !

Et l'autre, sur un ton de conversation anodin :

– Elle veut s'étendre par ici. Elle veut construire un Cac 40…

Là, elle m'a fait un clin d'œil.

– Le CM…

Re-clin d'œil.

– Ils sont contre.

Mimi est arrivée avec un jus de tomate.

J'avais commandé une limonade à tout hasard, mais je sais que nous, on n'a le droit qu'au jus de tomate, parce qu'on en a un gros stock dans la cave, et que ça s'écoule mal.

Elle s'est un peu attardée histoire d'entendre de quoi on parlait, mais Ismène-Chantal s'est mise à parler de la pluie et du beau temps. Finalement, Mimi, elle n'a pas pu rester plus longtemps à faire semblant de nettoyer la table d'à côté.

On a continué notre conversation. Enfin, c'était elle qui parlait et moi qui écoutais :

– Le CM, ils ont voté contre parce qu'ils avaient voté pour le projet de méthadone (hi ! hi !) l'an dernier. Et ils ont râlé parce que rien n'a été encore fait à ce jour. Alors en haut lieu, ils ont rétorqué que c'était à cause de vous.

– À cause de moi ?

– Oui, comme quoi vous occupiez le terrain et ce n'était pas facile de vous faire partir, parce qu'on aurait la presse sur le dos, vu que vous êtes un cas social sensible, etc.

J'avais bien compris qu'elle voulait dire que j'étais un k-sos, mais c'est le genre d'insulte qui me vexe. Alors j'ai essayé de détourner la conversation :

– Moi, sensible ? C'est gentil de dire que je suis sensible. En général, on me traite de tout sauf de sensible…

– Ce n'est pas vous qui êtes sensible, c'est votre cas…

– Eh ben ? Ce n'est pas pareil ?

Elle a levé les yeux au ciel.

– Bon. Je continue. Le CM n'a pas avalé ces excuses, et ils ont nommé quelqu'un pour s'occuper directement du problème…

– Qui ça ?

– …

– Vous ? C'est vous qu'ils ont nommée ?

– Dites, on pourrait peut-être se tutoyer ? m'a-t-elle soudain demandé. Ce serait plus simple.

Je l'ai regardée d'un air méfiant – en général, les vieux ne veulent pas être tutoyés, ils trouvent que ça fait manque de respect. Elle n'était pas en train de me dragouiller, par hasard ?

– Euh, j'ai pas l'habitude de tutoyer les personnes âgées, j'ai répondu le plus délicatement possible.

– Oh, ça va ! Laisse tomber les bonnes manières, qu'elle m'a fait de son air pète-sec. Ce n'est pas parce que je suis lesbienne que je vais te sauter dessus ! D'ailleurs, t'es pas du tout mon style. Je préfère les femmes plus mûres et du genre intellectuel.

– Ah bon, j'ai répondu bêtement.

Décidément, je ne voyais pas le rapport et je ne pigeais rien aux zigzags de sa pensée.

– Bon. On continue ?

– Si tu veux…

– Bon, alors, donc, ils m'ont mise sur le coup, mais légal, pour que je m'occupe en douceur de ton cas. En haut lieu, ils ont fait jouer l'accordéon…

– Excuse-moi, mais là, je ne te suis plus…

– Ils ont fait semblant d'être d'accord. Enfin, c'est ce que je pense maintenant que tu m'as raconté ce qu'ils ont fait à ta caravane.

– Mais qui, « ils » ?

– Ben, la Mamma ! Il n'y a qu'elle pour oser faire un coup pareil. Et si elle a fait ça, c'est que le projet n'est pas abandonné. Et s'il n'est pas abandonné, c'est que, en haut lieu – donc à la mairie, tu suis ? –, ils ont donné leur accord officieux… Ils jouent encore pour l'instant un double jeu… Mais à mon avis, ça ne va pas durer longtemps, parce que les arguments vont être convaincants. Et ils vont finir par dire un oui officiel au Cac 40, par conséquent à ton expulsion. Moyennant quoi ? C'est ce que je ne sais pas… J'ai quand même entendu parler de certaines enveloppes qui auraient circulé… En ce moment, les enveloppes, c'est chaud. Depuis que l'autre con de maire de Châteauneuf s'est fait prendre la main dans le sac…

Elle faisait allusion à une sombre histoire de pot-de-vin et de casino dans une commune voisine qui avait défrayé la chronique l'année précédente. C'est pas les magouilles qui manquent, dans la région.

– Il paraît que c'était un coup monté…

– Oui, c'est vrai… N'empêche que lui, il ne le savait pas, et il était bien là au rendez-vous pour cueillir le flouze… Résultat des courses, la taule…

– Alors tu penses qu'ils ont fait ça plus discrètement cette fois…

– Ouais… Je ne pense pas que d'Escobar ait envie de finir au même endroit.

– Mais pourquoi attirer l'attention en démolissant ma maison ?

– Oh, je crois que la Mamma pense que tu n'es rien du tout dans l'histoire. Tu gênes seulement pour les travaux. Devant les atermoiements de la mairie, ils règlent le problème à leur façon. Ils emploient donc l'intimidation pour te faire dégager. C'est en quelque sorte le défaut de leur cuirasse. Ils mesurent mal l'impact des cas sensibles si la presse s'en empare.

Elle ignorait que mon interprétation des choses était plutôt la suivante : que la Mamma avait sûrement démoli mon *sweet home* pour retrouver certaines enveloppes.

Parce que avec ces histoires de mafia dans les parages, il fallait pas sortir de Saint-Cyr pour piger que le fric que j'avais trouvé dans les poubelles était à eux !

Je savais encore calculer deux plus deux. Et ça faisait cent cinquante mille euros !

– Mais ils ne m'ont pas virée, j'ai racheté une autre caravane. Je vais la recevoir lundi. Et je vais la mettre au même endroit.

– Quoi ? Mais t'es folle ? Ils sont capables de tout, ces gens-là… Tu es en danger.

– Oh, tu es trop négative ! Quand même, ils n'oseraient pas ! Faut pas oublier que je ne suis pas seule ! Je vis là avec quatre enfants…

– 28 –

C’était trop tard pour ravaler mes mots. Je venais de me trahir et de dévoiler le nombre exact de mes enfants à une employée officielle des services municipaux ! D’ailleurs, elle a réagi au quart de tour.

– Quatre enfants ?

Elle a même failli s’étrangler avec son café.

– À ton âge ? Mais dans mon dossier, ils ne parlaient que de deux…

– Ouais… C’est une longue histoire, mais en ce moment, j’en ai quatre. Ça reste entre nous, bien sûr ?

– En tout cas, je te conseille de ne pas retourner là-bas.

– J’y suis obligée. C’est super chouette comme coin. En ce moment, il y a du raisin sur la treille muscate et même le figuier qui donne encore, et j’ai aussi des cerises en mai. Et des citrons toute l’année. Je me branche à l’eau de la borne des pompiers, et je suis raccordée au tout-à-l’égout des chiottes de l’ancienne gare. C’est vraiment le top.

J’ai omis de lui mentionner le branchement électrique direct. Ça fait toujours un peu tiquer les gens, même les mieux intentionnés. Ce n’est pas le genre de choses dont il est bon de se vanter. Moins on en cause, mieux c'est. C'est un de mes secrets de famille qui nous a le plus réussi, et qui nous vient de ma grand-mère Ruth : fermer sa gueule quand il le faut.

– Bref, je ne connais pas d'autres endroits aussi bien. Et celui qui me virera de là n'est pas encore né. *Inch'Allah !*

– Puisque tu le dis !

– Mais il y a encore un truc que je ne comprends pas.

– Quoi ?

– Cette Mamma. Elle ne va quand même pas faire construire un Cac 40 de force sous le nez de tout un chacun ? Les gens vont gueuler ! Ils ne vont pas accepter ça comme ça, sans rien dire ? Le CM, et tutti quanti.

– Te fatigue pas, tout est réglé par les petites enveloppes. Au prochain CM, ils vont voter pour. Y a des gens spécialisés pour ce genre de choses. Faire tourner les girouettes. Un jour on est pour, le lendemain, contre. Ça dépend du facteur. Ils vont voter. Contre la méthadone et pour le Cac 40.

– C'est moche pour les gens en manque…

– Oui, mais c'est cool pour les traders.

– Eh oui…

On a toutes les deux poussé un grand soupir. On ne disait plus rien. On réfléchissait.

– La balle est dans ton camp. Moi, ma situation me bloque. Je ne peux rien faire.

– Moi si… je peux…

Mes neurones turbinaient à la vitesse de la lumière. C'est dans ces moments-là qu'il faut avoir les méninges bien accrochées.

J'hésitais à lui parler des enveloppes.

Si j'avais bien compris, j'avais empoché le gros pactole qui leur revenait clandestinement, et ils étaient furieux pour ça.

Finalement, toute cette conversation ne m'avait pas servi à grand-chose. De mon côté, j'en étais toujours au même point. J'ignorais s'ils avaient démoli ma maison parce qu'ils savaient que j'avais trouvé la tune, ou pour me virer de mon terrain.

D'ailleurs, ce rendez-vous avec cette femme, c'était peut-être un piège pour me faire parler.

– J'ai le sentiment que tu sais des trucs que tu ne veux pas me dire, a-t-elle soudain murmuré avec un sourire encourageant.

Alors là, ça m'a rendue encore plus méfiante.

– Moi ? Non. Pas du tout. Pourquoi tu dis ça ?

– Comme ça. Une impression.

Le mieux, c'était de changer de conversation :

– Qu'est-ce que tu ferais à ma place ?

Elle a embrayé illico.

– J'attirerais l'attention de la presse sur ce qui vient de m'arriver. J'irais les voir, à *L'Aurore*, et je leur dirais que je pense que la mairie utilise des méthodes illégales pour me faire partir.

– Ils ne vont jamais m'écouter…

– Ça dépend…

– Ça dépend de quoi ?

– De ce qu'ils ont à se mettre sous la dent en ce moment.

– Il faudrait que j'aie des preuves…

– Ça, c'est sûr. Mais c'est quasi impossible ! On avance à l'aveugle. Ne l'oublie pas. On surfe sur les rumeurs… À moins de tomber par hasard sur les enveloppes, je ne vois pas ce que tu pourrais avoir comme preuves…

Alors là, c'était fini ! J'étais sûre qu'elle savait tout. Je n'ai plus rien dit.

Elle a regardé sa montre et elle a lancé :

– Bon, ce n'est pas tout ça mais faut que j'y aille, je reprends à une heure et demie.

Elle a jeté des pièces sur la table.

– Tiens-moi au courant ! De mon côté, je mets ton dossier en sourdine… Ciao !

Et elle est partie en me laissant anéantie. Qu'est-ce que j'allais bien pouvoir faire ?

– 29 –

J'ai repensé à tout ce qui me cernait. Le cadavre de Michel qui devait m'attendre dans sa pourriture, dans ma caravane. Alors même que c'était moi l'assassin ! Le petit Pierre disparu. Véro qui avait pété un plomb. La Mamma au courant de mon vol, enfin détournement, enfin recel, de ce qui lui appartenait. La mairie vérolée qui voulait ma peau pour se refaire une santé dorée.

Elle va mourir, la mammaaaaaa…

J'ai fait cul sec avec mon jus de tomate.

Toute cette conversation m'avait donné envie, je ne sais pas pourquoi, de lire le journal. Peut-être pour y trouver une idée pour me sortir de cette merde. Je l'ai attrapé qui traînait sur une autre table, et c'est là que je suis tombée en première page sur la photo de Gaston.

Petite, mais tout de même !

J'ai su pourquoi il était allé en Suède. Il avait reçu un super prix très important, international, mondial, pour un cahier de poésie qu'il avait écrit. Comme à l'école quand on reçoit le prix d'excellence. Et en plus, il y avait de la tune qui allait avec ! Je comprenais pourquoi il comptait pas son fric ! Parce que ça faisait un sacré paquet. Décidément, je baignais dans des histoires de gros sous en ce moment. Enfin quelque chose de distrayant dans ma vie. Il fallait que j'aille un peu plus loin lire le détail de sa biographie. J'avais du mal à croire qu'en remplissant juste un cahier de poésie on pouvait gagner autant de pognon.

Je devais peut-être penser sérieusement à me réorienter ?

J'ai ouvert le journal et, en deuxième page, il y avait toute l'histoire du petit Pierre. J'ai perdu le désir de tout savoir sur Gaston.

Ça m'a foutu un sacré choc.

C'est bizarre, tant que ça n'est pas dans le journal, ça n'a pas de réalité, mais une fois qu'on l'a lu, imprimé noir sur blanc, on comprend que c'est arrivé pour de vrai, on ne peut plus se mentir, et on ne peut plus faire semblant d'oublier. D'accord, j'avais vu le doudou tout sale de Pierre, mais dans mon esprit, ça ressemblait à quelque chose qu'on peut écarter d'un geste, quelque chose d'irréel. Lire en toutes lettres que Pierre avait été enlevé, enfin sûrement, en tout cas qu'il avait disparu, à ce qu'il semblait…

Somme toute, en relisant plus attentivement, le journaliste n'avait pas l'air de savoir grand-chose, à part que Pierre n'était plus nulle part. En plus, il avait mis une photo du petit. Appel à témoins. Si quelqu'un le voyait…

Il étalait, *de source sûre*, tout ce qu'il avait glané dans les couloirs du commissariat, et parlait d'un certain Djaïd Allaoui, airèmiste de son état. On l'avait déniché traînant près du square au moment où on y retrouvait les affaires de Pierrot.

La mère, Véronique Lambert – Véro –, avait paraît-il déclaré qu'elle avait laissé l'enfant seul quelques minutes dans sa poussette devant la vitrine d'une boulangerie pour acheter une baguette et que quand elle était ressortie, il avait disparu.

Oui, elle avait remarqué, avant d'entrer, un homme dont elle avait fait la description et qui était le portrait craché de Djaïd Allaoui, comme par hasard, et qui traînait devant la boulangerie à ce moment-là.

Mais le journaliste signalait qu'il y avait trop d'incohérences dans son récit et que notamment cette boulangerie était fermée le lundi. La police ne parvenait plus à entrer en contact avec la mère, donc elle ne pouvait pas vérifier cette partie de son récit. Plusieurs personnes étaient recherchées pour témoignage : l'amant de Véronique Lambert, Alexandre Voinot, ainsi que son ex, qui était aussi le père de Pierre, Michel Lanoux. Et bien sûr, Véronique Lambert elle-même.

Le journaliste en profitait pour demander à toute personne qui pouvait avoir le moindre renseignement de se mettre immédiatement en contact avec la police.

Mon nom, Rose Maldonne, était lui aussi cité. Merci ! Merci bien ! Bonjour madame la marquise ! J'avais vraiment besoin de cette publicité ! J'étais la personne qui avait identifié les affaires de l'enfant.

Suivait une pseudo-réflexion sur l'insécurité dans laquelle nous vivions. Tous en général. Nos enfants en particulier. Dans un pays où l'accent était mis sur comment ménager les susceptibilités des étrangers plutôt que sur la protection des nôtres.

C'était l'esprit général. Je ne m'attarderais pas sur le fond. Sans commentaire.

J'ai fait une tentative pour penser à autre chose, car je sentais que j'étais proche de sombrer. Comme si tout ce que j'avais refoulé jusqu'à maintenant concernant le petit Pierre était brusquement remonté à la surface.

Je me suis pris la tête dans les mains et j'ai recommencé à me demander si j'avais tué Michel ou pas. C'était une préoccupation assez forte pour faire dériver mes pensées. Il fallait absolument que je cavale à la baraque pour voir si son corps y était toujours. Et puis, est-ce que je devais aller dire à la police que je l'avais vu ce matin ? J'en étais là de mes réflexions quand j'ai entendu qu'on tirait une chaise à mes côtés.

– Qu'est-ce que t'as, ça ne va pas ? m'a demandé Mimi.

J'ai levé la tête et je l'ai regardée dans les yeux.

– T'as besoin de fric ?

Mon menton a commencé à trembler.

– Qu'est-ce qui ne va pas, hein ?

Une larme a perlé au coin de mon œil gauche. C'est toujours celui qui s'épanche en premier. Mimi l'a vue.

– Mais… Mais…

Elle était estomaquée. Je crois bien que c'était la première fois qu'elle me voyait pleurer. De l'effet pernicieux d'avoir trop de fric. Ça vous détériore une dure à cuire en un rien de temps.

Je me suis effondrée dans ses bras et je lui ai raconté ma visite au commissariat. Pour le petit Pierre. Je ne sais pas si elle a compris grand-chose, parce que je hoquetais tellement que mon récit était plutôt morcelé. Faut croire que oui, parce que quand j'ai relevé la tête, j'ai vu qu'elle aussi, elle pleurait. Mais sans faire de bruit. Ça m'a sciée !

– Viens chez moi, qu'elle a dit.

Et elle m'a prise par la main pour sortir. Au passage, elle a jeté son tablier sur le comptoir en disant à un Toni éberlué :

– Je reviens dans une heure.

Elle avait le visage baigné de larmes et moi, je me

mouchais bruyamment, ce qui fait que Toni, il n'a rien osé dire.

J'étais soulagée d'avoir pu tout raconter à quelqu'un et d'avoir le droit de pleurer sans que personne n'en profite pour me sauter dessus. Mais en même temps j'étais obsédée par le corps de Michel dans ma caravane, et j'avais hâte d'aller vérifier s'il y était encore.

Parce que je ne lui avais pas raconté l'épisode Michel. Je ne sais pas pourquoi. C'est un réflexe de survie, chez moi, qui me vient de ma grand-mère Ruth, l'histoire du secret de famille. Toujours morceler les infos. Saupoudrer avec légèreté et en pointillé les secrets. Dans ma tête, tout était compact. Un gros tas de mélasse poisseuse. Le merdier complet. Avec l'ombre de la guillotine dans le lointain…

– 30 –

Mimi, elle pleurait tellement qu'au bout d'un moment ça m'a stoppée net. Mais elle, elle n'arrivait pas à s'arrêter, et je ne savais plus quoi lui dire ni quoi faire. Alors j'attendais bêtement dans mon coin en sirotant le café qu'elle m'avait fait quand on était arrivées dans son studio. Au bout d'un moment, il n'y a plus eu de larmes. Mais elle gémissait doucement. Je lui ai dit :

– Mais qu'est-ce qu'il y a ? Ce n'est pas seulement le petit Pierre, hein ? Tu le connaissais à peine. Tu n'as même presque jamais vu Véro.

Elle a hoché la tête.

– T'as raison. Ce n'est pas ça. Ça m'a fait penser à un truc.

D'abord, elle ne voulait pas me dire quoi, et j'ai pas insisté. En tant que spécialiste des secrets de famille, je sais que plus on s'intéresse à la chose, moins l'accusé en parle. Pour obtenir des aveux, il vaut mieux jouer les blasés.

– Il est bon ton café, j'ai dit. Tu prends quelle marque ?

– Ben c'est la machine, elle m'a répondu instinctivement.

Et là elle a craqué. Elle m'a tout raconté. C'était tellement triste que j'ai recommencé à pleurer aussi sec.

Il ressortait qu'elle, Mimi… Bon, je vais essayer de faire simple. Elle m'avait toujours fait croire qu'elle avait horreur des gamins. Donc, par extension simpliste, moi, j'avais cru qu'elle n'avait pas de gosses. Eh bien il ressortait qu'elle en avait un !

Léo. Un ado. Et qu'il était depuis des années à la DDASS – décidément j'étais cernée ! – et que suite à leur dernière enquête ils avaient résolu de ne pas le lui rendre, ce qu'elle comprenait parfaitement, parce que après ce qui s'était passé – et elle ne voulait pas me dire quoi –, eh bien elle-même se demandait si c'était pas mieux pour le môme.

Voilà. Tout ça datait d'un temps où je ne la connaissais pas, où elle ne travaillait d'ailleurs même pas au Sélect, où elle habitait une autre ville avant que son mec ne se suicide.

Touche finale.

Ça n'a fait ni une ni deux, réflexe oblige. Je me suis dit tout de suite qu'il fallait que je fasse une demande pour être la famille d'accueil de ce petit. Dès que j'aurais terminé de régler mon histoire de gare désaffectée. Dès que j'aurais eu ma nouvelle caravane livrée. Je ferais une belle lettre pour me faire agréer par la DDASS.

Sur le moment je n'ai rien dit à Mimi. Je l'ai consolée. J'avais compris que c'était la première fois qu'elle disait tout ça à quelqu'un et qu'elle avait pas besoin d'être jugée, ni accablée.

Quand j'ai vu qu'elle se calmait un peu, j'ai ouvert son canapé-lit, et je l'ai bordée comme un bébé. Elle s'est endormie d'un coup.

Je suis repassée au Sélect. Il y avait un monde pas possible. Je ne sais pas pourquoi, puisque le coup de feu était passé, mais le fait est que Toni avait l'air désespéré et qu'il était dépassé. Je lui ai glissé par la porte :

– Je suis venue te prévenir que Mimi ne vient pas tout de suite. Elle n'est pas bien, alors je l'ai couchée.

– Quoi ! C'est pas possible ! Mais vous voulez ma mort ou quoi ?

– Qu'est-ce qui t'arrive ?

– Tu ne vois pas la foule ? T'es aveugle ?!

– Oh ! Ça va ! Me parle pas comme ça !

– Mais Cricri, tu ne vois pas que je ne peux pas m'en sortir tout seul ? Tu ne veux pas m'aider ? S'il te plaît ?

La jubilation que j'ai éprouvée à le voir me supplier comme ça de l'aider ! Je l'avais tellement fait, moi, pour qu'il me laisse faire une heure ou deux de boulot pour glaner trois sous !

Je l'ai laissé me prier un peu et puis j'ai accepté.

– C'est bien parce que c'est toi, parce que j'ai vraiment pas le temps, là.

– T'es sympa !

Il m'a balancé le tablier blanc de Mimi et j'ai pris mon service.

– Juste une heure, parce qu'à quatre heures je dois foncer chercher les gosses, tu le sais !

– Tu reviendras après avec eux ?

– OK !

Et toujours ce Michel qui se décomposait dans ma maison démolie.

À quatre heures je suis allée chercher les gosses, d'abord à la crèche, puis à l'école. On est revenus au café, et je les ai attablés tous les quatre au fond du Sélect devant des bols de lait et des petits pains au chocolat. Il y avait un peu moins de monde, mais l'heure de l'apéro n'allait pas tarder, et Mimi n'était toujours pas là.

Dring !

Ça, c'est le bruit de mon téléphone portable. En fait, ce n'est pas vrai. Mon nouveau téléphone, j'avais passé une demi-heure, le matin dans mon lit géant de l'Hôtel de Provence, à lui trouver une super sonnerie et j'en avais trouvé une merveilleuse : c'était le cri poussé par les grillons la nuit. Ou par les cigales les jours de canicule. Bref, une sonnerie bucolique à souhait, qui me permettait de me retrouver en une seconde à la campagne chaque fois que quelqu'un m'appelait. La puissance d'évocation d'un simple bruit, c'est fou !

Donc, creûûû… creûûû… creûûû… Un grillon.

C'est mon téléphone qui sonne.

Quelques clients se mettent à regarder autour d'eux, par terre, pour essayer de voir où se cache ce grillon qui émet son cri bien avant la nuit…

Entre deux coups de torchon, je décroche.

– 31 –

C'était Jérôme. Je l'avais complètement oublié celui-là.

– Allô ?

– Oui, allô !

– Rosie ?

– Non ! Cricri !

– Ah oui, je ne sais pas pourquoi, je trouve que Rosie vous va mieux.

– Peut-être, mais vous n'êtes pas ma mère, que je sache.

– Certes non, pourquoi ?!

– Il n'y a qu'elle qui a le droit de m'appeler comme ça !

– Ah, bon.

– Qu'est-ce que vous voulez ? Je bosse, là !

– Euh…

– C'est pour m'inviter à dîner ?

– Euh… oui…

– C'est d'accord. On se fait d'abord un ciné, ça fait une éternité que je ne suis pas allée au ciné, et puis après un resto, mais si j'arrive à trouver quelqu'un pour garder les gosses. Ça vous va ?

– Euh… Oui. Qu'est-ce que vous voulez aller voir ?

– On décidera tout à l'heure.

– Je passe vous prendre ?

– Eh ! Vous allez un peu vite, là !

– Euh… Je voulais dire…

– Ça va, j'ai compris ! Oui, passez me prendre à l'hôtel à huit heures moins le quart, comme ça on sera à l'heure pour le ciné. À tout' !

J'ai raccroché parce qu'un type réclamait son sixième pastaga, et je voulais d'abord réussir à lui faire payer les cinq premiers avant de lui servir le suivant. Pour ce genre de mission, il faut toute sa concentration.

C'était pas évident de faire en sorte que les gosses restent tranquilles, mais dans l'ensemble ça allait.

Mimi est arrivée vers sept heures.

Je l'ai prise à l'écart et je lui ai expliqué que j'avais un rencard, est-ce qu'elle pouvait garder les petits ici ? Elle est devenue livide. C'est vrai que c'était pas vraiment la personne idéale pour s'occuper d'enfants, vu que les autorités lui avaient enlevé le seul qu'elle avait – et je ne savais même pas pourquoi. Mais il y avait urgence !

Et puis moi, je lui faisais confiance.

Je lui ai dit de les faire manger ici, et d'aller les coucher chez moi, vers neuf heures.

– Ensuite, tu les gardes pendant qu'ils dorment. C'est pas si sorcier, non ? Tu peux même dormir chez moi, vu qu'il n'y a pas école demain, non ?

Elle était d'accord, mais elle croyait qu'elle devait dormir à la caravane, et elle se demandait où, à cause du manque de place. Alors je lui ai expliqué qu'en ce moment j'étais à l'Hôtel de Provence, suite 232, et qu'après avoir couché les enfants elle prendrait mon lit jusqu'à ce que je revienne.

– Ben dis donc, tu t'emmerdes pas !

– C'est mon oncle qui paye.

– Ah ! Et tu comptes rentrer vers quelle heure ? Parce

que toute la nuit enfermée avec des gosses, ça le fera pas pour moi, je te préviens.

– Je ne sais pas, moi, vers minuit ?

– Ne me laisse pas toute la nuit avec eux, s'il te plaît, c'est tout ce que je te demande.

– T'inquiète ! C'est exceptionnel. Et je ne vais pas découcher. Pour une fois que j'ai un rencard. C'est quand même pas Byzance !

En même temps, je repensais au rêve que j'avais fait la veille et j'ai rougi bêtement. Elle s'en est aperçue et elle a ajouté :

– Cricri, si tu veux t'envoyer en l'air ça ne sera pas cette nuit, t'as compris ? Tu te trouveras d'abord une vraie baby-sitter. Parce que pour moi aussi, c'est exceptionnel !

– Mais qu'est-ce que tu racontes ? Arrête de dire des conneries ! Allez, t'es un chou. Tu te rappelles le numéro de chambre ?

– Je suis pas encore gâteuse, tu viens de me le dire !

J'ai choufrougné les enfants pour leur dire au revoir. Sabrina n'était pas très contente, mais les jumelles s'en foutaient royalement. Elles étaient à quatre pattes sous les tables en train de traquer des cacahuètes pour les bouffer.

Je n'avais pas le cœur à les gronder alors que je partais, donc j'ai signalé la chose à Mimi pour qu'elle sévisse. Et je lui ai dit aussi que Sabrina et Simon n'avaient pas fait pipi depuis un bon moment, donc un tour aux toilettes s'imposait, ainsi qu'un changement de couches pour les jumelles. Tout le matériel étant dans la poussette…

Mimi paniquait un peu. C'était la première fois que je lui demandais de garder les enfants, et j'avoue que quand on n'a pas l'habitude, quatre d'un coup, c'est un peu rude.

J'ai foncé à l'hôtel, où j'ai enfilé une minirobe orange et violette en maille pailletée avec de longues manches et un décolleté en V très chic, que j'ai recouverte de mon blouson doudoune turquoise nacré en soie – je crains la clim dans les cinés, on est toujours frigorifié à la fin du film.

Il faisait encore chaud pour la saison, mais j'ai quand même troqué mes sandales ouvertes pour des talons fermés, vernis, rouge sang. Ils sont un peu usés, mais je les aime bien.

J'ai à peine eu le temps de me remettre du Rimmel et du rouge que le téléphone de la chambre a sonné.

– Oui ?

– Madame Maldonne ?

– Oui.

– Un certain monsieur Gallo vous demande. Dois-je lui dire de monter ?

– Non, dites-lui que j'arrive !

Je n'avais même pas eu cinq minutes pour penser au cadavre de Michel, que j'imaginais maintenant dans un état de décomposition avancée.

– 32 –

Jérôme m'attendait debout devant le desk avec deux casques de moto à la main.

– Je n'ai pas eu le temps de regarder les programmes.

– On choisira sur place.

J'ai laissé des instructions pour qu'on reçoive avec les honneurs Mimi et les enfants vers neuf heures, et j'ai grimpé comme j'ai pu à l'arrière de sa moto. C'était un gros machin noir brillant, et on avait l'air de deux andouilles dessus, c'est certain.

J'ai horreur de ces choses qu'il faut mettre sur la tête et qui foutent en l'air la pièce montée que vous avez élaborée savamment à l'aide des gels et des sprays dernier cri, résultats de la plus haute technologie en matière de cosmétique capillaire.

J'ai donc refusé de mettre le casque et il était plutôt emmerdé, le Jérôme, parce que en tant que flic il doit donner l'exemple. J'ai passé cinq minutes à lui démontrer que justement en tant que flic il pouvait se permettre n'importe quoi, mais il n'y a rien eu à faire, il n'a pas voulu admettre mon point de vue. N'empêche, il n'a pas réussi à me faire changer d'avis, et finalement il a démarré en colère parce qu'on allait rater le début du film.

Justement on a bel et bien raté les dix premières minutes d'un film ennuyeux à mourir avec De Niro et Marlon Brando sur l'histoire d'un cambriolage dans le sous-sol des douanes à Montréal.

Je n'ai jamais autant bâillé de ma vie. Marlon Brando, pachyderme complètement lifté, ne tenait tellement plus sur ses jambes qu'on l'avait fait jouer assis tout au long du film. De Niro, lui, avait une cagoule la moitié du temps sous prétexte du cambriolage.

C'est pratique quand on a une vedette au rabais, la moitié des scènes peuvent être tournées par une doublure.

Le jeune, Edward Norton, essayait de doubler le vieux mais à la fin c'est le premier qui se faisait doubler.

Morale de l'histoire : n'essaie jamais quand t'es jeune et enthousiaste de te croire plus malin qu'un vieux singe même s'il a l'air encroûté, parce que tu te feras toujours niquer. La soirée avait commencé avec la Mamma et finissait avec le Padrone ! Un vrai micmac !

J'expliquais tout ça à Jérôme qui n'avait rien compris au film parce qu'il avait tout pris au premier degré.

Faut dire que j'ai la chance d'avoir eu, pendant mes trois années de quatrième, des séances de ciné-club qui étaient animées par un curé anarchiste qui nous faisait de super analyses où on se rendait compte, chaque fois qu'on voyait un film, qu'on avait tout pigé à l'envers.

Depuis, quand je vais au cinoche, je ne vois jamais un film comme il se présente.

C'est pas mal parce que du coup j'ai toujours deux films pour le prix d'un.

Toutes ces explications avaient lieu dans un restaurant plein de charme, j'ai nommé le Pékin Express, fast-food violemment éclairé aux néons, attenant au cinoche.

J'adore les fast-foods chinois. En général, je ne prends

pas de plat principal, mais que des petites saloperies du genre nems, rouleaux de printemps, beignets craquants, papillotes, ha kao et siu mai, qui sont mes deux préférés en matière de bouchées à la vapeur. Et je termine avec des petits gâteaux à la noix de coco, que je mange chauds.

J'ai pu tranquillement l'amener à parler de ce que je voulais. Ce super rencard me permettait surtout une chose : mener l'enquête à ma façon. Bon d'accord, j'étais contente d'avoir été invitée. C'était pas si souvent ! Mais avoir la possibilité de cuisiner un flic de première main, c'est pas donné à tout le monde non plus !

La conversation a roulé tout naturellement sur le petit Pierre, mais en fait ça n'était pas si naturel que ça, c'était moi qui l'avais fait dévier.

Je lui ai raconté que j'avais craqué aujourd'hui au Sélect en lisant l'article dans le journal.

Petit à petit, lui aussi, il a eu son coup de blues. Il s'est mis, après quatre verres de vin, à me glisser des trucs que j'ignorais sur l'enquête.

Je le laissais parler sans l'interrompre et, de temps en temps, je poussais une petite exclamation ou une petite remarque, juste pour ponctuer ses phrases.

C'est une technique que je conseille quand on a besoin de tirer les vers du nez de quelqu'un. Je veux dire, un bon vin et la tchatche en sourdine, mais alors très en sourdine !

– On a d'abord soupçonné le fameux Djaïd de l'avoir enlevé. Parce que, aussi bizarre que cela puisse paraître, tout concordait. La mère a donné une description d'un type qui rôdait devant la boulangerie, qui correspond exactement à celui qui traînait au square, là où on a retrouvé le doudou et tous les habits bien pliés sur un banc. C'est quand même rare, ce genre de coïncidences, non ? Mais maintenant on commence à penser que la mère a menti.

– Qui, Véro ?

– Oui. Et qu'il aura fallu un hasard extraordinaire, ça arrive, pour que la description qu'elle a imaginée de ce type corresponde pile à ce pauvre bonhomme – d'ailleurs il est un peu simple d'esprit – qui traînassait au square.

– Mais pourquoi qu'elle aurait menti ?

– Ça ! Vous la connaissez mieux que moi !

– C'est dingue… Mais… Je veux dire… Pourquoi vous la soupçonnez de mentir ?

– Je ne peux pas trop le dire, mais il y a des histoires d'heures qui ne concordent pas… Déjà, elle a cité des boulangeries différentes. Enfin tout un tas de trucs. Et puis aucun témoin ne se souvient de l'avoir vue dans ce quartier ce matin-là… C'est un peu gros.

– C'est drôle, ça ne ressemble pas à Véro, ça…

– 33 –

Je le faisais parler discrètement, mais je n'oubliais pas qu'il était flic… Je n'avais pas envie d'être l'arroseur arrosé et de me croire plus maligne qu'un vieux singe, comme dans le film ! Même si Jérôme était jeune, lui aussi ! Peut-être qu'il faisait semblant de me faire des confidences, mais qu'en fait c'était lui qui me faisait parler ? Hein ? Ça aurait pu se voir !

Bref, je gardais toute ma méfiance instinctive.

Mais quand même, je me demandais pourquoi Véro avait menti…

– C'est vrai, Véro, c'est une fille super réglo. Elle se ferait couper la tête pour ses mômes.

– Ah bon ? On a un peu fouillé dans la vie de son compagnon actuel, Alexandre Voinot, et ce qu'on a trouvé, eh ben, c'était pas net, net…

– Ah bon ?

– Oui. D'abord ce n'est pas son vrai nom.

– Sans blague !

– Oui. Il s'appelle Luc Berger. Il est marié à une femme qui a fait une tentative de suicide.

– Il est marié ?

– Oui.

– Oh non ! Pauvre Véro !

– Eh oui. On l'a soupçonné de quelque chose, forcément, d'autant qu'il avait disparu de la circulation juste au moment où sa femme s'est jetée par la fenêtre.

– Elle est morte ?

– Non.

– Vous l'avez soupçonné de…

J'ai fait le geste de pousser quelqu'un dans le vide.

– Ben…

– Et dire qu'il était avec Pierre toute la matinée du lundi ! Tout seul avec lui.

– Ah bon ? Vous l'avez dit à Borelli, ça ?

– Il ne me l'a pas demandé.

– Je le lui dirai. C'est peut-être une piste… Il est peut-être le dernier à avoir vu le petit vivant. Et comment vous le savez ?

– C'est Véro qui me l'a dit quand je l'ai vue lundi vers midi. Et Michel, vous n'avez pas pensé à Michel ?

Je frissonnais en prononçant son nom. Et cette fois je me le suis imaginé désagrégé. Sous forme de squelette étalé sur le sol de ma caravane. Grouillant d'asticots.

– L'ex ?

– Oui.

– Bien sûr que si ! Lui, c'est pareil, on n'arrive pas à mettre la main dessus. Il n'est pas chez lui. On a trouvé ses empreintes dans l'appartement de la mère. Je veux dire de Véro. Mais on ne sait pas exactement de quand elles datent. Après tout, il aurait pu y aller un autre jour.

– Sûr ! Le jour où il a découpé le canapé en fines lanières au cutter.

– Ah, oui, j'ai vu ça !

– Pauvre Véro. Elle n'a jamais eu de chance, cette fille. C'est dingue ! C'est ma meilleure amie, avec Mimi, et je dois dire que toutes les deux, elles les accumulent, les malheurs. Encore, Mimi, elle ne le montre pas, elle est toujours en train d'ouvrir sa grande gueule et de rigoler… Mais Véro, la pauvre ! Elle ne s'en sort pas. Et maintenant, si on ne retrouve pas Pierre, elle ne va jamais remonter la pente, ça c'est sûr. C'est terrible parce qu'il y a Simon, et lui, il n'y est pour rien…

– Comment vous l'avez connue ?

– Qui, Véro ?

– Oui.

– Elle était en CDD à la crèche où j'ai fait mon premier stage quand je suis sortie de l'école. Après elle a galéré de contrats CES en stages de formation. Elle a fait un peu de tout, aide-soignante, cuisine, la petite enfance, les ménages, le secrétariat… Cette période-là, c'était la classe, elle était secrétaire chez un avocat – mais comme il lui a sauté dessus un jour à l'heure de l'apéro, elle n'a pas continué. Il pratiquait le droit de cuissage de façon permanente. C'est dommage, parce qu'elle aimait bien faire attendre les clients dans la salle d'attente. Elle voyait toutes sortes de gens de la Mamma…

– La Mamma ?

– Euh, pardon, ma langue a fourché ! De la mafia russe, je voulais dire. Parce que c'était un gros avocat spécialiste en fiscalité.

– Je ne vois pas le rapport…

– Ben alors toi, comme flic, tu repasseras ! Oh, excusez-moi, hein, c'est sorti tout seul.

– J'aime bien, si tu veux, on se tutoie.

– Euh, je ne sais pas… C'est un peu tôt peut-être.

– Comme tu veux…

– Euh, ben, je préfère pas…

Des fois que ça lui fasse croire que l'affaire était dans le sac. Et vraiment, je n'avais pas la tête à ça. Même si tout à coup des flashs de mon rêve de la nuit précédente m'ont parasité le cerveau.

– Pourquoi vous rougissez ? Oh non, je n'y arrive plus, ça fait cloche ! Allez, moi, c'est parti, je te tutoie. Tant pis.

– 34 –

Quand il a commencé à me tutoyer, je n'ai rien dit, parce que je voulais encore lui soutirer quelques renseignements. Et puis, je le reconnais, ça me faisait plaisir.

– Et qu'est-ce qu'elle en dit, la police, de cette histoire de pot-de-vin ?

– Quelle histoire ?

– Ben oui, quoi, la mafia qui veut construire un casino, il paraît qu'ils ont versé un pot-de-vin parce qu'à la mairie il y avait le budget qui avait déjà été voté en faveur de la médiathèque.

Il a descendu son Coca cul sec, s'est étranglé, a toussé.

– Je ne sais pas pourquoi j'ai pris ça, j'ai horreur des bulles.

Il a fini de se racler la gorge tranquillement et il m'a demandé :

– Comment tu sais ça, toi ?

– Mais on ne parle que de ça en ville !

– Ah bon ? C'est des bruits pour rien, et puis nous, on est constamment en concurrence et en bisbille avec les municipaux, alors…

– Alors quoi ?

Je sentais qu'il allait me répondre un truc qui allait

m'énerver. J'ai fermé les yeux. J'ai avalé cul sec mon café et j'en ai commandé deux doubles.

– Alors on se tait sur certains trucs si on entend des rumeurs, parce qu'on ne veut pas d'histoire, il y a plein de fois où on a besoin d'eux, tu vois…

– Oui. Je vois.

J'attendais mes cafés dans un silence lourd.

Alors comme ça un flic a le droit de dire que quand quelque chose le gêne il ferme les yeux et c'est tout ? Après ça, on se sent en sécurité… c'est fou ! Je n'avais plus qu'une envie, c'était de ne plus voir sa tronche de cake la bouche en cœur.

J'ai bu à la suite sans les savourer mes deux cafés serrés.

– Bon, on y va, il est minuit, Mimi m'attend à la chambre.

Re-moto.

Il n'a pas pris le chemin de l'hôtel. Impossible de lui parler avec son casque sur la tête, il n'entendait rien ou il faisait semblant. Il s'est arrêté devant un immeuble des années 80, avec des terrasses à chaque étage.

– C'est là que j'habite. Tu montes prendre un verre ?

Alors là, je me suis fâchée tout vert.

– Non mais pour qui tu me prends ? Tu te dis la petite Cricri, elle est habituée à peu, un cinoche et un resto, et hop, c'est dans la poche ?

– Mais… Non… Pas du tout… C'est pour te montrer mon appart, c'est tout… Pour qu'on se voie dans un lieu un peu moins public.

– C'est ça, allez, à d'autres. Tu me ramènes ou je rentre à pied à l'hôtel ?

– T'es grande gueule, mais en fait t'es pleine de préjugés, et en plus t'es froussarde !

Il était sûrement plus malin que ce qu'il voulait bien

montrer, ce flic-là, parce que, mais oui, ça a marché. J'ai été piquée au vif et je l'ai suivi.

Il m'a fait une tisane, je n'ai voulu boire que ça.

C'est un truc que ma mère et moi on se faisait souvent. Ma mère, elle connaissait toutes sortes de plantes... Il se trouve qu'il avait du thym dans un pot chez lui. Il l'avait rapporté d'une randonnée au Mercantour. Pourtant, c'est formellement interdit de cueillir quoi que ce soit, là-bas !

– Elle est bonne ta tisane. Elle est sûrement pleine de radioactivité, mais enfin, au goût, elle est bonne.

– Pourquoi tu dis ça ?

– Ben tu sais bien, Tchernobyl et tout ça.

– Qu'est-ce que tu racontes ?

– Mais tu ne sais rien sur rien, ma parole ! Tu ne lis jamais, tu ne regardes pas la télé, ou quoi ?

– C'est vrai. Je ne lis pas et je ne regarde pas la télé. Sauf le foot.

– Qu'est-ce que tu fais quand tu ne travailles pas ?

– Je fais du sport. De la muscu.

– C'est tout ?

– Oui. Tu vois, ça faisait au moins trois ans que je n'étais pas allé au ciné.

– C'est dingue ! Eh bien, figure-toi que le nuage de Tchernobyl est passé sur le Mercantour à l'époque. Il y a un taux incroyablement élevé de radioactivité sur toutes les plantes de la région.

– T'en sais des choses.

Il se foutait carrément de ma gueule, mais je faisais celle qui ne remarquait rien. Je ne voulais pas entrer dans son jeu, et je restais sur mes gardes en guettant le moment où il allait me brancher. Et j'étais déçue parce que je le trouvais un peu long à l'attaque. Merde !

Qu'est-ce qu'il attendait pour me sauter dessus ? Je ne lui plaisais pas ou quoi ?

– Eh oui. Je m'informe, je reste branchée. Je ne suis pas un légume.

Il a éclaté de rire, puis il m'a demandé, narquois :

– Et là, tu penses à quoi ?

– À rien, j'ai répliqué sur un ton boudeur.

– Je vais te le dire, moi, à quoi tu penses.

– Vas-y !

Et là, il s'est lancé :

– Tu te demandes quand je vais t'embrasser. Ou plutôt, pourquoi est-ce que je t'ai demandé de monter chez moi, si ce n'était pas pour coucher avec toi.

– Oh, oh ! Calme-toi, hein ! C'est toi qui le dis !

– Eh oui. C'est moi. Parce que je sais que tu n'as confiance en personne. Et tu ne m'as pas cru tout à l'heure quand je t'ai dit que je voulais juste qu'on se connaisse un peu mieux, qu'on se voie sur un terrain un peu plus intime qu'un ciné ou un resto.

– Et alors, j'aurais dû te croire ?

– Non. T'as raison. J'avais surtout envie de t'embrasser sans témoin. Mais maintenant, comme je veux te prouver que tu n'aurais pas dû te méfier de moi, que tu aurais dû avoir confiance, je ne peux pas t'approcher, même si j'en ai envie. Alors quand tu veux, on rentre. Enfin, je te ramène.

– Oh ! là, là ! qu'est-ce que t'es compliqué, comme mec ! On dirait pas, à te voir comme ça !

– Oui, je sais, j'ai l'air d'une tache ! Mais ça m'empêche pas de réfléchir.

– Ah oui ? Et à quoi, par exemple ?

– Par exemple, comment ça se fait qu'une fille qui vit d'expédients et… ne fais pas semblant de ne pas comprendre… peut tout à coup se payer l'Hôtel de Provence.

– Mais… Tu sais bien… Mon oncle…

– Ton oncle, mon œil !

– Ça veut dire quoi ?

– Ça veut dire plein de choses. D'abord, je ne crois pas que ton oncle c'est ton oncle ! Partant de là, j'émets deux hypothèses intéressantes. Soit ce type te paye vraiment l'hôtel, et pas que ça, et j'en tire les conclusions qui s'imposent. Soit…

– Soit quoi ? Vas-y ! Accouche ! J'ai le fric pour payer moi-même ? J'ai gagné au Loto, c'est ça ?

Il me regarde fixement et secoue la tête d'un air déçu.

– Bon allez, ça suffit. Je te ramène.

– 35 –

J'étais un peu mal barrée… Je l'avais vexé comme un pou ! Que faire pour rattraper le coup ?

– Bon, vas-y, arrête !

Il continuait à bouder. Il a bougonné :

– Quand tu veux, on y va.

– Mais non, regarde, on parle, c'est cool, on se connaît mieux, et pas dans un lieu public ! Ce n'est pas ce que tu voulais ?

Il s'est un peu détendu. J'ai désigné une autre porte :

– Et là, c'est ta chambre ?

– Pourquoi ? Ça t'intéresse ?

– Ben oui, on cause, on discute, on fait connaissance, je veux tout savoir de toi !

Je prenais un ton ironique que je trouvais hyper chic.

– Tu veux faire le tour du propriétaire ? m'a-t-il demandé sur le même ton.

Il a ouvert la porte et annoncé à la cantonade :

– La chambre d'amis.

Et il m'a montré une pièce avec des murs peints en jaune et orange. À part ce détail, ça ressemblait à une salle de gym. Il y avait un banc, des haltères et une barre d'étirement. Passionnant ! Dans un coin, un ordinateur portable posé sur une petite table. Des papiers éparpillés posés sur une étagère. Contre le mur, sur un panneau de liège étaient punaisés des photos, des documents, des pense-bêtes, des articles. Un canapé clic-clac dans un coin justifiait l'appellation pompeuse de chambre d'amis.

Il a enchaîné en ouvrant une autre porte. Même jeu :

– La chambre de monsieur.

C'était moins gai comme couleur. Dans les tons gris et bleu. Un désordre tout ce qu'il y avait de plus normal. Il a refermé la porte et il s'est tourné vers moi :

– On y va, cette fois ?

Et, tout triste, il m'a ramenée à l'hôtel. Quand j'ai voulu l'embrasser devant la porte, parce que je commençais à regretter mon sale caractère et à me demander si je n'avais pas tout fichu par terre, il m'a repoussée et je l'ai quitté en haussant les épaules.

C'est vrai quoi, pour qui il se prend, ce mec ? Pas fichu de lire le journal ou d'aller au ciné, et il me fait un numéro, en me draguant, digne de Woody Allen ! Merde ! Je suis une fille simple, moi ! Il me faut des mecs simples comme moi ! Tu veux ? Oui. Tu veux pas ? Non. Et c'est tout. Pas d'embrouilles !

Récapitulons mes dernières conquêtes : un vieil excentrique coincé et un jeune névrosé compliqué.

Décidément, j'étais servie !

Quand je suis entrée dans ma suite, tout le monde dormait. Je n'ai pas eu le cœur de réveiller Mimi. Elle ronflait bruyamment. Sur la table de nuit, il y avait un flacon de somnifères ouvert.

J'ai donné à manger à Pastis. Je me suis couchée sur le canapé dans le coin salon de ma chambre, en m'emballant dans des couvertures douillettes que j'avais trouvées dans le placard. Pastis s'est immédiatement allongé sur mon ventre en ronronnant. Je pense que de me voir sur une banquette, ça lui a rappelé les couchettes de la caravane.

Je n'arrivais pas à m'endormir. Tous les événements de ces derniers jours trottaient dans ma tête. Je m'imaginais à la place de la pauvre Véro. Comment survivre à l'absence d'un enfant ? Comment résister au désespoir ? Je me demandais si c'était possible. J'imaginais cet Alexandre-Luc. Était-il coupable ? Avait-il enlevé Pierre ? Pour quelle raison ? Et pourquoi Michel prétendait-il que c'était Véro la responsable ? Avait-elle abandonné Pierre sur le trottoir ?

Aussitôt que j'ai eu cette pensée, j'ai été submergée par une vague de culpabilité et de honte. Comment pouvais-je penser ça de ma meilleure amie ? Mais finalement, le doute s'insinuait en moi. Je récapitulais tout un tas de petites marottes chez Véro qui me montraient qu'elle avait peut-être un grain.

Mais j'ai fini par rire. Si quelqu'un faisait pareil avec moi, j'avais bien plus de signes extérieurs de folie que Véro ! Il serait si facile de trouver en moi des habitudes étranges pour justifier après coup une conduite anormale que j'aurais pu avoir.

Non. Véro n'était pas folle. C'était une fille courageuse à sa façon, même si la force n'était pas sa principale qualité. Combien de fois j'avais eu envie de la dorloter, de l'aider, elle était si jolie, toute fragile, toujours vulnérable.

J'ai soudain regretté de ne pas avoir fait parler plus longtemps ce taré de Michel. Je l'avais tout de suite pratiquement traité de menteur, alors qu'une partie de son histoire était peut-être vraie.

Au moment même où je pensais aller le retrouver pour lui soutirer d'autres renseignements, je me suis rappelé que je l'avais assommé avec ma poêle, et qu'il était sûrement, à l'heure actuelle, réduit à l'état de poussière parmi la poussière, au beau milieu de mon ancienne caravane.

J'ai réussi à prendre la décision, juste avant de sombrer dans le sommeil, de descendre le lendemain avec les enfants à la baraque. Et puis je me suis dit que ce serait une très mauvaise idée que Simon voie son père dans ces conditions. Je me suis endormie dans l'incertitude la plus totale.

Samedi

Room service

– 36 –

Les gosses avaient dû se coucher drôlement tard, parce qu'ils ne se sont pas réveillés avant huit heures, ce qui est l'équivalent d'une grasse matinée pour eux. Quand j'ai ouvert un œil parce que les jumelles venaient s'asseoir sur ma tête pour me dire bonjour, j'ai constaté que Mimi était déjà partie.

J'étais encore sous l'effet de mon nouveau rêve. Incroyable ! En dépit de tous mes soucis, de l'angoisse de mon amie disparue, du danger qui me cernait, je continuais à faire des rêves olé olé !

La bamboula de la nuit précédente s'était poursuivie dans mon inconscient, mais il y avait cette fois un personnage de plus : la nana de la mairie. Et après coup, c'est vrai que je lui trouvais un sacré charme… On pouvait dire ça comme ça. Le tout sur *On ira tous au paradis* que ma mère m'avait envoyé cette fois et qui me poursuivait depuis mon réveil.

En pensant qu'elle avait peut-être assisté à mon rêve aux premières loges, j'ai rougi. C'était fou, cette histoire ! Sûrement que je me sentais drôlement frustrée en ce moment !

Je ne pouvais pas rencontrer quelqu'un de nouveau dans ma vie sans que, immédiatement, je n'en fasse qu'une bouchée dans mes songes ! Et de façon collective ! Alors que j'étais chaste comme de l'eau de source ! Non, ce n'est pas la bonne expression. On dit « clair comme de l'eau de source ». Mais je ne vais quand même pas dire « chaste comme la vierge Marie », c'est pousser le bouchon un peu loin !

Le rêve et la chanson ont fini par s'estomper avec les enfants qui me bousculaient, me chatouillaient et me faisaient des bisous en m'écrasant le nez.

Je me suis installée dans le grand lit et tous les enfants m'y ont rejointe. J'ai téléphoné au room service pour commander un super petit déj' pour tout le monde, et deux pots de café pour moi.

C'était le pied de donner des ordres comme ça et de pouvoir juste profiter de la présence des morpions sans avoir à m'occuper de leur faire à manger. Juste m'amuser avec eux. Pendant qu'on attendait notre pitance, j'ai changé les couches des petites et, à leur demande, j'ai été obligée de leur raconter une abominable histoire de sorcière qui voulait manger les enfants. Sabrina et Simon participaient à l'élaboration de l'histoire sous les yeux ronds, horrifiés et avides des jumelles qui ne bougeaient plus un seul doigt de pied. Simon ajoutait des détails particuliers et inhabituels, comme un ogre qui se promenait de long en large dans sa cuisine en pleurant.

– Mais pourquoi il pleure, ton ogre ? a demandé Sabrina, décontenancée.

– Pa… pa… pa… rce que il dit… Pas sa faute… Maman ogresse, miam miam bébé !

Je ne sais pas pourquoi, mais ça m'a fait froid dans le dos.

– Comment tu le sais que l'ogre, il dit ça, Simon ?

– Pa… pa… pa… rce que moi, je suis là !

– Où ça, là ?
– Maison. Moi, sous la table !
– Heureusement que l'ogre, il t'a pas vu, alors !

Sabrina semblait très impressionnée par le reportage live de Simon, qui continuait, intarissable :

– Les ogres, ils demandent pardon… Ils pleurent. Maman ogresse, miam miam bébé !
– C'est qui, Maman Ogresse ? a demandé Sabrina.
– L'or… a dit Simon.

Il s'est de nouveau refermé comme une huître et il n'a plus voulu répondre à aucune question. Il n'avait jamais autant parlé d'un seul coup.

Pour faire diversion, j'ai joué à la sorcière en poussant un grand cri et en me jetant sur le premier que je pouvais attraper pour le chatouiller. Ils ont tous poussé des hurlements mêlés de rire, et on a frappé à la porte. Room service !

Manger sur ce lit géant, c'était vraiment la fête, et ça a duré un bon moment.

Après, je leur ai donné un bain collectif et ils ont eu le droit de regarder la télé pendant que je coiffais Sabrina. C'était tellement long et pénible de lui démêler les cheveux que la meilleure solution était de la mettre devant la télé.

Il était midi quand on a eu fini. De nouveau l'heure de manger ! J'en avais marre de ne pas avoir de chez-moi et d'être obligée tout le temps de bouffer n'importe où.

On est tous allés dans une pizzeria. Les enfants étaient un peu boudeurs. Eux non plus, ils ne supportaient plus les restos, parce qu'ils devaient se contrôler, ne pas faire les singes, bien se tenir, enfin, dans la mesure du possible, et ça commençait sérieusement à les gonfler.

– Maman, quand est-ce qu'on retourne chez nous ?
– Lundi, quand vous rentrerez de l'école, vous verrez

notre nouvelle caravane. Elle est immense. Il y a deux chambres pour vous, avec au moins trois couchettes dans chacune, et moi j'ai un grand lit dans une chambre à part.

– Ouais !!! Tout de suite ! Tout de suite ! Tout de suite !

– Non ! Je vous ai dit pas avant lundi !

– On veut aller tout de suite chez nous !

Même Simon s'était mis de la partie et, en sortant de la pizzeria, on s'est dirigés tout naturellement vers l'ancienne gare.

On a un peu joué sur le terrain. Heureusement qu'il faisait beau. Et quand ils ont été bien absorbés par leurs jeux, je suis entrée discrètement dans la caravane, histoire de vérifier, toujours pareil, si j'avais tué l'autre zèbre. Ma première réaction a été de pousser un gros soupir parce qu'il n'y avait aucun cadavre de Michel, ni de personne d'autre d'ailleurs, par terre, dans les décombres de mon mobilier fracassé. Tout de suite après, j'ai sursauté parce que j'ai entendu un bruit dans la chambrine des enfants.

– 37 –

Du bruit dans la chambrine ?

Je me suis approchée de la porte que j'ai entrouverte, et là je l'ai vu, planqué au fond de la petite banquette. Lui. Michel. Je l'ai houspillé :

– Qu'est-ce que tu fous encore là ?

– Ah ! C'est toi ! J'ai eu peur !

– Peur de quoi ?

– Tu sais bien que la police me recherche…

– Et alors ? Elle te recherche pour témoignage, tu devrais y aller.

– Ne recommence pas, Cricri, ou je te bousille !

– Tu crois que tu me fais peur, Michel ? Tu n'as pas encore compris que tu n'es pas à la hauteur, avec moi ? Mais arrête, qu'est-ce que tu as, à la fin, qu'est-ce qui s'est passé ?

– C'est ma faute, a-t-il murmuré la voix tremblante, et il s'est mis à chialer.

– Oh ! Merde ! Michel ! Arrête de chialer ! Ça fera pas avancer le truc ! Raconte-moi plutôt ce que tu sais exactement.

– C'est ma faute, mais c'est pas moi qui ai laissé cette putain de poussette sans surveillance. Coupable mais pas responsable, comme il dit l'autre…

– Alors pourquoi c'est ta faute ?

– Si j'avais réussi à avoir la garde des enfants, ça ne serait pas arrivé, tout ça ! Je suis nul ! Toujours nul ! Je n'arrive jamais à rien ! Même mes gosses, je les ai perdus ! Ce n'est pas juste ! Je les aimais, moi, mes gosses !

– Tu n'étais pas obligé de leur foutre sur la gueule, et à leur mère non plus, chaque fois que tu rentrais bourré !

– Mimi, je te préviens, si tu me cherches tu vas me trouver, hein !

– Oh, arrête ton numéro. Si tu ne veux rien dire, t'as qu'à rien dire.

– J'ai vu dès le début qu'elle n'était pas dans son état normal. Elle avait les yeux rouges, elle avait l'air déboussolée, elle avait planté la poussette devant la boulangerie et elle tournait en rond un peu plus loin. Le petit devait dormir, rien ne bougeait là-dedans. Alors quand j'ai commencé mes histoires pour la garde, elle n'a pas réagi comme d'hab. Elle m'a montré la poussette et elle a dit : « Tu le veux ? Prends-le ! Au moins, toi, t'es le père ! »

– Elle a dit ça ? Mais ça veut rien dire ! C'est quoi ce « au moins » ?

– Moi aussi, j'ai trouvé ça bizarre comme réflexion. C'est vrai, quoi, c'est pas des choses à dire ! Encore heureux que je suis le père ! C'est normal qu'un père veut voir son fils, non ?

– Bon, Michel ! Fais plus court ! Et après ?

– Après ?

– Ça a duré combien de temps ?

– Je sais plus, on s'est retrouvés assez loin, et elle a disjoncté. Elle me demandait si j'avais vu un certain Alex. Qu'il fallait qu'elle lui parle absolument. Tu sais qui c'est, toi, ce Alex ?

– C'est son nouveau mec.

– Ah, elle a un nouveau mec ?

Il s'est tu un petit moment, et puis il a continué.

– À un moment, elle s'est arrêtée de marcher et elle m'a regardé comme si elle ne comprenait pas qui j'étais… Et elle m'a dit : « J'ai du sang sur les mains, maintenant. C'est trop tard. Je vais aller en prison. C'est là qu'on va, nous les tueuses. Monsieur, vous leur direz à mes enfants, que je les aimais ? » Cricri, tu le savais, toi, qu'elle était suivie, Véro ?

– Suivie ? Suivie par qui ? Qu'est-ce que tu veux dire ?

– Ah ! Tu ne le savais pas, alors ? Ouais. Elle voulait le dire à personne. Tu vois, quand elle était ado, comme elle avait eu un genre de dépression, enfin assez grave quand même, tu vois, tentative de suicide et tout, parce qu'elle a été enfermée dans un HP un moment, bref, après, elle était sortie, mais elle était toujours suivie et elle prenait des médocs…

À ce moment-là, Simon et Sabrina se sont mis à m'appeler pour que je les aide à redescendre d'un arbre. Quand il a entendu la voix de Simon, Michel est devenu comme fou.

– Simon, il est là ?

– Oui, mais je ne veux pas que tu le voies. Pas dans cet état. Pas maintenant.

– C'est mon fils. J'ai le droit de le voir.

– T'as vu la tête que t'as ? Tu vas lui faire peur.

Mais il répétait tellement « C'est mon fils, t'as pas le droit » qu'à la fin j'ai fini par penser qu'il avait peut-être raison, alors je lui ai dit de se raser, de s'arranger un peu, qu'on l'attendrait dehors et qu'il n'avait pas intérêt à lui foutre la trouille, parce que sinon, déjà que le gosse avait des cauchemars toutes les nuits, ça serait encore pire. Il a accepté mes conditions et j'ai joué avec les enfants en l'attendant.

Au bout d'un moment, il est sorti de la caravane. Quand Simon l'a vu, il a d'abord eu un mouvement de recul, et puis il s'est approché et il s'est jeté dans ses bras.

– Papa ! Tu restes ?

C'est moi qui ai répondu.

– Non, ton papa est venu te dire bonjour et nous faire une petite visite.

– Et maman ?

– Elle revient bientôt, a dit son père avec la voix chevrotante.

Je lui ai lancé un regard noir pour qu'il arrive à se contenir et il s'est rattrapé. Simon est devenu tout rouge, son visage s'est crispé et il a jeté dans un souffle :

– Toi sauver maman !

– Tu n'as pas à t'inquiéter, a répondu Michel avec la voix plus ferme. Papa est là.

Sous nos yeux ébahis, Simon a alors sorti la plus longue tirade de sa vie :

– Oui, je t'inquiète, a-t-il dit. Il y a un ogre. Il veut la prendre. L'or miam miam bébé.

Mais son père n'a pas fait attention au sens des mots. Il l'a serré très fort sans lui répondre. Je suis intervenue parce que je voyais le moment où ça allait déraper :

– Il faut que tu y ailles, Michel… Le mieux, c'est que tu ne restes pas ici, ça ne sert à rien. Va témoigner, ou alors rentre chez toi. Surtout qu'un type va venir enlever ma vieille caravane lundi !

On s'est séparés et, avec les enfants, on est allés jouer au McDo.

– 38 –

En route, Simon avait l'air soucieux.

– À quoi tu penses ? je lui ai demandé.

Sabrina lui tenait la main d'un air attentif.

– À l'ogresse.

– Celle qui a tué et manzé ton frère ? lui a demandé Sabrina.

Alors là, c'était trop. Plus que je ne pouvais supporter.

– Mais qu'est-ce que tu racontes ? Sabrina !

– Mais c'est vrai, maman. L'ogresse, elle a sûrement dévoré Pierrot. C'est l'ogre qui l'a emporté pour lui donner. Et sa maman, elle est partie le sauver. C'est pour ça qu'elle est pas là. Et maintenant, c'est elle qui va être manzée, bien sûr.

Comme une idiote, je n'ai pas su quoi répondre et je me suis sentie complètement dépassée par la situation.

Je me suis dit que lundi j'irais voir la psychologue de la crèche des jumelles, pour lui demander ce que je devais répondre dans ces moments-là.

Il y avait une chose dont j'étais sûre : je n'avais pas le cœur à leur dire, à tous les deux, qu'ils racontaient des mensonges ou des bêtises. Parce qu'il y avait une vérité dans leurs propos : Pierrot n'était plus là. Un monstre l'avait bel et bien emporté. Et où était Véro ?

Je ruminais mes tristes pensées en regardant jouer les enfants sur les éléments de jardin. Trop c'est trop. Je me sentais m'enliser dans la déprime. Il fallait réagir. Soulever cette cape de tragédie qui m'enveloppait. Rigoler un bon coup.

Dans ces cas-là, ce que je préfère, c'est lire une BD de *Snoopy* ou de *Gaston Lagaffe*. À la rigueur *Pierre Tombal*. Et je connais un endroit où il y en a plein de gratis, c'est la bibliothèque.

Alors j'ai acheté de quoi pouvoir affronter l'heure du goûter avec des provisions, parce que la bibli est un peu excentrée, et je me suis dit que, vu le temps, on pouvait aller prendre des bouquins et les lire sur le gazon du jardin de la bibliothèque. Comme ça les gosses ne seraient pas enfermés.

Avoir les gosses avec moi toute la journée est habituellement un plaisir, même s'il faut assurer pour ce qui est de la présence, mais ce jour-là, je ne sais pas pourquoi, je me sentais entravée. Peut-être parce que j'avais envie de commencer mon enquête moi aussi. De chercher vraiment ce que Pierre et Véro étaient devenus.

Je me suis bien défoulée avec un *Gaston Lagaffe*.

J'aime bien aussi *Garfield*, et justement il y avait un album que je n'avais jamais lu. Les enfants ont aussi voulu des histoires, et puis au bout d'un moment ils ont préféré courir dans l'herbe et j'ai pu lire tranquille. Au milieu d'un éclat de rire, alors que je levais la tête pour les regarder, j'ai pris ma décision. J'ai sorti mon portable et j'ai appelé *L'Aurore* pour cette histoire de pot-de-vin.

J'ai toujours été une sanguine. Attendre ne me convient pas. Et puis j'en avais marre de mon inertie.

Tout ça pour dire que j'avais besoin d'action.

– Allô ?

– *L'Aurore* j'écoute ?

– Est-ce que je pourrais parler à un de vos reporters ?

– À qui exactement ?

– Je ne sais pas, n'importe qui, quelqu'un d'honnête, de non corruptible, et qui fait des enquêtes pour votre journal.

Alors là, la fille du standard, elle en a eu le souffle coupé. Elle s'est tue un long moment.

– Allô ? Vous êtes toujours là ? j'ai demandé, impatiente.

– Euh… Oui… J'ai bien entendu votre demande… Je cherche… qu'elle a dit.

Tant de professionnalisme m'a épatée, et j'ai attendu sans faire d'autre remarque.

– Je vais vous passer la rédaction, Alain Stilier. Vous lui raconterez votre histoire et, si ça l'intéresse, il vous donnera le numéro d'un de ses reporters.

– Chouette !

C'était aussi simple que ça !

C'est dingue comme des trucs faciles, on s'en fait tout un monde parce qu'on ne connaît pas. En fait, il suffit de prendre son téléphone, et tout s'arrange.

C'est du moins ce que j'ai cru.

Mais la situation s'est éternisée. Ça sonnait occupé à la rédaction. Au début, la fille du standard m'a demandé d'attendre un peu, et puis elle non plus, je n'ai plus réussi à lui parler, il n'y avait que des musiques débiles et des sonneries dans le vide, et à la fin ils m'ont raccroché au nez. À partir de là, je n'ai plus jamais réussi à les avoir. Comme quoi j'avais donc raison avant : les choses simples, ça n'existe pas. Tout est toujours compliqué.

Ils m'ont tellement énervée que j'ai décidé d'aller planter un souk à la mairie. Pas dans le bureau de ma nouvelle copine, non, directement dans le bureau de d'Escobar, le maire. J'avais décidé d'y aller avec les gosses et de les traiter tous de ripoux et de corrompus et de racailles et de les sommer de me rembourser la nouvelle caravane que je m'étais achetée et de les menacer d'aller au journal télévisé, alerter toute la population sur leur magouille à la noix.

Et me voilà partie, telle Jeanne d'Arc à l'assaut de Rouen assiégé. Ah non, Rouen, c'est là où on l'a brûlée. Je me congestionne les pinceaux.

– 39 –

Les jumelles dans la poussette, les deux grands de part et d'autre de cette même poussette, je franchis la porte principale de la mairie. À l'accueil, une fille me demande ce que je veux.

– Je veux voir le maire.

– C'est pour quoi ?

– Pour un scandale. S'il veut l'éviter, il a intérêt à me recevoir.

– Le maire n'est pas là, aujourd'hui, madame. Il est en week-end. Mais ce n'est pas vous qui êtes déjà venue hier et qui avez fait tout un foin dans les bureaux ?

– Si. C'est moi. Mais j'ai du nouveau et, cette fois, ça le concerne directement.

La fille se marre.

– Ne le dites à personne, mais moi, ça me fait rire quand il y a du bazar. Là, tout de suite, je ne peux rien pour vous. C'est dommage, parce que ce matin il a célébré un mariage. D'habitude, ce n'est pas lui, mais comme c'était la fille d'un ami, il est venu en personne.

– Il y avait du monde ?

– Au moins cent cinquante personnes.

Et elle ajoute, rêveuse :

– Ça l'aurait fait !

– Merde, c'est râpé !

– Écoutez, ce que je vous conseille, c'est de venir mardi, mais à neuf heures.

– Pourquoi ?

– Il y a le conseil municipal. Ils doivent décider tout un tas de trucs, et tout le monde a le droit d'y assister. Bien sûr, si vous vous faites remarquer, ils vont vous virer.

– Sauf si j'ai de bons arguments.

– Ça, c'est sûr, si votre truc tient le coup !

– Cent patates, ça ne tient pas le coup ?

– Comment ça, cent patates?

– Ben oui, cent patates de pot-de-vin. Qu'est-ce que vous en pensez ?

Elle avait les yeux qui brillaient.

– Ça me semble assez fort.

– Bon, allez, ciao, ça va être dur d'attendre jusqu'à mardi, mais enfin…

Et juste comme je me retournais vers la porte, j'ai entendu une voix qui gueulait :

– Rosie, hé ! Rosie !

Je me suis retournée, c'était ma copine. Ismène. J'ai rigolé.

– Ça va ? je lui ai demandé.

– Moi, oui, et toi ?

– Ça va. Tu travailles le samedi ?

– Non. Je suis juste venue vérifier un truc qui me tracassait dans un dossier.

– Ben dis donc, tu fais du zèle !

– Ouais, c'est idiot, je sais, mais je ne peux pas m'en empêcher. C'est tes gosses ?

– Oui. Je te présente Sabrina, Simon, Emma et Lisa. Ils ne sont pas tous à moi mais c'est tout comme.

– On va boire un pot ? et elle m'a précédée d'un bon

pas sans attendre ma réponse, en prenant par la main Sabrina et Simon.

Sa voiture était garée dans le parking. Un truc pas possible, genre vieille Floride coupée sport turquoise et jaune, des années soixante.

– Waouh ! La caisse !

On a essayé de caser la poussette dans le coffre, mais alors, c'était pire que la Jaguar, on a dû laisser le coffre ouvert et attacher l'ensemble avec une ficelle.

Les gosses étaient excités à l'arrière, parce que la voiture était décapotée.

– T'as de la chance qu'il ne pleuve pas, parce que je n'arrive plus à remettre la capote !

– On va où ?

– Chez une copine.

Et on s'est retrouvés dans une espèce d'auberge qui faisait resto et piscine, en dehors de la ville. Les gosses étaient aux anges, il y avait plein de balançoires et de trucs de ce genre.

La patronne était au comptoir. Un vrai garçon manqué. Cheveux courts, blonds, méchés et mocassins à pompons. Elles se sont fait la bise. Il y avait une autre nana au fourneau, derrière. Genre bûcheron, chemise à carreaux, balèze. Un vrai repaire !

On s'est installés au bord de la piscine. C'était sublime. Le décor, de rêve ! Les enfants, aux anges ! *On ira tous au paradis, mêm' moi / Qu'on soit béni ou qu'on soit maudit, on ira…*

Avec le vent, il faisait un peu frisquet, heureusement que j'avais un pull dans mon sac. D'accord, il est hyper décolleté et il est plein de trou-trous, mais quand même, si je ne l'avais pas eu, il m'aurait manqué.

– Si tu veux, on peut manger, sinon, on prend juste l'apéro et je vous ramène. T'habites où en ce moment ?

– À l'Hôtel de Provence.

Elle a sifflé.

– Putain ! Tu ne te refuses rien, toi ! Je croyais que t'étais un cas social.

– Je le suis. Mais j'ai rencontré un type qui…

– Ah d'accord, qu'elle a dit d'un air entendu, comme si ça devait aller de soi que je me prostitue pour trouver à me loger.

Ça m'a vexée comme un pou. Je n'aurais pas dû, après tout, je m'en fichais complètement de ce qu'elle pensait, cette nana ! C'est crétin, mais ça m'avait touchée. Entre elle et l'autre zèbre, le Jérôme, ça devenait une habitude d'être prise pour une pute.

J'ai tourné la tête, parce que je n'allais pas, en plus, me justifier. D'autant plus que ma grand-mère en était une vraie, elle ! Et alors ? De toute façon, elle ne m'aurait pas crue si je lui avais dit que ce n'était pas ce qu'elle pensait.

– Et c'est ce type, aussi, qui t'a acheté ta nouvelle caravane ?

– Oui.

– T'as raison, tant qu'à faire, profites-en ! T'es mignonne ! Alors, t'as décidé quelque chose par rapport à notre histoire ?

J'ai enchaîné d'un air décontracté :

– La méthadone et le Cac 40 ?

– 40 –

Au moins la conversation revenait sur un sujet qui m'intéressait. J'allais lui expliquer ce que j'avais décidé de faire mardi, quand il s'est passé un truc bizarre.

Une nouvelle fille est arrivée et s'est plantée juste devant Ismène qui sirotait son verre en attendant que je lui explique mon plan.

J'ai levé la tête pour voir qui c'était. Genre top-modèle. Blonde décolorée, cheveux longs, ensemble de cuir rouge et maquillage outré. Moi, à côté, on aurait dit une pub pour l'eau d'Évian.

Bizarrement, Ismène n'a pas levé la tête pour regarder la fille, et elle n'a pas cillé. Elle a fait celle qui ne voit pas qu'il y a une grande gigasse juste devant elle qui lui bouche la vue. Elle a continué à me parler et, au milieu de sa phrase, elle a décoché quelques mots à la fille. Il a fallu une bonne minute pour que je comprenne que ce n'était pas à moi qu'elle s'adressait.

– Oui. T'as eu une idée pour empêcher le massacre ? *Toi, tu te barres vite fait, compris ?!* Sans compter que ça te protégerait !

J'étais suffoquée qu'elle me parle comme ça. Mais la fille, elle, a tout de suite compris quelle portion de phrase lui était destinée et elle a hurlé :

– Tu crois que tu peux me congédier comme un chien ?! C'est ça ?!

Et elle a balancé à Ismène une claque au travers de la gueule tellement fort qu'elle l'a fait vaciller sur son siège. Ses yeux se sont brouillés. Elle n'a pourtant pas réagi. Elle faisait toujours celle qui ne voyait rien, comme si l'autre n'existait pas. La blonde s'est alors mise à pleurer.

– Ismène, Ismène, regarde-moi ! Mais pourquoi tu ne veux pas me regarder, j'existe ! Regarde-moi, parle-moi ! Je ne suis pas transparente !

– Je t'ai assez vue, a dit Ismène, impassible. Allez, casse-toi, Anne ! Tu vois pas que je discute, là ?

La fille a poussé son deuxième cri de guerre et elle a soulevé la table sur laquelle on était accoudées. Elle l'a jetée en l'air, renversant en même temps nos boissons. La table a roulé jusque dans la piscine en faisant un grand splash. Heureusement, la seule personne qui se baignait était de l'autre côté.

Je n'ai pas pu m'empêcher de m'en mêler…

– Eh ! doucement, il y a des gosses ici !

Qu'est-ce que je n'avais pas fait là !

– Toi ! Ta gueule ! Pouffiasse ! Grognasse ! On t'a pas sonnée ! Reprends tes chiards et barre-toi ! Tu vois pas que t'es de trop ici ?

Elle n'a pas eu le temps d'en rajouter parce que deux nouvelles nanas sont arrivées, genre videuses, et elles ont réussi à l'éloigner de notre table. La patronne, Maguy, s'est pointée à son tour. En les croisant, elle l'a tancée :

– T'exagères, Anne ! T'aurais pu blesser quelqu'un ! Allez, rentre chez toi.

Et à Ismène :

– Qu'est-ce que tu lui as fait, encore ?

– Moi, mais rien ! Cette tarée ! Elle est venue m'agresser sans que je lui aie rien fait.

J'ai cru bon d'ajouter mon grain de sel :

– C'est vrai, je suis témoin, elle ne l'a même pas regardée quand elle est arrivée.

– Ouais. Écoute, Ismène, j'ai beaucoup d'estime pour toi, tu le sais, mais j'apprécierais que tu ne m'amènes pas toujours des pétasses hystériques qui me foutent tout en l'air. (Elle me regardait d'un air soupçonneux.) Merde ! Tu pourrais un peu changer de style.

Les gosses avaient suivi la scène avec beaucoup d'intérêt, et les jumelles se marraient carrément.

– Désolée, m'a lancé Ismène quand la patronne s'est éloignée. On n'aurait jamais dû venir ici. C'était une connerie. J'avais pensé que ça serait chouette pour les gosses.

– Mais C'EST chouette pour les gosses. Regarde comme ça leur plaît tout ce cirque.

On n'a rien dit pendant un petit moment et puis je n'ai pas pu m'en empêcher :

– Je croyais que t'avais un faible pour le genre intello ?

– Euh… qu'elle a fait, et puis on a éclaté de rire toutes les deux.

Mais elle ne voulait pas rester dîner ici, alors elle m'a ramenée à l'hôtel.

En passant au desk, j'ai eu l'idée de leur demander si on pouvait manger dans la suite. Ça m'était venu comme une illumination. Je n'avais pas envie d'aller bouffer dans leur resto, mais dans la chambre, c'était bien. Comme ça les gosses pourraient être détendus et faire les cons autant qu'ils le voulaient. Et il se trouve que oui, on pouvait. J'ai invité Ismène, par politesse, mais elle a refusé. Elle semblait préoccupée.

– Je monte boire un apéro, elle a dit, et puis j'y vais. Comme ça tu me raconteras ce que tu vas faire.

J'ai commandé steaks hachés et purée de carottes pour les enfants et on est montés.

Ismène est restée plus longtemps que prévu. On s'est enfilé pas mal de pastis. Ils avaient apporté le repas, et je faisais manger les enfants en même temps qu'on discutait et qu'on picorait nos cacahuètes.

Et comme une abrutie, je me suis retrouvée en train de lui parler du pognon. Heureusement que je n'étais pas encore assez bourrée pour lui dire où je l'avais planqué ! Mais quand même, faut être vraiment naze pour dire un truc pareil à quelqu'un qu'on ne connaît que depuis deux jours.

– 41 –

Quelques verres, un sentiment de confiance, et voilà que je déballe tout comme une bleue !

– Maman, on peut jouer un peu avant d'aller au lit ?

Ils ont eu l'autorisation, parce que le lendemain il n'y avait encore pas école puisque c'était dimanche, et ils se sont coursés en sautant sur tous les meubles qui se trouvaient sur le passage. Pastis, très excité par ce nouveau jeu, les suivait des yeux, un peu inquiet quand même. Il s'était installé sur les genoux d'Ismène avec les quatre pattes retournées vers l'intérieur. On aurait dit une poule en train de couver.

C'était quand elle m'avait demandé quel était mon plan d'action que j'avais fait ma bourde :

– Et… quel est ton plan d'action exactement ?

Là, j'ai craché le morceau. Ça m'a échappé, comme qui dirait…

– Je vais me pointer en plein milieu du conseil municipal, et je vais leur balancer le fric sur la tronche. Ha, ha, ha !

– Quel fric? elle a fait.

J'ai compris que j'en avais trop dit, mais je n'arrivais plus à m'arrêter. Il paraît que c'est toujours comme ça quand on a un secret. Il suffit d'ouvrir la première vanne, et après ça coule tout seul.

– Eh ben… Euh… Du fric que j'ai trouvé. Les cent patates. Remarque, ce n'est peut-être pas un pot-de-vin, hein, ça n'a peut-être rien à voir, mais c'est pas mon blème. Moi, je vais leur balancer le fric à la tête en disant que c'est un pot-de-vin pour que je me casse de leur terrain.

– T'as une preuve ?

– Une preuve ? J'ai le fric ! C'est pas une putain de preuve, ça ?

– Non, elle a murmuré, soudain dégrisée. Ça ne suffit pas. Il faut qu'on arrive à PROUVER que c'est la mafia qui voulait donner ça au maire.

– Même si ce n'est pas vrai ?

Les enfants étaient calmes à présent. Ils jouaient à se déguiser. Sabrina faisait la princesse. Elle portait sur les épaules un bout de dentelle qu'elle avait pris je ne sais où. Et elle se pavanait avec, sur la tête, en diadème, le collier de brillants qu'elle avait enlevé à sa poupée.

– Qu'est-ce que tu veux ? a continué Ismène. Sauver ta peau ? Garder ta belle caravane devant une jolie médiathèque toute neuve ? Pourquoi ne pas foutre en l'air le type qui est maire en ce moment ? De toute façon c'est un vrai connard corrompu jusqu'à l'os. Parce que si on n'est pas sûres pour ce coup-là, crois-moi que j'en ai entendu plein d'autres pour lesquelles je suis sûre. Ou il y a un autre scénario possible : recevoir un coup de pied au cul devant un casino rutilant. Te retrouver dans un HLM pourri pendant que Sa Majesté ajoutera une aile à sa *poolhouse*.

– Une aile à sa poule ? C'est qui sa poule ?

Elle a levé les yeux au ciel.

– Sa *poolhouse* ! C'est sa cabane de piscine, si tu préfères.

– Oh ! Ça va, je ne suis pas inculte ! J'avais compris ! C'était pour voir ce que tu dirais. T'as pas beaucoup de sens de l'humour, toi !

Elle s'est levée.

– L'heure n'est plus à la rigolade.

– Attends, explique-moi un truc ! Qu'est-ce que tu y gagnes, toi, dans tout ça ?

– Rien. Je fais ça pour l'amour de l'art. Je crois au jour où il y aura dans cette petite ville qui m'a vue naître – enfin presque – un être humain digne de ce nom qui saura vivre son mandat de maire dans l'honneur.

– T'es née où ?

– À Port-au-Prince, pourquoi ? J'avais deux ans quand ma mère a atterri ici, avec mon père. C'est comme si j'y étais née.

– T'as pas un peu trop bu, toi ?

– Moins que toi. Mais dis-moi, tu ne m'as pas raconté n'importe quoi, avec tes cent patates ?

Ça m'a énervée, alors j'ai ouvert mon sac à main et j'ai jeté en l'air ce qui me restait des billets que j'y avais fourrés dans la précipitation l'autre jour.

Il y avait des coupures de cent partout.

– Ça va. OK. Je te crois. Bon. J'y vais. Et je gamberge.

– Sur quoi ?

– Comment réussir à prouver que ce fric que t'as trouvé était celui du pot-de-vin destiné à ce connard de maire. Je t'appelle sur ton portable dès que j'ai une bonne idée.

– On a jusqu'à mardi matin.

– Exact.

Elle s'est penchée sur moi pour me faire une bise et, je ne sais pas pourquoi, ça a cafouillé, j'ai tourné la tête même temps qu'elle, on a rigolé bêtement, et on a recommencé, et nos lèvres se sont effleurées par hasard, et j'ai rougi bêtement parce que, tout d'un coup, j'ai revu des flashs de mon rêve de la nuit précédente. Elle a eu l'air gênée elle aussi et elle a fait celle qui ne remarquait rien et elle est partie de sa démarche de reine cool, sans dire au revoir aux morpions.

J'ai gueulé :

– Allez, ouste, au lit !

– Noooonnnn !!!! ils ont répondu en chœur.

Il m'a fallu une sacrée dose d'énergie et de la suite dans les idées pour parvenir au bout de l'épisode suivant : pyjamas, pipis, lavage de dents et bordage de lits. Même en pyjama, Sabrina n'a pas voulu quitter son bijou de princesse sur sa tête.

Une heure après, ils rêvaient profondément comme de vrais anges qu'ils sont quand ils dorment, et moi, j'étais au lit avec une assiette composée de leurs restes. J'ai allumé la télé, histoire de ne penser à rien.

– 42 –

Après une émission de jeux et une page, très longue page de pub, aux infos j'ai vu la photo de Véro en grand. Le journaliste disait que toute personne pouvant fournir des renseignements sur Véronique Lambert, la maman du petit Pierre Lanoux qui avait été enlevé dans des conditions dramatiques, devait se signaler à la police.

J'en ai conclu que l'enquête piétinait, sinon les flics n'auraient pas eu besoin de faire appel aux médias.

J'ai récapitulé tous les épisodes éparpillés dans mes méninges en vrac.

Lundi matin, l'ami de Véro, Alexandre-Luc, se promenait avec Pierre.

Un jour, Simon, caché sous la table, surprenait un ogre qui pleurait. Fournisseur de bébés à une ogresse.

Véro, en larmes, se disputait sur le trottoir – à quelques pas de la poussette abandonnée – ???? – de Pierre. Elle disait qu'elle avait du sang sur les mains.

J'avais beau réfléchir, l'histoire était encore plus embrouillée qu'avant.

Juste à ce moment-là, la sonnerie de mon grillon portable a retenti. J'ai décroché.

– Cricri, c'est moi.

– Véro ?

Elle avait la voix déformée, empâtée, lente, hésitante, mais je l'avais reconnue quand même.

– Oui.

– Tu as pris quelque chose ? Qu'est-ce que tu as pris ?

– Euh…

Et elle a ricané bêtement, puis elle a eu un hoquet. Comme un sanglot.

– Mais t'es où ? Tout le monde te cherche. Je viens de voir ta photo à la télé.

– C'est pour ça que je t'appelle. Pour pas que tu t'inquiètes. Et pour avoir des nouvelles de Simon. Il est toujours avec toi ?

– Oui, mais je ne sais pas s'ils vont me le laisser longtemps.

– Je vais écrire une lettre que je vais envoyer à la DDASS, à la police et aux journalistes.

– Pour leur dire quoi ?

– Pour leur dire qu'ils te laissent la garde de Simon s'il m'arrive quelque chose.

– Mais qu'est-ce que tu veux qu'il t'arrive ? Où es-tu ?

J'ai entendu un drôle de bruit. Et cette fois j'ai eu l'impression qu'elle s'étranglait. Peut-être qu'elle pleurait.

– Véro !

– Quoi ?

– Je ne sais rien, je ne sais pas ce qui s'est passé, mais…

– Mais quoi ?

Un sanglot plus fort que les autres.

– Promets-moi de ne pas faire de connerie, d'accord ?

– C'est trop tard, Cricri. Les conneries, je les ai toutes faites…

Le bruit du téléphone qui raccroche.

Et par le miracle de la technologie moderne, grâce au

prix incroyable que j'avais mis dans l'achat de ce portable, le numéro d'où elle avait appelé est apparu sur mon petit écran. Un numéro de fixe !

J'appelle les renseignements. Je demande l'adresse correspondant au téléphone. C'est un service facturé qu'ils ne peuvent rendre que si on appelle d'une ligne fixe.

Rebelote à partir du téléphone de l'hôtel. Cinq minutes plus tard, sur le même poste, j'ai l'adresse :

– Mutuelle du Midi, 43, boulevard du Maréchal-Juin.

Bien sûr ! C'était là qu'elle bossait ces derniers temps. Elle avait décroché un stage de nettoyage de surface à la mutuelle quinze jours plus tôt. Mais qu'est-ce qu'elle pouvait bien y foutre un samedi soir à onze heures ? Le samedi, c'est fermé.

J'ai compris qu'elle devait s'y terrer depuis plusieurs jours. Elle avait dû trouver une planque, dans un placard ou dans un bureau abandonné. C'est immense là-dedans.

Mais comment elle faisait pour manger, pour se laver ?

Qu'est-ce que j'étais en train d'inventer ? Qu'est-ce qui se passait ? Pourquoi Véro n'était-elle pas simplement avec les flics pour les aider à retrouver son fils ?

J'ai appelé au numéro de la mutuelle et j'ai laissé sonner des heures. Personne n'a décroché. Il n'y avait pas de répondeur.

Mon ami le grillon. Encore ? À cette heure-ci ?

C'était Jérôme.

– Salut !

– Tiens, un revenant ? Salut !

– Qu'est-ce que tu fais ?

Lui aussi, je lui trouvais la langue bien pâteuse.

– Moi, je m'apprête à dormir tranquille dans mon lit d'hôtel. Et toi ?

– Moi, je suis dans le parking de ton hôtel. Je regarde la fenêtre de ta chambre.

– Pour quoi faire ?

– Pour rien. Ça me plaît. Je réfléchis. Je pense à toi. Je veille. Je te protège.

– De quoi ?

– De tout. De toi.

– Ah bon ! Alors, bonne nuit !

– Bonne nuit !

Genre de conversation pour rien. Rideau pour le samedi.

Dimanche

Une mouette d'Europe ou d'Afrique ?

– 43 –

Quand le room service a frappé à la porte, le dimanche matin, on était tous lavés et habillés. Il fallait absolument que j'aille chercher Véro à la mutuelle. Quand j'avais essayé une nouvelle fois de l'appeler, ça ne répondait toujours pas. J'avais dans la tête *Des cornichons / De la moutarde / Du pain, du beurre / Des p'tits oignons / Des confitures / Et des œufs durs / Des cornichons…*

Je connaissais chaque mot de cette chanson. Je la savais par cœur puisque je l'avais chantée sur scène au fond du Sélect. Enfin, façon de parler…

Au fond du Sélect ! Mais je ne voyais pas le rapport avec ce que j'avais à faire. Ce qui ne m'inquiétait pas outre mesure. Je savais bien que la solution de l'énigme surgissait toujours finalement au détour de la journée, quand je m'y attendais le moins.

J'avais pris une décision pour mon magot. Parce que j'avais réalisé que c'était fini, la bonne fortune. Mardi, je serai de nouveau pauvre. Et après avoir goûté au luxe, je comprenais que la chute serait dure. Il me restait un dimanche, plus un jour ouvrable, le lundi, pour faire ce que j'avais à faire avec une partie de ce fric.

Parce qu'il était hors de question que cette histoire de fric me mène en taule, ou même au fond d'un trou !

En urgence, dresser une liste de tout ce dont je pouvais avoir besoin et que l'argent pouvait me procurer. J'achèterais tout ça lundi, et comme ça, mardi, au conseil municipal, je rendrais l'argent. Enfin ce qui en resterait.

Mon histoire : deux mecs louches m'avaient demandé de donner ça au maire. Ils s'étaient servis de moi comme bonne poire intermédiaire, car je ne savais pas ce qu'elle contenait. On m'avait promis un salaire de cent euros pour cette petite course. J'avais ouvert les enveloppes et j'avais bavé devant le tas de pognon. Donc, je n'avais pas fait la commission. Maintenant, je m'en voulais de mon geste malhonnête. J'avais peur d'être arrêtée. Je voulais rendre cet argent à son destinataire.

J'étais sûre qu'ainsi une enquête serait ouverte. Que les opposants au maire voudraient tirer tout ça au clair. Alors je négocierais avec ce même maire. Qu'il me laisse tranquille dans ma caravane. De toute façon, il serait sûrement obligé, après ce scandale public, d'abandonner son idée de casino. Et franchement, je m'en fichais complètement d'avoir ce maire-là plutôt qu'un autre ! Car qui me garantirait qu'il serait mieux, hein ?

C'était un plan de bric et de broc, comme tout ce que j'entreprends en général.

On s'est tous mis à la petite table pour prendre notre petit déjeuner, ça allait plus vite. En avalant mes croissants, c'est revenu : *Des cornichons / De la moutarde / Du pain, du beurre / Des p'tits oignons...*

On a foncé à l'adresse de la mutuelle. Mais là, bien sûr, c'était un peu plus compliqué. Tout était fermé. J'ai appelé avec mon portable, ça ne répondait toujours pas. En y regardant d'un peu plus près, j'ai vu que la mutuelle traversait tout le pâté de maisons. Elle avait une entrée, derrière, qui donnait sur une ruelle. J'ai frappé sur les grilles en hurlant :

– Véro ! Véro ! C'est moi, ouvre-moi !

C'était une petite rue, une traverse, avec deux bagnoles royalement garées, et pour le reste complètement vide.

Un type est passé avec son chien. Il m'a regardée de travers et il a vite disparu au tournant. J'ai continué à beugler en secouant la grille. J'ai appuyé sur un bouton. Une sonnette que je pouvais atteindre en passant mon bras à travers les barreaux de la grille.

Une femme est arrivée, elle aussi avec son chien. En passant à ma hauteur, elle m'a dit :

– C'est une mutuelle, ici, madame.

– Et alors ?

– Ce sont des bureaux, ils sont fermés le dimanche.

Je n'ai pas fait attention à elle, j'ai continué à brailler :

– Vérooo !!!

La dame était plutôt gentille. Elle pensait que j'étais complètement frappadingue, mais elle voulait à tout prix me renseigner :

– Vous ne trouverez personne qui habite ici. Vous faites sûrement une erreur. Ces bureaux sont vides le dimanche.

Je me suis finalement tournée vers elle et j'ai grondé en retroussant les babines. Elle devait comprendre ce langage, puisqu'elle avait un chien.

Visiblement oui, parce qu'elle s'est barrée.

J'ai continué encore un peu, et puis les gosses en ont eu marre de ce jeu, et on est partis.

J'avais la rougne de ne pas avoir trouvé Véro. J'étais sûre qu'elle était quelque part, terrée là-dedans. Bon. De toute façon, je ne pouvais rien faire avant lundi. Je verrai ça demain.

On est tous remontés dans notre suite.

Soudain, j'ai eu envie d'aller me balader, de faire un

pique-nique. *Le poulet froid / Le chocolat / Les cornichons…* Pourquoi pas à la montagne ? L'air pur nous ferait du bien.

Il y avait un certain nombre d'obstacles à surmonter pour pouvoir accéder à ce désir.

Je ne sais pas conduire. Je n'ai pas de voiture. Je ne voulais pas appeler Jérôme. Gaston n'était pas là. Mimi travaillait. Véro, vous savez déjà. Les clients du Sélect, que globalement je pouvais appeler des potes, ne dévissaient jamais du comptoir. Ismène m'intimidait. Et le dimanche, il y a un bus tous les siècles.

J'ai eu l'idée géniale d'appeler un taxi.

C'était un réflexe de riche que je n'avais pas encore ! Quand je dis « encore », j'ai quand même dû, dans les jours qui ont suivi, m'en débarrasser vite fait à peine acquis, mais enfin, ce dimanche-là en tout cas, j'avais encore au fond de mon sac à main de quoi me payer le taxi et j'en ai profité. J'ai demandé au room service de me préparer des super sandwichs, et c'est parti mon kiki !

On s'est tous retrouvés à crapahuter sur le chemin qui mène à la chapelle Saint-Jean, en ruine, sur l'ancienne route Napoléon.

Essayez, vous, de faire une randonnée en moyenne montagne avec des talons compensés ! Donc, on n'a finalement pas eu le courage d'aller jusqu'à la chapelle.

On a trouvé en route, sur les bords de la rivière, les ruines d'un moulin du XVIIe. On s'est installés là, à faire semblant de pêcher la crevette en attendant d'avoir un petit creux pour dévorer notre pique-nique.

C'est là que j'ai entendu des voix.

– 44 –

Simon jouait avec les jumelles, et Sabrina s'était allongée comme moi au bord du ruisseau, on était tranquillement en train de lézarder quand on a surpris cette conversation de Pieds Nickelés :

– Mais merde, où qu'elle est ? Fait chier cette grognasse, avec ses moutards ! Elle peut pas aller au McDo comme tout le monde, le dimanche ?

– Réfléchis un peu, si elle était au McDo, on pourrait pas l'intercepter !

– T'as raison ! T'es vraiment fin, toi !

J'étais furax d'être dérangée comme ça dans mon farniente. Pour une fois que je décidais de me relaxer un peu, il fallait que des braillards viennent perturber ma zenitude avec leurs problèmes perso.

J'allais leur dire de la mettre en sourdine quand l'un d'eux a ajouté :

– Heureusement qu'on est les rois de la filature ! Qu'est-ce qu'il a dit déjà, le type du taxi ?

Je me suis mise à gamberger : *Comment ça, le type du taxi ? Quel type du taxi ? Moi aussi, je suis venue ici en taxi, avec des gosses…*

Ils ont continué :

– J'ai pas bien entravé, il causait bizarrement.

– Normal, avec la mâchoire défoncée, c'est difficile d'articuler ! Faudrait que t'enregistres cette tradition qui a du bon : toujours attendre les réponses à tes questions avant de cogner !

– Ouais, je sais, j'essaie, mais j'suis un impulsif ! T'es sûr que quand il a dit « hig nig » ça voulait dire « pique-nique » ?

– Ça, oh *yes* ! C'est clair ! On est dimanche. C'est logique, c'est familial, c'est le pique-nique du dimanche. Tous les Français font ça ! Des pique-niques avec les mômes. Qu'est-ce que tu veux faire dans le coin à part un pique-nique ? Si on avait des précisions un peu plus pointues, ça irait plus vite pour les repérer !

– On n'a qu'à essayer de voir si on entend des gosses qui jouent.

– Quand il a dit « Sa Belle Sin Han », c'était ça, c'était le nom du coin, je suis sûre qu'on brûle. Il faut juste traduire « Sa Belle Sin Han » en langage normal.

Sabrina, qui n'en perdait pas une miette, comme d'habitude, et qui est la reine de la traduction tout langage confondu, m'a chuchoté :

– Ils parlent de la sapelle Saint-Zean, maman !

La chapelle Saint-Jean ? Ce serait pas mon taxi, des fois, qui m'aurait caftée ? Et à qui ? À qui donc appartenaient ces voix de couillons ?

Houlà ! Tout ça sentait le roussi ! Je ne sais pas pourquoi, un instinct, mais j'ai décidé qu'ils parlaient de moi. J'ai enfilé mon sac à dos avec la bouffe, l'eau et les couches des petites, j'ai attrapé les jumelles chacune sous un bras et j'ai fait signe aux deux grands de me suivre sans parler. Le jeu avait l'air de les amuser. On s'est réfugiés dans les ruines du moulin, au cœur d'une végétation opaque.

Sabrina et Simon avaient un fou rire. Pour les faire taire, je leur ai dit que c'étaient les deux balais de la sorcière, déguisés en bandits, qui nous cherchaient.

Avec une histoire de sorcière, je fais d'eux ce que je veux. Pour l'heure, j'ai réussi à les faire taire, et ils ont guetté comme moi ce que faisaient les deux balais.

Au bout d'un moment, ils s'ennuyaient, surtout que les voix s'étaient éloignées, et Sabrina s'est mise à me poser des questions en chuchotant :

– Comment qu'ils s'appellent, les deux balais, maman ?

– Ils s'appellent comme la sorcière les appelle tout le temps !

– Mais comment ?

– Euh… Le premier, il s'appelle Crétin !

Ils ont pouffé de rire.

– Et le deuxième, Abruti !

Ils se sont mis à répéter doucement ces deux noms en se retenant de rire pour ne pas faire de bruit. Je ne voulais pas sortir de notre trou, car j'étais franchement inquiète. Si ces deux bras cassés que j'avais entendus en avaient vraiment après moi, ça voulait dire : 1) qu'ils faisaient partie de la Mamma, 2) qu'ils me suivaient et me filaient depuis un bon moment et que c'était sûrement eux qui avaient saccagé ma maison, 3) qu'ils n'étaient pas si broques que ça puisqu'ils m'avaient retrouvée à l'hôtel, puis suivie jusqu'ici. Donc ils finiraient pas comprendre aussi que « Sa Belle Sin Han », c'était la chapelle Saint-Jean ! Et j'étais sûre que les types allaient revenir par ici dès qu'ils verraient que nous n'y étions pas, à la chapelle Saint-Jean.

Mais qu'est-ce que c'était que ces mecs ? C'est dingue ! On ne peut même pas aller faire un tour en montagne tranquille sans être rattrapé par l'actualité ! C'est ça le progrès ?

J'en étais là de mes réflexions quand j'ai compris mon erreur. Ils n'étaient pas descendus jusqu'à la chapelle !

Sûrement qu'ils nous avaient vus pendant qu'on se planquait. Ils avaient fait semblant de s'éloigner pour nous prendre par surprise. J'ai entendu un grand craquement suivi d'un cri de guerre. En même temps, j'ai senti des grosses pattes sur mes épaules et une main sur ma bouche.

Ils étaient revenus discrètement sur leurs pas et nous avaient chopés par-derrière. Ils ne s'attendaient pourtant pas au bordel qui a suivi. Car Sabrina et Simon se sont d'abord enfuis en criant. Les jumelles ont eu peur. Habituellement d'un naturel hilare ou béat, elles se sont mises à hurler de terreur.

Deux bébés qui mugissent de trouille, ça décoiffe. Surtout quand on n'a pas l'habitude ! Plus les types leur beuglaient dessus, et plus Emma et Lisa braillaient.

Je regardais la scène du coin de l'œil, bénissant saint Expédit de la fuite des deux grands. C'est là que je les ai reconnus. C'étaient les deux mecs que j'avais vus une fois à l'Hôtel de Provence, et une autre fois qui rentraient au Sélect, avec un flingue. C'était inévitablement eux qui avaient démoli ma caravane. Et perdu cent patates.

Le gros molosse m'avait bloquée au sol. Soudain, Crétin s'est penché vers les jumelles pour les faire taire manu militari.

Alors là, j'ai vu rouge. Je ne sais pas comment je me suis débrouillée, mais j'ai réussi à mordre Abruti au pouce. Du coup, j'ai libéré ma bouche et j'ai pu me mettre à gueuler moi aussi :

– Bande d'abrutis, bande de crétins, si vous touchez à un seul cheveu des jumelles, vous boufferez vos couilles par la racine jusqu'à la fin de vos jours !!!

Je sais, ça ne veut pas dire grand-chose, mais c'est sorti comme ça, d'un coup !

Ça a dû impressionner Crétin, car il s'est retourné avant d'avoir attrapé les jumelles, et il m'a jeté un regard noir :

– Des jumelles, ça ? Tu te fous de qui ?

Et il a enchaîné :

– Si tu nous dis ce qu'on veut savoir, on ne les touchera pas.

– On verra.

Ma réponse l'a énervé. L'autre, pendant ce temps, se massait la main.

– Putain, la salope ! Elle m'a mordu ! J'y crois pas !

– T'avais qu'à garder tes sales pattes sur toi ! Et surveille ton langage, il y a des enfants, ici !

– Comment qu'elle me parle ! Ferme-la, j'te cause pas à toi ! il a fait, boudeur.

J'ai regardé Crétin, qui semblait être le chef, puis j'ai levé les yeux au ciel.

– Dis donc, on va aller loin, comme ça, avec cet abruti, s'il se vexe dès qu'on le mord un peu ! Qu'est-ce que vous voulez ? Vous voyez pas que je suis qu'une pauvre mère de famille tout ce qu'il y a de plus normal ?!

Et comme il avait dégainé son gros pistolet pour me braquer, j'ai ajouté :

– Oh ! On sort le grand jeu ! Je vous fais si peur que ça ?

– Ta gueule.

C'était vraiment lui le chef. Il avait le sens de la repartie.

J'avais beau réfléchir, je ne voyais pas comment ils allaient pouvoir faire pour me tenir en respect et en même temps garder à distance quatre petits enfants. La tâche était surhumaine. Pauvres types.

À moins d'avoir prévu de tous nous supprimer ? Ça me paraissait un peu gros. Impossible !

Mais peut-être que je me trompais ? Peut-être que j'étais trop optimiste ?

– 45 –

De son côté, le type continuait à ne pas douter de ses capacités.

– Fais-les taire, je n'en peux plus de ces deux chieuses. Elles me vrillent les oreilles. Je ne m'entends pas penser.

– Parce que ça vous arrive, de temps en temps ? j'ai susurré sur un ton sarcastique. Et d'abord, pourquoi que vous l'avez massacrée, ma baraque, hein ? Elle ne vous avait rien fait !

– C'est moi qui pose les questions. Toi, tu réponds. C'est tout.

Alors là, ils ont commencé à me bassiner sérieusement.

– Bon, les mecs, vous commencez à me bassiner sérieusement, je leur ai formulé distinctement, en me levant péniblement, parce que j'en avais marre d'être dans la gadoue pendant qu'ils se pavanaient devant moi de toute leur hauteur.

J'ai d'abord remis mes talons et je me suis vaguement recoiffée. Ils ont tiqué quand j'ai fouillé dans mon sac.

– Pas de panique, je leur ai dit. Je n'ai pas de flingue ! Je cherche mon portable.

– Ton portable, pour quoi faire ?

– Pour téléphoner.

– Ça va pas, non ? On ne te laisse pas téléphoner ! Tu te fous de notre gueule ou quoi ?

– D'accord ! Ça va ! Déstresse ! je lui ai fait en lui tirant la langue.

Mais j'avais discrètement appuyé sur un numéro d'urgence, l'air de rien.

Et, en même temps que j'imaginais sonner en bas dans la vallée par l'intermédiaire des réseaux téléphoniques, je me penchais vers les jumelles pour les consoler et donner le change aux deux autres.

– Là… Tout va bien, mes bébés. C'est juste Guignol et Gnafron qui nous font le spectacle. Faut pas avoir peur.

Emma a baragouiné :

– Mé-ou-i-é-le-ido-ouze, maman ?

Traduction : « Mais où il est, le rideau rouge, maman ? » Pas folle, la mouche ! Elle a déjà vu Guignol une fois, et elle sait très bien qu'il faut un rideau rouge. Je n'avais pas précisé qu'elle était super intelligente, ma Emma ?

– Ils l'ont oublié, ma puce. Tu sais, Guignol, il ne fait que des bêtises. Il oublie toujours tout !

Sabrina est sortie de sa cachette en hurlant :

– Il est où, Guignol ? Moi aussi, je veux le voir !

– Oh ! C'est de moi qu'elle parle ?

– Pourquoi ? Vous vous sentez visé ?

Il a bredouillé que je commençais sérieusement à l'emmerder. J'avais compris, mais j'ai demandé :

– Qu'est-ce que vous dites ? Si vous marmonnez tout le temps comme ça, on va pas pouvoir se comprendre.

Il a hurlé :

– Tu m'emmerdes ! Et jette-moi ce portable.

– Maman ! a dit Sabrina. Balai Crétin, il a dit un gros mot !

– C'est de moi qu'elle parle ? a répété Crétin.

Apparemment, il avait avalé un disque rayé.

J'ai fait signe aux deux malabars de se taire deux minutes, et j'ai collé le mobile à mon oreille, en essayant de rester hors de portée des deux zigues. Quelqu'un venait de décrocher à l'autre bout du fil.

J'ai balancé à toute vitesse :

– Bonjour ! Je suis Rose Maldonne. Je vous appelle pour vous signaler que je suis actuellement avec mes enfants aux ruines du moulin juste avant la chapelle Saint-Jean… Oui… Justement, je suis en danger… Deux hommes, bien habillés, qui nous agressent. Ils sont toujours devant moi avec un flingue. Ben, pour l'instant ils n'ont pas encore réagi, parce qu'ils sont un peu justes, mais ça ne va pas tarder !

Abruti m'a balancé une torgnole et le portable a valdingué dans l'herbe. J'ai hurlé dans l'espoir de continuer à me faire entendre à l'autre bout du fil :

– Ils sont en costume noir. Deux armoires à glace !

Crétin était tellement énervé qu'il a tiré en l'air en hurlant :

– Mais tu vas la fermer à la fin ! Tu veux qu'on zigouille un gosse ou quoi ?! Mais qu'est-ce qu'il te faut pour que tu le fermes, ton clapet, putain de merde ?

– Maman, il a encore dit des gros mots. Gronde-le, maman.

– Oh, maintenant ça suffit, hein, si vous croyez que vous me faites peur ! Vous pensez pouvoir flinguer comme ça une mère de famille innocente sans vous faire attraper ?

– Ta gu…

– Ta gueule toi-même ! J'en ai marre que vous me dictiez tout ce que je dois faire ! C'est moi qui vais les poser les questions maintenant.

– Non, c'est nous.

– Non, c'est moi.

– Non, c'est nous.

– OK, c'est vous.

– Ah bon, et pourquoi ?

– Parce que j'en ai marre de répéter tout le temps la même chose.

– Non, c'est pas pour ça.

– Ah bon, et c'est pourquoi ?

– Parce que c'est moi qui ai le flingue ?

– Ah oui ? Et qu'est-ce que ça peut bien me faire ?

– C'est comme ça, c'est celui qui a le flingue qui commande.

– Non, a dit Sabrina. C'est moi qui commande tout le monde.

Elle a horreur quand quelqu'un essaie de la commander.

– 46 –

Simon se bidonnait un peu plus loin.

– C'est rigolo, le pestacle de Guignol.

– Ce n'est pas Guignol, c'est Abruti et Crétin, les deux balais.

– Cé-pa-le-pestacle-ido-ouze-pa-la ! a ponctué Emma.

En tout cas, pour les enfants, c'était un super dimanche. Même Lisa s'était arrêtée de pleurer, et elle nous regardait tous en souriant.

– Bon, alors, vous la posez, votre question ?

Et lui, d'un air méfiant :

– Pourquoi tu veux qu'on la pose ?

J'ai levé les yeux au ciel.

– Misère de misère ! On n'avancera jamais ! Vous êtes vraiment des ergoteurs, hein ?

– Désert go... quoi ?

– Ça va, laisse béton. Alors, la question ?

– J'ai compris ton jeu. T'es vraiment qu'une garce.

– Et c'est quoi, mon jeu ?

– Tu veux qu'on traîne par ici le plus longtemps possible pour qu'on croie qu'on va se faire pécho par les gens que t'as sonnés.

– T'es fin, Marco, t'es vraiment fin ! a dit Abruti sur un ton admiratif.

– C'est logique, c'est tout, a répondu Marco-Crétin sur un ton modeste.

– Sauf que ce n'est pas la vraie raison, j'ai dit.

– Pour te prouver qu'on n'a pas peur, on va rester encore un peu pour te la poser, notre question. Mais d'abord, vas-y, dis-la, ta vraie raison, si t'es si maligne !

Et il a fait un clin d'œil à Crétin pour souligner sa finesse de vue.

– Parce que je suis curieuse.

– Comment ça ?

– Eh ben, c'est tout. Je suis curieuse. Et puis si les flics arrivent, je pourrai leur dire pourquoi vous m'avez agressée.

– Quels flics ?

– Ceux que j'ai appelés.

– Ce n'est pas les flics que t'as appelés, t'as appelé personne, t'as fait comme si que.

– On parie ?

Il y a eu un long silence, et il a demandé, très solennel :

– Qu'est-ce que t'as fait des enveloppes que t'as trouvées dans la poubelle ?

– Des enveloppes dans *la* poubelle ou dans *les* poubelles ? Non parce que tant qu'à faire, si vous posez des questions, j'aimerais qu'elles soient précises. Je ne voudrais pas me retrouver les quatre fers à l'envers en train de m'envoler en l'air pour avoir donné la mauvaise réponse.

– T'envoyer en l'air ?

– Non, m'envoler !

– Comment ça, t'envoler ?

C'est une blague perso que je me fais depuis des années, depuis que j'ai vu un vieux film au ciné-club, *Sacré Graal*, des Monty Python.

Je lui ai demandé :

– Les Monty Python, tu connais pas ?

– Non.

J'ai eu pitié.

– Bon, cherche pas, c'est un film, c'est tout.

– Et alors, qu'est-ce qu'il a ce film ? Quel rapport avec des enveloppes dans des poubelles ?

– Non, mais oublie, c'est nul !

J'ai même esquissé un sourire devant l'absurdité de la situation. Mais ça les a vexés.

– Eh ! Te fous pas de notre gueule ! C'est quoi cette histoire de film ?

– Mais c'est rien, je vous dis !... C'est des chevaliers, ils doivent traverser un ravin gardé par une espèce de monstre qui leur pose des questions, tu vois, et s'ils répondent faux, ou même seulement s'ils ont un doute, ils s'envolent tout droit en enfer, voilà !

– Et alors ?

– Alors, le premier, il lui pose que des questions simples, genre quel est ton nom, ou ta couleur préférée, donc l'autre répond tout juste, c'est normal, c'est fastoche, et il a le droit de passer !

Ils me regardaient d'un air méfiant. Ils cherchaient où était l'entourloupe.

– Et alors ?

– Alors, le deuxième, quand on lui demande sa couleur préférée, il hésite entre le bleu et le rouge et comme il ne sait pas, il s'envole ! Ha, ha, ha !

– C'est vraiment con, ton histoire !

– Gros mot, a dit Sabrina.

– Mais attendez, ce n'est pas fini. C'est la fin qui est drôle. Quand c'est au tour du roi Arthur, le monstre lui pose une question super difficile sur un oiseau, par exemple une mouette, euh... « À quelle vitesse vole une mouette non chargée ? » Et le roi... il répond par une question : « Une mouette d'Europe ou d'Afrique ? » Alors le monstre, il réfléchit, il se trouble et il dit : « Je ne sais pas » et hop ! Voilà que c'est lui qui s'envole et qui disparaît !

J'étais pliée en deux de rire, et Sabrina et Simon se marraient eux aussi. Ils se bidonnaient en se roulant dans l'herbe. Surtout Sabrina parce qu'elle aime bien quand je raconte des blagues. Surtout qu'en général j'oublie la fin, et là, pour une fois, j'avais réussi à dire l'histoire en entier.

Et Simon, comme d'habitude, il imitait Sabrina.

– 47 –

Au bout d'un moment, Sabrina s'est arrêtée de rire et elle m'a dit gravement :

– C'est rigolo, maman !

– Ce n'est pas rigolo du tout, a dit Crétin-Marco.

– Si, c'est rigolo ! a dit Sabrina.

– Bon, je vous arrête tout de suite. Parce qu'à votre place, les gars, je ne m'éterniserais pas dans les parages. Les flics ne vont pas tarder. Ça fait presque une demi-heure qu'on cause comme ça. Je ne voudrais pas vous presser, mais…

– Mais t'as pas répondu à notre question.

– Tout juste ! Je vais y répondre, mais avant, j'en ai une pour vous.

Crétin a levé les yeux au ciel.

– Quoi encore ?

– Comment vous avez su ? Pour les enveloppes ?

– T'es vraiment tombée de la lune, toi ! Tu crois qu'un paquet d'oseille comme ça serait laissé sans surveillance ? On était là, on a tout vu !

J'ai gambergé. Sa réponse voulait dire que dès le début, ils m'avaient vue prendre le fric dans les poubelles ? Mais pourquoi ils n'étaient pas intervenus tout de suite, alors ?

Il voyait que je réfléchissais et il s'est gouré sur mes intentions :

– Tu vas quand même pas nier que t'as trouvé les enveloppes ?

– Non, OK, c'est bon, vous avez gagné. C'est moi qui les ai prises. Donc, la réponse à vos questions, c'est oui.

– Comment ça, oui ?

– Oui ! Oui ! Oui ! J'ai trouvé des enveloppes, et pas dans *une*, mais dans *des* poubelles.

– Pourquoi tu dis oui trois fois comme ça, tout d'un coup ? Qu'est-ce que tu manigances ?

– Rien, je vous jure ! Mais vous êtes débiles ou quoi ? Vous l'avez dit vous-mêmes, que vous m'avez vue les prendre ! Si vous, ou vos patrons, n'aviez pas de très bonnes raisons de penser que j'avais trouvé ces enveloppes, vous croyez que vous seriez là en train de me la poser, votre question ? Et en plus, si je vous avais répondu non, vous seriez sûrs que je mens. Alors, les gars, je vous le dis comme je vous vois là tous les deux en face de moi : OUI. Et maintenant, lâchez-moi et retournez coucouche panier, OK ?

– Mais elle nous cherche, là, ou quoi ? a demandé Abruti.

– Ta gueule ! lui a dit Crétin.

Il s'est tu une seconde, ça carburait sec sous son crâne de malfrat, puis il a réalisé qu'il n'avait rien appris de plus à ce qu'il savait déjà !

– Eh là ! c'est pas tout ! Ça, on le sait déjà. Ce qu'on veut que tu nous dises, c'est ce que tu as fait du magot. Tu sais ce qu'il y avait, dans ces enveloppes ?

– Du fric. Cent patates.

– Non.

– Si.

– Bon écoute, je te crois. Mais y avait pas que du fric.

– C'est tout ce que j'ai vu, moi.

– Ah, c'est ça, ta tactique ?

J'étais larguée, mais j'ai continué.

– Bon, si tu veux. Et maintenant, qu'est-ce qu'on fait ?

– On veut le pognon. Et le reste.

– J'ai rien sur moi !

Crétin a ricané :

– Je m'en doute. Tu nous prends pour des taches ? Qu'est-ce que tu proposes pour rendre la marchandise ?

– Attends, je réfléchis.

– Ah, parce que ça t'arrive ? il a lancé, sarcastique, pour me renvoyer l'ascenseur de tout à l'heure.

J'ai esquissé un faux sourire :

– Très drôle. Bon. Voilà ce que je propose. Vous le direz à votre patron. Je lui rembourse quinze euros par mois pendant cinq cents ans ! Je ne peux pas plus, je n'ai que le airèmi et des gosses à nourrir.

– Pourquoi tu rends pas simplement le fric ?

– Parce que j'ai tout dépensé, hé, cornichon !

C'était sûrement le pique-nique qui m'avait inspiré ce mot-là.

– Tu penses bien que sinon, je le rendrais ! J'ai pas envie de me faire descendre par la mafia.

– Pourquoi tu parles de mafia ?

– Parce que tout le monde le dit, en ville, que vous faites partie de la mafia, et que la mafia, elle veut construire un casino, et que vous avez versé un pot-de-vin au maire. Ce que personne ne sait encore, c'est que c'est moi qui ai trouvé le pognon.

– Je ne te crois pas que t'as tout dépensé. Tu serais quand même pas aussi tarte !

– Comme tu veux.

– Et comment que t'as fait, si vite ?

– J'ai été au casino. Je me suis dit que si je doublais la mise, je pourrais rendre cet argent à son propriétaire et me garder la même somme pour moi.

– T'es vraiment larguée ! Une vraie tache ! Tu ne sais pas qu'on gagne jamais au casino ? Ni contre la mafia ?

– Épargne-moi ta morale. C'est trop tard !

– Et le reste, t'en as fait quoi ? Hein ? Le matos ?

Mais de quoi il parlait ? Il y avait peut-être de la coke avec le pognon et je ne m'en étais pas rendu compte ? J'ai répondu par une nouvelle question :

– Puisque vous m'avez vue dès le premier jour, pourquoi que vous m'avez pas pécho immédiatement ?

– Y a un cerveau au-dessus, qu'est-ce que tu crois ? On a cru que tu étais la mule et on a attendu que tu apportes le paquet à qui de droit. Ensuite on a attendu les ordres. Puis comme dans l'intervalle on avait perdu ta trace, on a attendu de t'avoir retrouvée et identifiée. Depuis, on te piste, on est assez bonnards pour ça. Finalement, on a attendu que tu sois seule avec les moutards. Et nous voilà.

Il bichait trop.

– Eh, Marco, il faut qu'on y aille ! a dit Abruti. Il est tard !

– C'est le premier truc sensé que tu dis depuis que t'es arrivé, toi, j'ai lancé à Abruti.

– Ta gueule, je t'ai pas sonnée !

Crétin s'est retourné vers moi, soudain méfiant :

– Pourquoi tu veux qu'on parte, hein ? Pourquoi t'essaies pas de nous retenir jusqu'à ce qu'ils arrivent ?

– Parce que j'ai d'autres plans. Je ne veux rien dire de cette histoire de gros sous jusqu'à mardi.

– Ah bon, et pourquoi mardi ?

– J'ai mes raisons. Vous verrez bien…

– T'as pas intérêt à nous doubler !

– Maman, j'ai faim…

Alors j'ai étalé un paréo sur l'herbe au bord de la rivière. Marco et Abruti me regardaient, éberlués, parce que je faisais comme s'ils n'existaient plus.

– Allez, les gars, c'est pas que je m'ennuie avec vous, mais je dois changer les jumelles, à l'odeur, j'ai l'impression qu'il s'est passé quelque chose.

– Maman, ze peux sortir les sandwichs ? a demandé Sabrina avec insistance.

– Oui, ma puce. Cherche dans mon sac.

Comme je me mettais à changer les jumelles, j'ai entendu des craquements de brindilles et quand j'ai tourné la tête, les deux malabars n'étaient plus là.

Bon débarras !

– 48 –

On allait enfin pouvoir pique-niquer tranquilles.

Les petits oiseaux qui chantent, la rivière qui gazouille, les fourmis qui chatouillent.

Le poulet froid / Le chocolat / Et les tomates / Les cornichons, tout le tintouin... Eh bien pas du tout, parce qu'on avait à peine entamé nos sandwichs qu'un bruit de motocross nous a agressés.

J'essayais de persuader Simon qu'il n'y avait pas trop de beurre sur son pain, qu'on avait enlevé le gras du jambon, que toutes les feuilles de salade avaient été transférées dans mon sandwich, que j'avais égrainé une à une les trois misérables tranches de tomates, et que la croûte de son pain n'était pas trop dure, histoire de parvenir à lui faire avaler au moins une bouchée, quand j'ai vu la tête de Jérôme Gallo surgir de derrière les ruines.

Sa moto a rugi et il a failli nous écraser tous, car il ne s'attendait pas à nous voir à cet endroit. Il arrivait un peu tard, mais j'étais contente de voir qu'il s'était inquiété pour moi. C'était en quelque sorte mon chevalier servant, non ?

– Eh ! Calmos l'artiste ! je lui ai crié.

Et j'ai continué à m'occuper de Simon.

– Mais... Qu'est-ce que vous faites là ?

– On pique-nique, et toi ?

– C’est toi qui as envoyé un message, tout à l’heure, chez nous ?

– Oui, m’sieur !

– Ben, alors…

– Ben alors quoi ?

– Où ils sont tes agresseurs ?

– Ils sont partis.

– Rosie, attention ! Il ne faut pas jouer avec ces trucs-là. Je ne pourrai pas toujours te couvrir, moi ! Ils vont me demander ce qui s’est passé.

– Il suffira de leur dire.

– Arrête de te foutre de ma gueule !

– Mais pourquoi tu me dis ça ? Tu ne me crois pas ? Tu ne crois pas que j’ai été agressée ? Ça alors ! C’est plus fort que du roquefort ! Tu crois que je m’emm…

J’ai jeté un regard vers Sabrina qui guettait le mot.

– … que je m’embête tellement que pour me distraire j’appelle les flics, histoire de passer le temps ?

– Euh…

– Tu crois que je me suis fait exprès ces marques sur la tronche, et que j’ai de la boue partout parce que j’adore me rouler par terre pour me marrer un bon coup ?

– Euh…

– Bon, allez. Je ne vais pas m’énerver, pour une fois, parce que tu me fais de la peine. Assieds-toi là et prends un sandwich. Je vais tout te raconter.

Et comme j’avais déjà tout raconté à Ismène, je me suis dit qu’il fallait que je sois un peu moins parano et je lui ai tout raconté à lui aussi. Mais si je pensais me tailler un petit succès, j’ai été bien refaite ! Parce que j’ai fait chou blanc sur toute la ligne.

Cet innocent de Jérôme, il ne m'a pas crue. Rien. Il n'a rien voulu entendre.

Primo, il n'a pas voulu accepter que j'avais trouvé cent patates, même quand je lui ai montré tout le fric que j'avais dans mon sac – il a dit que c'était sûrement mon oncle (*sic*) Gaston qui me l'avait donné pour le week-end.

Secundo, il n'a pas cru les histoires de casino, de mairie et de pot-de-vin, ou plutôt il a dit comme l'autre jour qu'il ne se mêlait pas de ce genre de magouilles.

Et tertio, il a carrément refusé d'écouter que des sbires de la mafia étaient venus jusqu'ici pour nous agresser. Je dois dire que si je n'avais pas vécu moi-même cet épisode, j'aurais eu aussi du mal avec tout ce bazar, tellement ça paraissait inventé, raconté comme ça en pique-niquant avec les enfants.

– Mais c'est toi, l'autre jour, qui demandais d'où je tirais mon fric. T'es pas content de le savoir ?

– Non, je ne te crois pas, c'est tout ! Pourquoi pas des diamants, pendant que tu y es ?

– Des diamants, mais de quoi tu parles ?

Il a bu une gorgée de bière, m'a longuement observée d'un air suspicieux, et il a dit :

– Bon, ce n'est pas tout ça, ça m'a fait plaisir de te voir, mais mon chef va se demander où j'ai disparu. Je vais y aller. Je dirai que je ne t'ai pas trouvée. Alors ce n'est pas la peine de dire le contraire la prochaine fois qu'on se verra devant Borelli.

– Mais pourquoi ?

– Si tu ne vois pas, réfléchis un peu, mais je pense qu'il vaut mieux pour toi qu'on ne sache rien de cette histoire abracadabrante. Moi qui croyais que tu t'étais rappelé quelque chose au sujet de l'affaire du petit Pierrot !

Il m'a énervée, alors j'ai un peu boudé. Et je ne lui ai pas parlé du coup de téléphone de Véro. Il est reparti en pétaradant.

Après notre pique-nique, on a marché jusqu'au village. Là, on a pris une glace à la terrasse d'un joli petit bar, j'ai fait appeler un taxi et on est rentrés à l'hôtel. Les enfants ont joué pendant que je prenais une douche. Après j'ai fait une petite sieste.

Puis on a mangé dans la suite. Très tôt, parce que la montagne nous avait tous claqués. Les gosses se sont endormis sans demander leur reste.

Et moi aussi. Juste avant, j'ai réussi à faire une liste de tout ce que je devais acheter le lendemain, avant de rendre le fric.

– 49 –

Je me suis régalée à faire cette liste !

C'est vrai, une liste sans limites, c'est le pied ! Je savais que j'allais pouvoir tout acheter. Un vrai conte de fées ! Il avait raison, Gaston. Ça existait.

D'abord pour les gosses, je pensais aux quatre miens, mais aussi au petit de Mimi, Léo, je me disais que j'irais le voir à la DDASS, pour lui apporter des cadeaux.

L'idée était de mettre mes enfants à l'abri du besoin et même du superflu pendant quelques années.

Tout prévoir. Des fringues, été, hiver, dessous, dessus, loisirs, école. Il fallait penser à tout : natation, danse, judo et ski… Le matériel et les inscriptions aux activités.

Pour moi aussi, renouveler ma garde-robe. Pareil, hiver, été, etc. Et des séances de massage, j'en avais toujours rêvé.

J'en profiterais pour nous payer des séjours, à Noël, en février et à Pâques, dans de super stations de ski en pension complète et transports et forfaits, et cours de ski pour les enfants et pour moi aussi. Pourquoi pas au Club Med ?

Que c'était bon !

J'ai ajouté une petite cabane de jardin que je mettrais derrière la caravane pour ranger tout ça, parce que ça ne rentrerait sûrement pas tout dans ma maison.

Ah ! Oui ! Et j'oubliais, une super sono avec micro, baffles et karaoké pour m'entraîner au chant. Et tout plein de CD.

La liste n'en finissait pas. Je me disais avec horreur que je ne parviendrais jamais à faire toutes mes courses demain, en une seule journée. C'était impossible !

Alors je serais obligée de me garder un peu de fric pour pouvoir faire mes courses dans les jours qui suivraient, en attendant mon prochain airèmi. Oui mais, à partir du moment où j'aurais tout dit, mardi, au conseil municipal, j'allais avoir des journalistes, peut-être même des flics au cul. J'aurais du mal après ça à faire mes emplettes sans me faire remarquer, surtout si je leur disais que j'avais bien tout rendu !

Incontournable. Il fallait que je fasse tout demain !

Moi non plus, je n'ai pas demandé mon reste et je me suis endormie, le nez dans ma liste, à neuf heures moins le quart. À neuf heures et quart, mon grillon, que j'avais bien sûr récupéré dans l'herbe, s'est mis à bourdonner et m'a réveillée en sursaut.

– Allô ?

– Rosie, c'est vous ?

– Oh ! Gaston ! Comment va ?

– Je vous réveille ?

– Oui…

– Je viens de rentrer.

– Je vous ai vu dans le journal. Ça s'est bien passé ?

– Épatant ! Tout le monde a été bien gentil. Quel est votre programme demain ? Vous avez besoin d'un chauffeur ?

– Euh ! Oui ! Comment vous l'avez deviné ?

– Je veux vous inscrire dans une auto-école, vous ne l'avez pas oublié ? Et la caravane va être livrée.

– Décidément, vous êtes têtu ! Mais ça tombe bien.

J'ai un tas de trucs à faire, et en un jour. Je ne peux pas vous dire pourquoi, mais…

– Je suis le roi des gentils organisateurs. Je vais vous arranger ça. Et je ne poserai aucune question.

– J'ai fait une liste, justement…

– C'est parfait. Ça commence toujours par une liste.

– Vous voulez passer pour la voir ?

– J'arrive pour définir le programme de demain…

Il s'est pointé avec une bouteille de champagne. Il a parcouru ma liste des yeux et il a ajouté l'auto-école. Puis il m'a demandé si je ne voulais pas prendre des cours d'anglais, tant que j'y étais :

– Parce que prendre des cours de langue, c'est hors de prix. De nos jours, tout le monde a besoin de savoir l'anglais. Pour ma part, ça m'a manqué toute ma vie.

– Pas moi, j'ai dit.

– Si, vous comme tout le monde. Cessez un peu de croire que vous ne vivez pas dans le même monde que nous. Montrez-moi votre liste.

Je lui ai tendu le papier, qu'il a parcouru rapidement, puis il a commencé à faire des plans comme un général avant une bataille.

– Voilà comment je vois les choses. Il faut faire plusieurs colonnes, réorganiser les listes par situation géographique pour décider du sens de la tournée. En premier, un appel au vendeur de votre caravane, pour qu'il nous la livre sans que nous ne soyons obligés de la réceptionner. Bon… Commençons par les choses immatérielles, à savoir les inscriptions et les voyages, tout en centre-ville, je vous dépose en double file… Euh… Non, mieux. Nous louerons les services d'un chauffeur qui restera dans la voiture. Ainsi nous ne risquerons aucune mauvaise surprise. La matinée devrait suffire : 1) auto-école, 2) Club Med, 3) cours de langues, 4) cours de judo et de danse à la MJC, 5) séances de massage. Midi. Nous déjeunerons dans une brasserie. L'après-midi, avec Décathlon et… Euh… Où voulez-vous acheter vos vêtements ?

– Euh… Monop' et Kiabi ?

– Seulement deux boutiques ?

– Seulement, vous trouvez ? Moi, je trouve que c'est pas mal ! Et la cabane pour tout ranger ? Si on commençait par Casto ?

– Bon, c'est parfait.

Je l'ai raccompagné à la porte. Il s'est penché sur moi pour me faire une bise, et, je ne sais pas pourquoi, ça a fait pareil qu'avec Ismène ! Décidément, je ne me reconnaissais plus. J'ai rougi comme une vierge effarouchée. Il a semblé ne rien remarquer.

Ça m'a mise en rogne. Contre moi, bien sûr ! Alors je lui ai claqué la porte au nez, oui, je sais, ce n'était pas sa faute, mais voilà comment je suis. Et je suis retournée au lit.

– 50 –

Une heure après je me suis réveillée en sueur. Cette fois, les paroles qui me traquaient étaient carrément angoissantes. Et impossible de mettre un nom sur le chanteur.

Ça faisait : *Tout fout l'camp / Y a plus d'pognon / Y a plus d'joie d'vivre / Y a plus d'gaieté / Y a plus d'travail / Tout fout l'camp…*

Putain de bordel de merde, le fric ! Merci maman !

Je n'allais jamais avoir assez dans mon sac pour les courses de demain. Il fallait tout payer en cash ! Et aller chercher le fric planqué avant mardi parce que demain, je n'en aurais jamais le temps ! Et ce fric était dans la vieille gare désaffectée. Comment faire pour tout récupérer maintenant, avant qu'il soit trop tard ?

Demain, il ne fallait pas y compter. Le programme était trop chargé.

Il n'y avait qu'une solution. Y aller tout de suite.

Me voilà debout, je me suis habillée en vitesse.

Mais je ne pouvais pas laisser les gosses tout seuls au milieu de la nuit – et s'ils se réveillaient ?

Pastis se frottait contre mes jambes. Il avait envie de se balader, lui aussi. Il devait se demander pourquoi il avait brusquement été enfermé dans cette prison, sans avoir rien fait. Prison dorée, certes, mais… Bref, Pastis n'était pas vraiment la baby-sitter idéale.

Tilt ! tonton Gaston !

Coup de fil pour qu'il vienne les garder.

Toujours grand prince, il est revenu sans commentaire. Il ne m'a posé aucune question sur mes impératifs. Il m'a laissée tout bonnement partir en me disant :

– Ne vous inquiétez de rien, je veille. Et revenez-nous vite !

Décidément, ce type était trop parfait pour être vrai.

Je suis descendue à pied jusqu'à l'ancienne gare désaffectée, en faisant tout un tas de détours au cas où Marco et l'autre m'auraient suivie. Je pensais aussi à Jérôme puisqu'il semblait passer ses nuits sur le parking de mon hôtel à regarder ma fenêtre, mais je n'ai vu personne.

Je suis d'abord entrée dans ma caravane cassée, à l'abandon. Toujours aussi déprimant.

Michel n'était plus là. C'était au moins ça !

Peut-être que finalement cette histoire évoluait tout de même ? Lentement ?

J'ai pris un sac plastique au fond d'un placard, je l'ai vidé de tous les objets et autres ustensiles qui y étaient entassés, et j'ai pris le chemin de l'arbre jusqu'au premier étage de la gare.

J'ai rempli le sac avec mon pactole…

Et j'ai eu un déclic. J'ai pensé qu'avant de rendre cet argent selon ma première idée, c'est-à-dire en public, il faudrait d'abord peut-être que j'essaie de négocier avec le maire, en privé. C'était un super moyen de pression que j'avais là ! Ou bien il abandonnait l'idée du casino et il m'accordait le droit de camper ad vitam aeternam dans le jardin de la médiathèque (discrètement, *of course*), ou bien je dévoilerais ses manigances.

Dans tous les cas, malheureusement, je devais me séparer du fric. J'avais beau tourner et retourner le problème dans tous les sens, je ne parvenais pas à trouver le moyen de jouer sur tous les tableaux en gardant le pognon en plus.

En remontant à l'hôtel, le sac à la main, je pensais à ce qui m'attendait le lendemain. Pas les courses, non, ça, c'était cool, c'était chouette, j'allais m'éclater. Non. Je gambergeais sur le cas de Véro, et je me demandais comment la dénicher. Aller très tôt le matin, dès l'ouverture, à sa mutuelle, me faufiler, la débusquer et lui parler ? Non. Ce plan était complètement idiot. Dans la journée, Véro serait hyper bien planquée, je ne la découvrirais jamais. Et je ne pourrais même pas l'appeler à voix haute. Trop de monde dans la mutuelle. Le mieux, c'était d'y aller le soir, à la fermeture. Je m'éclipserais des toilettes vers un escalier de secours, je me planquerais dans un placard et j'attendrais tranquillement que tous les employés soient partis. Je la chercherais avant que la société de nettoyage se pointe.

Il faudrait que je demande à Gaston d'aller chercher mes enfants à l'école et à la crèche, et de me les garder quelques heures…

De retour dans ma suite, je l'ai trouvé absorbé dans la lecture d'un livre de poésie.

– Ça parle de quoi, ces poèmes ?

– De la mémoire de la mer qui sait la diversité des espèces humaines. Cette diversité qui est la garantie de notre survie. De la mémoire des pierres qui portent l'histoire des peuples et leur ancêtre commun. Mais ce ne sont que des métaphores, bien sûr…

– Passionnant ! Dites, Gaston…

– Oui ?

– À quatre heures et demie, demain, il faudra qu'on arrête notre razzia, parce que je dois prendre les petits, et après, je dois faire quelque chose, passer à la mutuelle.

– Vous avez raison de penser à vous assurer, avec les enfants.

– Dites, Gaston, vous voudrez bien aller les prendre, vous, comme ça j'irai plus vite, à la mutuelle ? Eux, ils vont s'ennuyer, là-bas ! Je vous ferai un mot, et vous me les garderez jusqu'à ce que j'aie fini ?

Et Gaston, toujours classe :

– Mais bien sûr, mon chou, ce sera un plaisir…

Gaston était la preuve vivante que la chanson *Tout fout l'camp* n'était qu'un tissu de mensonges.

Lundi

Gaston voit rouge

– 51 –

Nino Ferrer était revenu pendant la nuit, ce qui était plutôt bon signe. Terrain connu. Je chantonnais au réveil : *Je vends des robes / Des pulls et des manteaux, des bas, des gants / Des jupes, des pantalons*… Cette fois, le sens était directement connecté aux courses que je devais faire ! Évident, mon cher Watson !

J'ai réalisé que ça faisait à peine une semaine que tout était arrivé. Je me suis rappelé dans quel état j'étais huit jours plus tôt, à me demander ce que j'allais donner à manger aux gosses. Et voilà que je me réveillais dans des draps tissés d'or (c'est une image) et que je baignais dans l'opulence ! Décidément, moi aussi, j'aurais dû écrire des poèmes.

Mais la fortune n'était plus là pour longtemps, hélas. Les heures qui allaient suivre verraient le bouquet final de mon feu d'artifice.

J'ai attaqué cette journée en me disant qu'il fallait tout faire vite et bien.

Après avoir emmené les enfants à la crèche et à l'école dans la Jag' de Gaston, on a foncé pour exécuter notre programme.

Au premier magasin, Gaston a sorti sa carte, mais j'ai refusé qu'il paye :

– Vous avez oublié que j'ai hérité d'un vieil oncle ? Je vous l'ai dit la première fois qu'on s'est rencontrés tous les deux.

– C'est vrai, a-t-il commenté sobrement.

– Alors ne vous inquiétez de rien, ai-je conclu, histoire d'avoir le dernier mot.

Je ne sais pas pourquoi, pour une fois, il n'a pas insisté.

On a réussi à tout faire le matin, sauf l'auto-école et les cours de langue, j'avais insisté pour y aller en dernier, et on n'a pas eu le temps. Tant mieux. À midi et demi, tout était fermé, et on est allés casser la croûte dans un resto italien.

Gaston n'avait pas réussi à trouver un chauffeur, il s'y était pris trop tard, et on avait dû passer la matinée à jongler avec les places de parking, les doubles files, les warning, les livraisons, les places pour handicapés et les trottoirs. On s'en était tirés avec une seule contredanse.

Gaston voulait que je commence l'après-midi par ce qui nous manquait du matin, mais j'ai refusé. J'ai dit :

– D'abord Casto, puis Décathlon !

Pour le reste, on verrait un autre jour.

Gaston ne comprenait pas bien ma frénésie acheteuse. Bien sûr, ce qu'il ignorait, c'était qu'à partir du lendemain je ne pourrais plus jamais acheter quoi que ce soit. Il ne pouvait pas deviner que mon argent était la propriété de quelqu'un d'autre et que je n'étais pas censée le dépenser. Que pour l'instant personne ne le savait, mais qu'à partir de mardi les médias s'empareraient de l'affaire, et alors là, adieu les délices de la consommation sans freins…

On a réussi à acheter une très jolie petite cabane de rangement de jardin. C'est vrai, ces trucs-là, ça m'a toujours fait envie. Fini le foutoir dans la caravane ! Les autres, ils ont bien des caves pour tout ranger ! J'ai donné l'adresse de livraison.

Et on a filé chez Décathlon.

C'est là que la rencontre au sommet a eu lieu. On venait de se garer à l'ombre, au fond du parking.

Je m'extrayais élégamment de la Jag', un talon compensé après l'autre, quand une monstrueuse limousine noire à vitres fumées s'est garée à côté de nous, dans un bruit de pneu chuintant, plutôt feutré.

J'ai gueulé :

– Eh ! Gaffi ! Vous avez failli me rouler sur les pieds.

La vitre arrière s'est baissée électriquement.

Gaston était déjà debout à mes côtés pour me demander :

– Vous voulez commencer par le rayon ski ou le judo ?

– Mademoiselle Maldonne ? a susurré doucement une voix avec un fort accent russe.

On a sursauté tous les deux et je me suis penchée vers la vitre baissée de la limousine.

– C'est à moi que vous causez ? Comment que vous savez mon nom ?

Crétin et Abruti en ont profité pour faire leur apparition, jaillissant de la limo en claquant les portières avant. Le type derrière était sûrement leur patron.

Après leur avoir lancé : « Salut les gars ! », j'ai déclaré au Russe :

– Alors comme ça, c'est vous leur patron ? Vous êtes drôlement culotté de vous pointer par ici, en public et en plein jour, pour un gros ponte de la Mamma.

Gaston suivait attentivement cet échange, tous les sens en éveil. Il avait perçu dans ma voix une tension inhabituelle.

– Laissez ma mèrrre où elle est, voulez-vous ?

Et il a éclaté de rire.

– On m'avait dit vous être agiteuse, mais je vois que vous courrrrageuse ! Ou plutôt inconscieuse ?

– Rosie, vous connaissez ces personnes ? a demandé Gaston.

– Je vous présente Crétin et Abruti. En tout cas, je ne leur connais pas d'autre nom, car ils ne se sont jamais présentés. Ce qui ne les a pas empêchés de me cogner dessus, bien sûr !

– Que dites-vous ? Rosie, vous plaisantez ?

– Non, Gaston ! J'aimerais bien, mais je ne plaisante pas.

Je lui ai désigné le Russe, et ensuite j'ai fait quelques pas vers l'entrée du magasin en parlant :

– Celui-là, avec l'accent russe, c'est le boss. Alors, il ne faut pas trop leur en vouloir, ils ne sont que des sous-fifres, ils obéissent aux ordres, c'est tout…

Gaston me suivait, horrifié.

– 52 –

On n'a pas pu aller bien loin. J'avais tenté le coup, mais dans le fond, je me doutais que ça ne marcherait pas. Les deux malabars nous ont bloqué la route, les mains dans les poches de leur veston.

– Laissez-nous passer, messieurs, allons, a dit Gaston sur un ton très calme.

Les deux cons ont ricané bêtement, et un bruit de poignée nous a fait nous retourner. Le Ruskof sortait de sa caisse. Il devait avoisiner les deux mètres, il avait des épaules comme deux blocs de béton, un costume d'alpaga blanc. Enfin, je dis alpaga, parce que j'ai lu ça dans des vieux « Série noire », mais j'en ai jamais vu, alors je ne saurais pas dire si c'était du vrai. Son visage était un peu rougeaud, mais ses yeux bleu acier démentaient l'effet bon enfant de son teint.

Il lissait sa moustache blonde. Prenait son temps en ménageant ses effets, s'apprêtait à parler et nous, on attendait tous comme des… des… je ne sais pas quoi… qu'il l'ouvre.

Ça m'a tellement énervée que je lui ai coupé la parole avant qu'il la prenne.

– Alors, t'accouches, Big Boss ? Je suis pressée, j'ai des tas de courses à faire.

… *Des pulls et des manteaux, des bas, des gants / Des jupes, des pantalons…*

Il a souri d'un air indulgent et il m'a détaillée des pieds à la tête lentement.

– Justement, à prrropos de courrrses, mademoiselle Maldonne. Vous avez un crrrédit, avec moi, je crrrrois… mais je n'accepte pas conditions de rrrembourrrsement.

Gaston :

– Mais, Rose, de quoi parle cet homme ?

– Toi, tu ferrrmes gueule.

Ce n'était pas très gentil pour Gaston.

Celui-ci n'a pas bronché, mais j'ai vu qu'il serrait les poings de colère. L'homme a continué :

– J'ai apprrris activités de votrrre matinée, mademoiselle Maldonne. Et ça continou. Et avec dou liquide…

Son sourire s'est brusquement figé et il a poursuivi sur un ton nettement moins affable :

– Et vous crrroyez qu'on va vous rrregarrrder dilapider notrrre arrrgent sans interrrvenirrr ? Et je ne parrrrrle pas dou rrrreste ! Vous comprrrrenez moi, n'est-ce pas ? Mes petites bijoux !

J'ai fait une blague douteuse en lorgnant sur sa braguette :

– Vous parlez de vos bijoux de famille, ou vous voulez dire le pot-de-vin ?

Ses yeux me lançaient des éclairs.

– J'ai déjà expliqué à vos sbires que j'avais tout claqué au casino. Aujourd'hui, c'est mon oncle, ici présent, qui m'offre des petits cadeaux. En quoi ça vous regarde, tas de briques ?

Je ne sais pas pourquoi je l'ai appelé « tas de briques ». Je sais pertinemment que ça ne veut rien dire, mais c'était sorti tout seul, et je me demande encore ce que ça peut signifier !

– Envoie le paquet !

– Non.

Il a lancé un regard aux deux malabars, qui se sont avancés pour attraper mon sac. Quand ils ont levé la main sur moi, Gaston a vu rouge. Il a balancé son pied en avant jusqu'à la main d'Abruti et, en faisant un tour sur un seul pied, il l'a achevé en lui envoyant toujours le même pied, mais par l'arrière, entre les couilles.

Qui aurait cru ça ?

– Gaston, t'es super ceinture noire de karaté ?

– Non, mon chou, c'est de la boxe française.

Abruti a émis un petit piaulement cassé et il s'est plié en deux.

Crétin s'est précipité sur Gaston en poussant un cri de guerre, et Gaston l'a accueilli avec un uppercut sur le menton, puis, profitant de la position inclinée de Crétin, il l'a coincé en une prise savante.

– Wouahhh !!! je me suis exclamée, toute contente, je ne savais pas que tu faisais aussi du judo, tonton !

– Non, cette fois, c'est du catch.

Le Big Boss criait, furibond :

– *No mnogo ublyudkov !* Je paye vous à quoi fairrre ?

Et il a sorti un flingue de sa poche portefeuille.

J'ai éclaté de rire.

– Je l'attendais, celle-là. Attention, tonton, il a un flingue !

Gaston a donné un coup sur la nuque à Crétin qui s'est affalé entre les deux voitures. J'ai dû reculer pour qu'il ne tombe pas sur moi, et ce faisant, je me suis approchée tout près de Big Boss. Je me suis penchée en faisant celle qui se foule la cheville.

– Ouille ! Aïe ! Ouille ! Ma cheville ! Tonton, tu aurais pu faire attention avant de me lâcher un gros tas de boue comme ça sur le pied !

Gaston, ralenti dans ses initiatives par la menace du flingue, s'approchait dangereusement du Big Boss.

J'ai réussi, en faisant semblant de me masser la cheville, à enlever ma chaussure. Les talons, c'est drôlement dangereux comme engin de mort ! Bing, j'ai tapé un grand coup sur la main du Big Boss qui a lâché le revolver.

– Bien joué, Rose ! s'est exclamé Gaston, ce qui m'a fait plaisir, même si on avait d'autres chats à fouetter.

Le Big Boss a hurlé en sautillant de douleur :

– Mais… Vous fait mal moi !

– Fouillez-les tous les trois ! m'a hurlé Gaston en se jetant sur le Big Boss désarmé et en parvenant à l'immobiliser.

Je me suis penchée vers les deux malfrats pour leur faire les poches.

Gaston a secoué le boss :

– Qui êtes-vous ?

– …

Le patron ne répondait pas. Et il s'est passé un truc étrange, Gaston s'est mis à lui parler dans une drôle de langue.

– 53 –

On aurait dit que Gaston jouait à faire semblant de parler russe.

Il a proféré :

– *Horoshi ? Sovet : pust ? Roza Maldonne tihi ? Ili vy budete imet ? Delo s organami, kotorye budut prevyshat ? Ni aptekarye ? Russki ? Ty ! Vklyuchit ? ?*

Il m'a dit plus tard que c'était vraiment du russe, et que ça voulait dire : « Un bon conseil : laissez Rose Maldonne tranquille, ou vous aurez affaire à des instances qui vous dépassent, tout droguiste russe que vous êtes, compris ? »

Stylé, mon Gaston !

Bizarrement, le Big Boss a répondu en français. Il a soufflé dans un râle :

– Ce n'est pas juste. C'est elle qui… Elle nous a volé l'arrrgent… et des…

Alors là, j'ai bondi :

– Oh, eh, ça va bien ? Vous croyez peut-être que je vais vous laisser m'insulter sans me défendre ? Ne le croyez pas, Gaston ! Je n'ai rien volé du tout. Je l'ai trouvé, cet argent ! C'est du fric qui pue. Un pot-de-vin pour le maire, pour faire construire un casino !

– Votre mairrre est grrros imbécile… continuait le Big Boss, d'une voix cassée.

Gaston lui appuyait sur la trachée !

– On va aller le constrrruirrre ailleurrrs, ce putain casino, ce n'est pas emplacements qui manquent ! Mais on laisserrra pas notrrre pognon et rrreste prrrrofiter à grrrognasse…

Gaston a un peu resserré la pression, ce qui fait que le boss s'est évanoui sans pouvoir finir sa phrase. J'ai aidé Gaston à rentrer les trois gros dans la caisse, et on a fermé les portières à clé, après avoir mis plein de saloperies genre sable, caillou, herbe et même une boîte de bonbons et des chewing-gums dans le réservoir d'essence.

On a ensuite jeté leurs clés dans une bouche d'égout. Gaston se dirigeait vers l'entrée du magasin, mais je l'ai rappelé.

– Gaston ! Revenez ! C'est plus la peine d'aller acheter quoi que ce soit là-dedans ! S'ils se libèrent et qu'ils appellent du renfort, on est foutus. Venez, débarrassons-nous plutôt de ça !

Et je lui ai montré tout le matos que j'avais sur les bras.

On est partis sur les chapeaux de roue. Gaston m'a dit de prendre un rouleau de petits sacs-poubelle qu'il avait dans sa boîte à gants et de mettre un flingue par sachet bien fermé, après l'avoir essuyé, pour les empreintes. Chaque fois qu'on voyait un container de poubelle, Gaston s'arrêtait et je jetais un sac dedans.

On en a semé quatre, comme ça. En dernier, j'avais sur les genoux un téléphone portable. Gaston a stoppé la voiture sur le bas-côté, il a mis ses lunettes et il a commencé à manipuler l'appareil.

– Eh ! Gaston ! Mais qu'est-ce que vous faites ?

– Vous allez voir…

Il avait les yeux qui brillaient, et il a brusquement mis son doigt sur sa bouche.

– Chuuut !… Oui ?… C'est Victor ? Gaston Contini à l'appareil… Oui, merci… Bonjour, mon ami ! Oui, c'est moi… Que veux-tu, la gloire… Oui, c'est vrai, le temps passe comme fanent les roses… Non, je n'ai pas l'honneur de connaître personnellement ce monsieur. Oui, il m'a prêté son mobile… Je regrette, je n'ai pas le temps de venir, mais j'ai un service à te demander… Ou plutôt une commission à te faire de la part d'une amie à moi. Rose Maldonne… Non, tu ne la connais pas… Oui, une de tes électrices. Oh ! Non ! Pas une faveur… Elle a quelque chose à te rendre, qu'elle a trouvé, et qui t'appartient… Non… C'est un pot… Oui… Un pot… On met du vin, dedans, en général… Oui, oui, c'est moi… Ça t'intéresse ? Elle veut tout déballer…

Il m'a fait un clin d'œil appuyé.

– … Simplement parce qu'elle est assez furieuse ! Elle vient de se faire agresser deux fois de suite par des individus assez louches, d'origine russe, je crois… Figure-toi qu'ils ne veulent pas qu'elle te rende cette chose. Non, elle veut d'abord te voir, après elle fera ce que tu lui diras… OK. Demain matin. Huit heures et demie à la mairie.

Je lui ai fait des signes.

– Attends… Non… Elle préfère neuf heures moins le quart. Allez, salut, vieux. À bientôt, c'est ça !

Il a refermé le téléphone et il l'a balancé par la fenêtre.

– Gaston ! C'est quoi ce langage ? « Je veux tout *déballer* ? » Depuis quand vous parlez comme un Tonton flingueur ?

– Ça m'est venu tout seul. Réminiscences…

On a éclaté de rire.

– Dites-moi, ça serait pas saint Expédit qui vous aurait mis sur ma route ? J'ai l'impression que vous n'arrêtez pas de me sauver. Vous connaissez le maire ?

– On était à l'école primaire ensemble. Je ne l'ai jamais apprécié. Vous avez rendez-vous avec lui demain matin à neuf heures moins le quart. À vous de jouer.

– Mais…

– Qu'y a-t-il ?

– J'ai une crise de conscience.

– De quel ordre ?

– Oh ! Mon Dieu ! Vous avez vu l'heure ? Laissez-moi vite à la mutuelle et allez chercher les gosses !

Pendant qu'il roulait, je récapitulais ma crise de conscience. Ou bien j'allais au rendez-vous avec le maire et je lui faisais un chantage pour qu'il m'accorde ce que je voulais contre mon silence. Ou bien je faisais une croix sur mes objectifs personnels afin que, grâce à moi, la vérité éclate au grand jour. Ce qui éliminerait définitivement de la scène politique ce maire véreux.

Nul ne savait qui serait élu par la suite. Peut-être quelqu'un de pire ? Oui mais au moins, une fois dans ma vie, j'aurais fait quelque chose de bien pour la communauté. Comme Jeanne d'Arc. Et c'est Ismène qui serait fière de moi !

Ismène ?

Et qu'est-ce que j'en avais à faire que cette nana soit fière de moi ? Elle n'était pas ma mère, que je sache !

– 54 –

J'étais dans un dilemme pas possible, mais j'ai décidé d'écarter tout ça de ma tête avant qu'elle explose.

Il serait bien temps le lendemain, en parlant avec le maire, de décider de mon plan ! Gaston m'a déposée devant la mutuelle. Je pensais à toutes les courses que je n'avais pas eu le temps de faire. J'avais bien payé des vacances à la neige, mais je n'avais ni matériel ni fringues. Je me disais que je pourrais peut-être me faire rembourser les réservations ?

Je suis entrée dans les bureaux de la mutuelle. J'ai pris un ticket comme si j'attendais mon tour au rayon charcuterie du supermarché.

Au bout d'un moment, je me suis agitée et je me suis approchée d'un guichet pour demander où étaient les toilettes. Je voulais que mes déplacements soient les plus naturels possibles. De fait, lorsque je me suis dirigée vers le couloir, personne n'a levé la tête. Juste à côté des toilettes, il y avait une porte. Placard. J'en ai fait quelques-unes comme ça dans le couloir. Bingo, je suis tombée sur la porte qui donnait sur l'escalier de service.

J'ai commencé à descendre des marches quand j'ai entendu quelqu'un qui montait l'escalier. Je me suis précipitée vers les toilettes, pour en ressortir quelques secondes plus tard, après le passage de la personne en question.

Re. Porte sur l'escalier. Je descends. J'arrive au dernier sous-sol, apparemment un immense lieu de rangement. Des archives ? Sûrement. La mutuelle était basée dans ce lieu depuis au moins mille ans. Il y avait de quoi accumuler !

J'ai entendu la porte d'en haut s'ouvrir et quelqu'un descendre. J'ai regardé l'heure. La mutuelle fermait à cinq heures, il était moins cinq. Mon regard affolé a désespérément cherché un refuge.

Des rangées d'étagères entravaient ma vision.

Je ne pouvais pas savoir s'il y avait des placards sur les murs du fond. Les étagères formaient un labyrinthe. Je me suis dit que je pourrais peut-être me cacher entre les dossiers au fur et à mesure que l'employé avancerait, comme dans un film.

Mon idée était de rester coincée dans le bâtiment après la fermeture pour pouvoir chercher tranquillement Véro.

De deux choses l'une : ou pas de Véro, et j'en étais quitte pour attendre l'équipe de nettoyage et ciao la compagnie ; ou trouver Véro et parler avec elle pour comprendre ce qui s'était passé, et la convaincre de repartir avec moi.

J'entendais le type fouiller les dossiers, ranger des choses, bouger dans les allées. Je restais à l'affût pour ne pas être surprise. Je devançais ses mouvements.

C'est là que j'ai fait ma grosse connerie. En reculant, j'ai heurté une table sur laquelle trônaient en équilibre plusieurs dossiers en vrac. Ils sont tombés… sur mon orteil !

Je n'ai pas pu m'empêcher de pousser un cri, même rentré c'était un cri, et j'ai senti que l'autre avait entendu, puisqu'il ne bougeait plus. Il était sûrement intrigué et il attendait avant de repartir.

Il a eu raison, parce que j'ai voulu regarder mon orteil pour voir s'il ne saignait pas. J'ai enlevé mon talon et j'ai posé les fesses sur le meuble pour mieux voir.

Le temps que je comprenne qu'il manquait un pied à cette table, raison pour laquelle on l'avait mise dans ce coin – pour qu'elle ne puisse pas tomber, sauf si bien sûr une gourde s'asseyait dessus pour regarder ses orteils –, c'était trop tard, elle s'était effondrée, tous les dossiers qui étaient dessus aussi et moi avec.

Alors là, j'en ai eu vraiment marre. Pourtant, je me suis quand même retenue de gueuler. Mais c'était peine perdue, bien sûr…

Je me suis relevée à toute vitesse dans l'idée de me barrer de cet endroit pour me planquer derrière une autre étagère. Le type, qui était en réalité une femme d'une trentaine d'années, plutôt mignonne, arrivait droit sur moi.

– Mais… Qu'est-ce que…

Elle ne trouvait plus ses mots, elle avait à la fois un peu la trouille, tout en étant rassurée de voir que j'étais une femme, moi aussi.

– Quoi ? Vous voulez ma photo ?

– Mais je vous connais ! s'est-elle exclamée. C'est vous qui avez demandé les toilettes tout à l'heure !

– Ouais ! Je me suis perdue ! Et maintenant j'ai mal aux orteils !

– Oh, ma pauvre. Venez avec moi. Eh ben dites donc, heureusement que je vous ai trouvée, vous vous rendez compte ? On ferme dans cinq minutes ! Qu'est-ce que vous auriez fait, enfermée ici toute la nuit ? Quelle histoire ! Allez, venez.

Et comme je ne bougeais pas, elle s'est approchée :

– Vous avez mal ? Vous ne pouvez pas marcher ? Vous voulez que j'appelle de l'aide ?

Je commençais à viser un énorme dossier. Je me disais que si je lui en filais un grand coup sur la tête, il serait encore temps de poursuivre mon plan. Brusquement, on a entendu comme un craquement dans un placard juste à côté de nous, derrière une étagère. On s'est regardées d'un air inquiet et on a tourné la tête de concert. On s'est rapprochées du bruit.

La porte s'est ouverte lentement. On a entendu un soupir. Et Véro est apparue, chancelante, pour s'évanouir juste devant nous…

– 55 –

Véro gisait à mes pieds, sous les yeux ébahis de l'employée de la mutuelle.

– Oh, mon Dieu ! Oh, mon Dieu ! gémissait-elle, affolée. Qu'est-ce qui se passe ?

Et elle s'est mise à hurler :

– À l'aide ! À l'aide ! Au secours !

Et elle me donnait des ordres :

– Prenez-la par les chevilles. Oui, voilà, allez chercher de l'eau, vite, aux toilettes, et demandez de l'aide.

Et comme, pétrifiée, je ne bougeais pas, elle a poussé un gros soupir.

– Bon, restez là, j'y vais ! Soulevez un peu sa tête et parlez-lui.

Et elle a foncé vers l'escalier.

Je me suis assise par terre et j'ai mis la tête de Véro sur mes cuisses. Je lui caressais les cheveux. Je lui parlais doucement. Je ne sais pas si elle m'entendait, mais à un moment elle a ouvert des paupières lourdes et son regard flou m'a fixée avec une expression de souffrance.

– Je… l'ai… tu…

Je lui ai fermé la bouche doucement avec ma main.

– Arrête de dire des conneries, Véro. On va te soigner,

tu vas reprendre des forces, et tu auras tout le temps de dire ce que tu veux.

C'est seulement là que j'ai vu ses poignets. Ils étaient lacérés, plein de sang coagulé, comme si quelqu'un s'était acharné dessus avec de vieilles lames élimées.

Ensuite, tout s'est précipité. Finalement, je ne regrettais rien du déroulement des événements. Elle était dans un tel état que si je ne l'avais pas trouvée à ce moment-là, il aurait peut-être été trop tard. De toute façon, on n'aurait pas pu parler. Sans compter que j'aurais eu un mal fou à trouver de l'aide aussi vite qu'eux, si j'avais été enfermée dans les locaux.

L'ambulance s'est trouvée devant la porte en cinq minutes. J'ai été félicitée par plusieurs personnes, très gentilles, de la mutuelle. Elles pensaient toujours que je m'étais égarée en cherchant les toilettes. L'opinion générale était que si je ne m'étais pas perdue, l'employée ne m'aurait pas trouvée là, personne ne serait venu dans ce coin, et Véro serait morte.

Ils m'ont demandé si je voulais aussi aller à l'hôpital pour mon pied. Entre parenthèses, il ne me faisait même plus souffrir. J'ai dit non.

Je suis remontée à l'Hôtel de Provence où j'ai retrouvé mes enfants et Gaston, qui n'avaient même pas encore mangé. Je nous ai fait livrer le repas dans la chambre, en invitant Gaston. Puis je me suis effondrée en pleurs dans la salle de bains, pour que les enfants ne me voient pas. Je me demandais ce que voulait dire Véro quand elle disait qu'elle l'avait « tu… ».

Non. Je ne voulais pas qu'elle dise ça. Qu'elle l'avait tué. Et puis d'abord, qui, hein ? L'autre, là, Alexandre ? N'était-ce pas ce que Michel avait sous-entendu dans son histoire où Véro disait qu'elle avait du sang sur les mains ?

Quoi ? Ce balourd de Michel ? Je n'allais pas maintenant me mettre à croire ce qu'il disait, lui, et à trahir ma meilleure copine ?

Gaston a toqué à la porte de la salle de bains.

– Rose ? Le dîner est là.

Criiii... Criiii... Mon grillon portable.

Je suis sortie après m'être mouchée un grand coup.

– Allô ? Oui, c'est moi... Quoi ? T'es en bas ? On allait manger là... Si tu veux... OK...

J'ai raccroché.

– C'est une copine, Ismène, elle travaille à la mairie. Je l'ai invitée.

J'ai appelé le room service pour demander un couvert de plus et je leur ai dit qu'en même temps ils devraient peut-être apporter une petite table d'appoint parce qu'on commençait à être trop pour cette seule table prévue pour quatre !

On a frappé. C'était Ismène. Elle a tout de suite vu que j'avais les yeux rouges et elle a regardé Gaston de travers parce qu'elle pensait que c'était à cause de lui que j'avais pleuré. J'ai rectifié les pendules en lui résumant ce qui s'était passé devant Décathlon avec le Big Boss russe.

Du coup, elle est devenue copine comme cochon avec Gaston, et ils ont ingurgité whisky sur whisky et ils se tapaient sur l'épaule comme s'ils étaient de grands potes qui avaient fait l'armée ensemble. Et puis subitement elle a poussé un grand cri :

– Non ! Ce n'est pas vrai ! Ce n'est pas toi ? Mais oui ! Gaston Contini ! C'est ça ! Ça alors, c'est dingue ! J'aurais jamais cru que je rencontrerais un jour, en plus dans l'intimité, quelqu'un d'aussi célèbre. Que je le tutoierais. Cricri ! Tu aurais pu me dire que ton pote, c'était le grand Gaston Contini !

Elle a sorti un bout de papier de son sac et elle lui a fait signer un autographe. Gaston l'a fait de bonne grâce.

– Depuis l'autre jour, comme il y a eu cet article avec ma photo, il y a bien quelques personnes qui m'ont arrêté dans la rue… Mais en général, ma célébrité ne va pas jusqu'aux autographes. Je ne suis pas un acteur, tout de même ! La poésie, vous savez, ça n'intéresse pas grand monde. Quand je vends deux cents exemplaires d'un livre, je fais un best-seller ! Heureusement, lorsque les quelques journalistes concernés arrivent chez moi, qu'ils voient la baraque, ils pensent que c'est un endroit abandonné. Un canular.

– Pourquoi ? T'habites où ? a demandé Ismène.

– La vieille parfumerie désaffectée. Il y a une grande maison attenante à l'usine…

J'ai ajouté :

– Tu verrais la maison. Un vrai château endormi !

– Oui, mais dans son jus, a dit Gaston. Peu importe, j'y suis très bien.

– Mais si la poésie n'intéresse personne, d'où tu tires ton fric, Gaston ?

Les questions d'Ismène commençaient à ressembler à un véritable interrogatoire. Si bien que, moi aussi, je me suis mise à regarder Gaston d'un air méfiant.

– Eh ! lui a-t-il répondu du tac au tac, mais tu es un vrai détective, toi. Si tu veux vraiment savoir, je vais tout te dire. Mes parents étaient employés à la parfumerie. Tous les deux. C'est là qu'ils se sont rencontrés. À quinze ans, j'ai quitté cet endroit. Je ne voulais pas finir comme eux. J'ai parcouru le monde, j'ai exercé de nombreux autant que fugaces gagne-pain, en écrivant des poèmes qui étaient édités de temps en temps dans de petites revues. Bien sûr, ça ne nourrit pas son homme.

Mais parfois le destin nous joue de bons tours. J'écrivais en français, mais j'ai dîné un soir au Canada avec un musicien participant à la tournée d'une chanteuse américaine qui paraît-il est très célèbre.

– Ah bon ? Elle s'appelle comment, la chanteuse ?

– Je ne m'en souviens jamais. Pourtant je devrais, elle a un nom très facile à retenir. Quelque chose comme Vierge Marie. Et puis elle a changé ma vie. Non, vraiment je suis impardonnable.

– Non, ne me dis pas que c'est Madonna !

– Oui, c'est ça ! Madonna !

– Et alors ?

– L'homme était bilingue. On s'est enivrés ensemble. Je me suis mis à lui déclamer mes poèmes. J'étais jeune à l'époque, j'aimais bien faire ça. Il s'est amusé à les traduire au fur et à mesure. Puis il s'est mis à chantonner dessus, et le lendemain il a refait la démonstration à la diva qui s'est entichée de mon texte.

– Non ! T'as écrit une des chansons de Madonna ?

– Enfin, ils n'ont gardé que sept vers sur tout le poème. Sur le moment, j'étais courroucé, mais ils m'avaient fait signer un contrat. Et l'année suivante, j'ai commencé à toucher des droits. Depuis, ça tombe chaque année, aussi incroyable que cela paraisse.

– T'as rencontré Madonna ?

– Oui, je l'ai côtoyée pendant quelques semaines. Lors de son passage dans cette ville. On ne la voyait pas beaucoup. Elle travaillait tout le temps. Mais je la trouvais plutôt sympathique. Sauf que je ne savais pas encore à l'époque qu'elle allait massacrer mon texte !

– Alors ?

– Rien. J'ai continué à bourlinguer.

– Houlà, Gaston, vous vous lâchez ! C'est quoi ce

langage ? « Bourlinguer » ? Décidément : « déballer », « bourlinguer »…

Il a souri, alors qu'Ismène me fusillait du regard.

– Laisse-le finir !

Il a continué :

– J'avais un compte en banque toujours en excédent. C'était prodigieux ! Et puis un jour, j'en ai eu assez. Je suis revenu par ici. Mes parents étaient morts tous les deux. C'était au moment du creux immobilier. J'ai racheté la bastide et l'usine de parfum pour une bouchée de pain.

– Le château endormi… j'ai murmuré, rêveuse.

– Depuis, je vis avec mes fantômes. J'ai continué à écrire mes poésies. Je me suis fait remarquer dans le domaine, et j'ai eu ce prix. J'avoue que c'est ma grande fierté.

– Merde ! Gaston ! T'es trop modeste, qu'elle lui a fait en lui donnant une nouvelle bourrade.

On a frappé à la porte, on croyait tous que c'était le room service, alors on a crié en chœur :

– Entrez !

La porte s'est ouverte… sur Jérôme Gallo ! Mon chevalier servant, toujours en retard d'un épisode. Il a eu un mouvement de recul en voyant mes invités. Il avait l'air nerveux.

– Jérôme ! Entre ! Tu manges avec nous ?

Sans relever son expression contrariée, j'ai attrapé le téléphone pour appeler le room service. Une assiette de plus s'imposait.

– 56 –

Les enfants étaient déjà attablés et ils se sont jetés comme des rapaces sur les coquillettes-jambon que j'avais commandés spécialement pour eux.

Pastis se baladait sur la table en piquant dans les assiettes, sans que personne ne songe à le faire descendre.

– Rosie, a articulé Jérôme, sérieux comme un pape. Je suis venu pour t'emmener au commissariat. Ton nom a été cité pour avoir retrouvé Véronique Lambert, cet après-midi. Borelli pense que ce n'est pas un hasard et que tu sais plus de choses que ce que tu nous fais croire.

– Et toi, qu'est-ce que tu en penses ?

– Euh…

– Ben allez, accouche !

Gaston et Ismène se regardaient bouche bée, car ils ignoraient l'un comme l'autre le moindre fragment de cette histoire de disparition.

– Je pense comme lui ! C'est pour ça que t'essaies de noyer le poisson avec des histoires de mafia et de pot-de-vin.

Gaston et Ismène se sont mis à protester avec vigueur.

– Ah non, c'est faux ! Enfin, si, les histoires de pot-de-vin, c'est vrai. On est témoins !

Ça faisait une belle cacophonie. Jérôme me fixait sans

ciller. Moi, je ne disais rien, je le regardais aussi, et puis il a articulé :

– Et toi, Cricri, qu'est-ce que tu en dis ? T'as gagné au Loto ?

– Je dis que t'es couillon, Jérôme, et je me demande pourquoi je t'aime bien quand même. Alors, viens t'asseoir avec nous. Tu diras à Borelli que tu m'as cherchée partout et que t'as attendu devant ma porte que je rentre parce que je n'étais pas là.

– Mais je ne peux pas faire ça. Je ne peux pas mentir à mon chef dans le cadre d'une enquête !

– Oh ! Allez ! Qu'est-ce que ça peut bien faire ?

– Non, je ne peux pas.

– D'abord, est-ce que je suis obligée de te suivre, là, tout de suite ? Je veux dire selon la loi ?

– Non, en fait, euh… Je devais juste t'informer que tu dois te présenter chez nous demain matin.

– Eh ben, voilà. Je viendrai demain dans l'après-midi, t'as qu'à lui dire ça !

– Pourquoi tu ne viens pas le matin ?

– Parce que j'ai des rencards importants.

Jérôme s'est approché du téléphone et il s'est assis sur mon lit pour passer un coup de fil. En s'asseyant, il l'a regardé (mon lit, je veux dire), il s'est renfrogné et il s'est tourné pour qu'on ne le voie pas.

– Allô ? Oui… C'est Gallo. Passe-moi Borelli. Oui. Oui… Oui… Demain… Non… Elle ne veut pas maintenant… Oui… Elle a dit demain… Oui… Non… L'après-midi… Oui… OK… À demain…

Il a raccroché et il a demandé timidement, avec tout de même un regard méfiant vers Ismène :

– Maintenant, je peux dîner avec vous ?

Ismène, complètement bourrée, s'est approchée de lui

et s'est mise à le tâter pour voir s'il cachait une arme. Elle en a trouvé une.

– T'es drôlement outillé, toi !

– Ismène, ça va ! Laisse-le tranquille ! Il est un peu juste, mais il est sympa.

– Merci, ça fait toujours plaisir, a dit Jérôme.

– Vous savez comment elle est, ne vous formalisez pas, mon vieux, a dit Gaston. Venez prendre un whisky avec nous.

– J'ai horreur du whisky.

– Que voulez-vous, alors ?

– Un 51.

– Nous n'en avons plus dans le minibar.

– Pour l'apéro, je ne bois que du pastis, c'est moins alcoolisé quand on le noie dans l'eau.

Quand Pastis a entendu son nom, il a tourné la tête. Jérôme a dû lui plaire, parce qu'il a abandonné sa chasse sur la table pour lui sauter sur les épaules. Heureusement, Jérôme l'avait vu venir et il aime bien les animaux, alors il n'a rien dit.

– J'en commande un tout de suite.

J'ai rappelé le room service pour commander un pastis.

Justement, ils arrivaient avec une table en plus, les couverts de Jérôme et les plats d'Ismène. Il y avait un léger décalage dans le service. Fallait pas trop leur en demander !

On les a aidés à mettre tout en place. Les gosses rigolaient.

J'ai eu le temps de les coucher avant que les plats de Jérôme arrivent.

Ce qu'on avait commandé, Gaston et moi, même si c'était sous une super cloche en argent, était complètement froid, mais Gaston était trop soûl pour s'en rendre compte et moi, je planais un peu.

J'avais le sentiment que j'avais échappé à la mort aujourd'hui. Pourquoi ? Allez savoir ! Ça ne s'explique pas, ce genre de sensation. Donc, j'étais tellement contente d'être vivante que j'ai trouvé mes lasagnes délicieuses, toutes froides qu'elles étaient !

Pourtant je sentais qu'une question tentait de se frayer un passage vers ma conscience. Ça grattait sous mon crâne, sans succès.

– 57 –

Tout le monde était plutôt enjoué autour de cette table, sauf moi, perdue dans mes réflexions compliquées.

Personne n'a osé me questionner sur ce qui me tracassait.

Je n'ai pratiquement pas ouvert la bouche de tout le repas, pendant que les trois mousquetaires discutaient de bouffe bio, de pandémies et de médecine douce.

En réalité, je ne pensais, honte à moi, à rien de très important. Ni à ce que j'allais bien pouvoir dire au maire le lendemain matin, ni à Véro, qui était à l'hôpital.

Non. Je regardais mes trois zigotos et je me sentais mal à l'aise.

Avec tous ces rêves que je faisais d'eux !

C'est vrai, c'était assez gênant.

Je trouvais Ismène super. Efficace, franc-parler, claire dans sa tête. Une héroïne, quelque part. Altruiste et tout. Sans compter que c'était une beauté. Mais je me demandais si finalement elle ne se servait pas de moi dans cette histoire. Elle me plaçait en première ligne pour mettre de l'ordre dans les combines du maire et avoir la conscience propre sans rien risquer.

Gaston, quant à lui, était le père que je n'avais jamais eu. Attentionné, charmant, bienveillant. Pas étonnant que je l'aime bien et que j'adore faire plein de trucs avec lui ! Mais que cachait cette perfection ?

Et Jérôme ? Eh oui, voilà, Jérôme, c'était encore plus compliqué ! Un type jeune, beau, sympa, et visiblement fou amoureux ! Comment ne pas tomber amoureuse en retour, hein ? Comment résister ? Et puis d'ailleurs, pourquoi résister ? C'était ça, le problème. Au lieu de me laisser aller, de tomber dans ses bras et basta, il fallait que je résiste. Pourquoi ? D'accord, il était flic. C'était un défaut à mes yeux. Mais n'était-ce pas un affreux préjugé ?

Il me tournait autour, c'était indéniable. Avait-il lui aussi des intentions cachées ? Fallait-il que j'écoute mon instinct qui me disait de ne pas lui faire confiance ? Ou fallait-il que je lâche prise ?

J'en étais là de mes réflexions quand j'ai entendu que Jérôme leur racontait l'histoire de Véro.

Ça m'a terriblement choquée. Il n'était pas tenu au secret professionnel ou quelque chose comme ça ? Il avait le droit de tout raconter ?

– Eh ! Vas-y mollo ! T'es obligé de tout raconter à des personnes étrangères à l'affaire ? C'est pas risqué, ça ?

Ils se sont tous les trois tournés vers moi, étonnés.

– Ben quoi ? Hou hou ! Je suis là, eh oui, désolée de vous empêcher de tourner en rond tranquillement ! Décidément, on m'oublie toujours. C'est une manie ou quoi ?

– Je ne dévoile aucun secret, a déclaré Jérôme. Je ne fais que résumer ce qu'ils ont dit aux infos.

Ah oui, bien sûr ! Tout était passé à la télé ! Toute l'histoire de Véro avait déjà été étalée à la face du monde en long, en large et en travers. C'était un peu tard pour tenter de protéger mon amie.

Alors je suis repartie dans mes pensées.

Je me demandais quand je pourrais enfin aller voir Véro et parler avec elle, pour en savoir un peu plus.

Elle avait de nouveau tenté de se suicider – d'après Michel, elle l'avait déjà fait une fois dans sa jeunesse. Pour quelle raison ? Quel sinistre événement avait-il pu réveiller en elle des démons aussi bien enfouis ? Elle qui faisait passer ses enfants avant toute chose ?

Les autres ont attendu un instant que je reprenne le fil de la conversation, puis quand ils ont compris que j'étais dans mes rêveries, ils ont continué à discuter sans moi.

C'est alors que la question qui trottait depuis un moment dans ma tête a enfin pris forme.

Le Big Boss russe avait dit : « Et je ne parrrrrle pas dou rrrreste ! Vous comprrrrenez moi, n'est-ce pas ? Mes petites bijoux ! »

De quoi parlait-il ? Les deux méchants sbires avaient bafouillé la même chose, d'ailleurs ! Avec leur : « Mais y avait pas que du fric… On veut le pognon. Et *le reste*… »

J'en ai déduit la seule explication possible : il n'y avait pas que de la tune dans les enveloppes. J'avais mis pas mal de temps à percuter, mais à présent c'était évident.

Le problème pour moi était, primo, que je n'avais pas vu cette chose. Ce *reste*. Je ne savais même pas ce que c'était. Je ne pourrais donc jamais le repérer ! Surtout avec mon incapacité à trouver quoi que ce soit ! (Bon d'accord, sauf une fois… Exception qui confirmait la règle.)

Donc deuzio, que je ne pourrais jamais le rendre. Pourtant ils avaient l'air de drôlement y tenir.

J'allais donc au-devant de gros ennuis.

Des éclats de voix me sortirent de mes réflexions.

Le café avait dû les énerver, car mes trois invités s'étaient mis à se hurler dessus.

Ismène en avait contre Jérôme, et Jérôme s'en prenait à Gaston.

– Mais tu t'es vu, espèce de con réac et macho ? hurlait Ismène.

– C'est à moi que tu parles ? a vociféré Jérôme, en se tournant vers elle.

Je ne l'avais jamais vu dans cet état. Il était rouge de colère contenue et se penchait sur elle dans une attitude menaçante. Alors qu'elle lui tournait le dos d'un air dégoûté en chantonnant pour l'agacer, il a semblé se souvenir de la présence de Gaston et il a pivoté vers lui.

– Et toi, le vieux libidineux, là ? C'est tout ce que tu trouves à dire ? Ça ne te gêne pas qu'une débile mentale insulte un mec de cette façon ?

Gaston, royalement indifférent, ne répondait à personne. Il souriait béatement en sirotant son pousse-café.

S'ils continuaient comme ça, ils allaient réveiller les enfants !

– Ça va pas la tête ? Vous êtes tous devenus cinglés ou quoi ?

Je me suis levée de table et je les ai tous mis dehors vite fait bien fait, sourde à leurs protestations. Puis je me suis couchée, soulagée de ne plus avoir d'invités. Dans ma caravane, je n'avais pas l'habitude de recevoir autant de monde.

Je me suis endormie en deux temps, trois mouvements.

Ma nuit s'est déroulée sans un seul rêve.

Mardi

God save the Queen

– 58 –

Je pétais la forme quand je me suis réveillée, avec Souchon. *Y'a d'la rumba dans l'air / Le smoking de travers...*

Après avoir vérifié que j'avais toujours mon magot et mon portable dans mon sac, j'ai emmené les gosses à leurs activités respectives à fond la pédale et j'ai téléphoné à l'hôpital.

J'ai dit que je faisais partie de la famille et j'ai eu des nouvelles de Véro. Elle avait repris connaissance. Elle était sous perfusion, car on l'avait trouvée dans un état de dénutrition avancé, et elle avait besoin de reprendre très vite des forces. Mais elle allait mieux. La police était venue, mais n'avait pas été autorisée à lui poser de question. Les visites étaient permises à partir de onze heures, après les soins.

J'ai foncé à la mairie.

Une fois dans le hall, la fille derrière le comptoir d'accueil m'a fait un clin d'œil et m'a désigné un escalier. En passant devant une porte vitrée, j'ai entr'aperçu le visage d'Ismène qui elle aussi m'a fait un clin d'œil. Je lui ai répondu par un sourire et je me suis dirigée vers le bureau du maire, tout au fond du couloir du deuxième étage.

Je suis entrée sans frapper, alors qu'une secrétaire me courait après.

D'Escobar a sursauté en me voyant, puis il m'a regardée de la tête aux pieds (faut dire que j'avais mis ma tenue de combat, minijupe en jersey froufrou rose fuchsia, haut transparent en dentelle orange genre caraco sur soutif noir en dentelle, et des baskets compensées au cas où j'aurais eu à courir, avec des chaussettes à pompons jaunes qui dépassaient). Comme je ne suis pas habituée à ce genre de pompes de sport, j'ai eu les pieds qui gonflaient de chaleur toute la matinée. Mais bon, c'est un détail.

Il m'a donc toisée et même soupesée du regard et il a fait un signe du menton à sa secrétaire pour qu'elle sorte.

– Fermez la porte derrière vous s'il vous plaît ! j'ai gueulé.

Puis j'ai dit à d'Escobar :

– Asseyez-vous.

Subjugué, il s'est assis derrière son bureau. Je suis allée jusqu'à sa fenêtre. Il avait une super vue sur la côte et les îles.

– Vous avez une super vue sur la côte et les îles !

– Oui. Qu'est-ce que vous voulez ? Je n'ai rien compris à ce que mon vieil ami Gaston m'a baragouiné au téléphone. Ce vieux brigand ! Vous le connaissez depuis longtemps ?

– C'est mon oncle.

– Ah bon ? Je le croyais fils unique.

– Par alliance. Et je crois que vous avez bien compris, parce que, sinon, je ne serais pas là, n'est-ce pas ?

Il a eu l'air perplexe. Long silence. Je ne savais franchement pas par où commencer, ni même quoi lui dire. C'est lui qui a rompu le charme.

– Alors ?

– Euh, voilà… J'ai intercepté par inadvertance de l'argent qui vous était destiné.

Je cherchais mes mots, car je ne voulais pas le vexer. Mais je tenais à être précise.

– Vraiment.

– Oui.

– Vous êtes sûre ?

– Oui.

– Combien ?

– Environ cent patates.

– Vraiment ?

– Vous l'avez déjà dit.

– Et alors ?

– Alors vous êtes cuit.

– Vraiment ?

– Oh ça va, changez de disque !

– Pardon, c'est que…

– Bon, je vous explique. Ou vous me donnez satisfaction, mais béton, hein ? Signature, cachets, tampons et tout le tintouin. Ou alors je dis tout à la presse, aux médias, à la télé…

– C'est la même chose…

– Oui ! Ne faites pas le malin avec moi, vous êtes dans de sales draps. Je dirai tout à vos opposants.

– Vous avez des preuves ?

– Oui. J'ai une conversation enregistrée avec le Ruskof, le Big Boss de la Mamma, euh, de la mafia, où votre nom est cité.

Je venais d'improviser ça du tac au tac, pas mal, hein ? Pouvait-il prendre le risque de ne pas me croire ?

– Ce n'est pas une preuve valable.

– Devant un tribunal peut-être, mais devant des administrés et la presse, ça suffit pour faire des dégâts.

– Quoi d'autre ?

– J'ai le pognon, avec vos nom et adresse sur les enveloppes.

Alors là il a franchement rigolé. Silence. Et puis il m'a demandé :

– C'est tout ?

– Oui. Et mon témoignage.

Il s'est levé et il s'est dirigé vers la porte pour la fermer à clé. Puis il s'est approché de moi. Je ne bougeais pas, sur ma chaise. Il s'est penché derrière moi et il m'a reniflé le cou.

– Vous sentez bon. Vous voulez quoi, exactement ?

Je me suis retenue de lui envoyer ma main dans le portrait, il fallait que je sois plus diplomate que ça.

C'est dingue ! Avec tout ce que je venais de lui balancer, il n'avait pas l'air de craindre quoi que ce soit !

Mais je savais pourquoi. C'était moi. Une petite nana qui ne l'impressionnait pas pour deux sous.

Il se disait que je comptais pour du beurre, et que je ne devais pas représenter un grand danger. Qu'il me mettrait dans sa poche en un clin d'œil.

– 59 –

Ça faisait seulement cinq minutes que j'étais dans le bureau du maire, et déjà je sentais que j'allais me faire rouler dans la farine en beauté.

Pour gagner du temps, je n'ai rien répondu.

– Allez, dites-moi tout. Vous voulez quoi au juste ? C'est si important ?

Je me suis jetée à l'eau :

– Je veux l'autorisation signée par vous que j'ai le droit de vivre dans ma caravane…

– Ah ! Donc c'est bien vous, la caravane ?

– … aux abords de la nouvelle médiathèque qui va être aménagée dans les locaux…

– Mmmouiii ? Les locaux ?…

– … de l'ancienne gare désaffectée, sur le terrain, quelque part, près d'un point d'eau. Je me débrouille pour le reste.

– Quel reste ?

Il était toujours derrière moi, et moi, droite comme un I, sur ma chaise, j'avais l'impression de parler au vide.

– Tout-à-l'égout et EDF.

– Ah ?

J'ai senti son nez dans mes cheveux.

– Oui.

– C'est tout ?

Il a glissé une main sur mon épaule et il a commencé à descendre lentement sur mon bras.

– Oui.

– Mais…

Sa voix commençait à se troubler. Il devait se dire que c'était dans la poche parce que je ne répliquais pas. Et qu'il allait faire d'une pierre, deux coups : récupérer les ronds et se faire la petite nigaude.

J'ai enchaîné, en raffermissant ma voix :

– Vous pensez au casino, peut-être ? Oubliez, sur ce point vous êtes grillé. Ils ont déjà cherché une autre ville, ils n'ont plus confiance en vous. Tout ce qu'ils veulent, c'est que vous leur rendiez le fric. Ils savent, bien sûr, que je suis enfin venue vous le donner. Mais si vous préférez, je peux vous le remettre en public, au conseil municipal.

– Arrête de parler comme ça ! Tu me soûles ! m'a-t-il soufflé dans la nuque. On pourrait peut-être s'entendre, tous les deux ? Tu es comme moi… une battante !

Il cherchait mes lèvres en m'attrapant le menton pour me faire tourner la tête. Il a réussi à m'effleurer la bouche, ça m'a dégoûtée et en même temps il s'est carrément mis à me peloter un sein. Alors là, j'ai craqué.

Je me suis levée d'un bond et j'ai commencé à crier, en envoyant tout en l'air dans son bureau. Je faisais un maximum de bruit.

– Non ! Stop ! Non, je vous dis ! Merde à la fin, lâchez-moi ! Ça suffit !

Il me regardait, pétrifié, en se demandant ce que j'étais en train de faire. La situation lui échappait et il n'aimait pas ça.

Il n'avait pas pensé à ce détail. La petite gourde était imprévisible. Elle n'en avait rien à foutre de rien !

Je me suis précipitée à la porte et, avant de l'ouvrir en beuglant, j'ai délibérément arraché mon caraco. Bien sûr, la secrétaire, collée à la porte, a sursauté, surprise en flagrant délit d'espionnage. Elle a saisi la scène d'un regard : mon caraco déchiré sur mon soutif noir, mes hurlements et d'Escobar, tout rouge, debout devant son bureau.

Y'a d'la rumba dans l'air / Le smoking de travers…

J'ai compté jusqu'à dix dans ma tête et puis j'ai refermé la porte sur le nez de la secrétaire.

Je me suis tournée vers le maire, et j'ai craché dans un chuchotement plein de rage rentrée, pour tenter de l'impressionner au maximum :

– Écoute-moi bien, salopard. Ou tu me donnes ce que je veux, ou je continue mon cinéma en Technicolor. T'as pigé ?

Son expression a changé. Il est devenu soudain plus vif. Il a ouvert la porte en grand et s'est dirigé vers son bureau d'un air important. La secrétaire n'était plus dans le couloir qu'il y avait entre les deux bureaux. Il parlait très haut.

– Mademoiselle, vos informations sont de la première importance pour la survie de notre petite municipalité. Et je vous en remercie. Votre démonstration était complètement convaincante tout à l'heure. Je vais faire mieux que ce que vous me demandez. Je vais vous octroyer un logement de fonction dans les locaux de la médiathèque, avec un emploi à l'année, gardienne des lieux. Vous aurez un trois pièces.

– Je veux un F4, j'ai quatre enfants.

– Ah ? On m'avait parlé de deux.

– Vous saviez donc qui j'étais avant que je vienne ?

– J'ai mes informateurs, moi aussi, qu'est-ce que vous croyez ?

– En tout cas, en ce moment j'ai quatre enfants, c'est comme ça.

– Bon, F4, si vous voulez.

Il a appuyé sur un Interphone, super efficace, le mec, très P-DG de Wall Street.

– Sonia, apportez-moi le dossier de la médiathèque, les pages concernant le logement de fonction.

Ça a pris au moins vingt minutes. Des ratures, des rectifications, et puis il a tout signé, et il m'a présenté les documents.

Après, il a sorti une feuille : c'était le contrat de titulaire de gardiennage de la médiathèque à venir. La date n'était pas précisée, mais c'était un CDI dès que la médiathèque ouvrirait, une fois les travaux finis. J'étais au septième ciel. Tous les papiers étaient dans une grande enveloppe.

– 60 –

Le maire se tenait devant moi et brandissait les documents qu'il venait de signer.

– Donnez-moi votre enveloppe et je vous donne celle-ci, a-t-il ordonné. Et n'oubliez pas le *bonus* !

J'ai fait celle qui comprenait, et en effet je saisissais bien à quoi il faisait allusion. Sauf que j'ignorais totalement de quoi il s'agissait. *Bonus*, macache !

Je lui ai dit d'un air assuré :

– Non. Vous d'abord !

– Vous rigolez ?

– Vous n'avez pas le choix.

À regret, il m'a tendu l'enveloppe et je me suis levée pour sortir.

– Eh ! Vous ne m'avez pas donné la vôtre.

– Vous me prenez pour une stagiaire ou quoi ? Vous croyez que je me balade avec cent patates dans mon sac ?

Sonia, qui revenait à ce moment-là pour apporter un autre papier, a eu un haut-le-cœur.

– Je vais les chercher et je vous les donnerai discrètement à la sortie du conseil municipal.

– Sonia, vous pouvez vous retirer. Je n'ai plus besoin de vous. (Et à moi, dès que Sonia fut repartie :) Non, c'est trop dangereux. Revenez plutôt vers onze heures ici, à mon bureau. Après le conseil.

– D'accord.

Et je suis sortie en lui désignant de nouveau sa fenêtre.

– Jolie vue. Félicitations !

Quand je me suis retrouvée dans le couloir, j'ai eu un geste de victoire incontrôlable.

– Yes !

Premier round. J'avais gagné. Il avait bien deviné, finalement : j'étais une battante. Depuis peu, mais ça…

Et qui a dit que je devais être aussi fidèle à mes engagements ?

Alors, là, deuxième manche, j'ai composé le numéro de téléphone de France 3 Régions, puis de *L'Aurore*. Et cette fois, je ne sais par quel miracle, j'ai eu le fameux Alain Stilier dès que je l'ai demandé.

Et je les ai prévenus que s'ils voulaient l'exclusivité d'un scoop qui allait faire tomber le maire, il fallait qu'ils se pointent fissa au conseil municipal.

Moi aussi, j'y suis allée, et je me suis assise sur une chaise au milieu, bien en vue, les jambes croisées. J'attendais. J'étais dans les premières.

Ismène est arrivée peu après. Elle a fait celle qui ne me connaissait pas, tout en me gratifiant d'un nouveau clin d'œil.

Les autres sont arrivés aussi et la séance a commencé. J'ai attendu le moment où le maire prenait la parole pour lever la main. Il n'était déjà pas trop rassuré quand il m'a vue, mais quand j'ai levé la main, alors là, il est devenu carrément livide.

J'ai capté qu'Ismène parlait avec des types dans l'entrée. L'un d'eux a posé une caméra sur son épaule. Un autre tenait un micro. Je me suis levée et j'ai déclaré assez fort, pour attirer l'attention :

– Monsieur le Maire, pardon de vous déranger au beau milieu d'un conseil municipal, mais j'ai rencontré des types devant la mairie qui m'ont demandé de vous donner ces enveloppes.

J'ai ri d'un air idiot :

– Sans le faire exprès, j'ai été amenée à ouvrir celle-ci et…

Le maire s'est levé d'un bond, tout rouge et il a crié :

– Faites taire cette fille ! Nul n'est autorisé à troubler un conseil. Elle n'est pas élue. Elle n'a pas le droit d'interrompre ainsi…

J'ai braillé :

– Oh ! Ça va ! Calmos ! Je ne vais rien vous prendre. Au contraire ! Je veux juste vous rendre tout ce fric qui n'est pas à moi !

Je lui ai lancé les enveloppes les unes après les autres.

Y'a d'la rumba dans l'air…

Il y a eu un grand silence consterné quand l'une des enveloppes s'est ouverte et que des billets de cent euros ont commencé à voler dans tous les sens. Il n'y a pas eu de ruée, ni rien.

Moi, j'aurais plutôt cru que ce genre de situation aurait rendu tout le monde hystérique pour attraper du fric, mais pas du tout. Personne ne bronchait. On n'entendait que les bruits du moteur de la caméra qui tournait, filmant cette pluie de billets. Le maire s'est assis, consterné. Autour de lui, plusieurs mecs se penchaient et commençaient à discuter entre eux à voix basse.

J'ai repoussé ma chaise et je me suis dirigée vers la sortie, la tête haute.

J'avais conscience que la caméra, maintenant, suivait mes moindres gestes. *Pourvu que je ne me casse pas la figure maintenant !* Les journalistes ont rompu le silence en me posant des questions. Pendant que je les attirais dehors, dans le couloir, pour leur répondre, j'ai entendu une voix qui s'élevait dans mon dos.

– Monsieur le Maire. Il semblerait que cette somme d'argent soit assez importante. Pouvez-vous expliquer ce qui se passe ?

La caméra m'a lâchée au milieu d'une phrase pour se précipiter de nouveau dans la salle. J'ai expliqué la situation à l'autre journaliste. Enfin, ma version.

Que j'avais servi de coursière à des mafieux qui m'avaient dit que c'était pour construire un casino. Et j'ai laissé mon numéro de grillon à un des journalistes, au cas où ils voudraient plus de renseignements sur moi.

Je suis sortie de la mairie avec un sentiment de devoir accompli.

Je me sentais plus maligne que tout le monde !

J'ai pris le bus numéro 3 pour aller à l'hôpital voir Véro.

– 61 –

Véro était en soins intensifs. Des tubes partout. Plus blanche que les draps.

Mais elle était consciente. Son regard me suivait partout. J'ai pris une chaise et je me suis assise tout près d'elle. Elle voulait me parler, mais je lui ai murmuré :

– Chut. Ne dis rien pour l'instant. Surtout quand il y aura les flics. Fais gaffe, ils risquent de tout utiliser contre toi. Ils sont furax parce qu'ils n'avancent pas.

– C'est moi, a-t-elle dit d'une voix faible.

– Toi, quoi ?

– La coupable…

– Tu dis n'importe quoi !

Elle s'est mise à pleurer.

– Non. C'est moi qui…

– Ne dis pas de conneries, Véro. C'est pas pour rire. Tu risques la prison, là.

– C'est normal… Je l'ai laissé… De toute façon, je me tuerai avant d'aller en prison.

– Mais qu'est-ce que tu racontes ? Et Simon, tu y penses, à Simon ?

– Justement. C'est pour lui que je dois me tuer. Personne ne peut vivre avec une mère comme moi. Ça sera plus facile pour lui si je ne suis plus là. Je ne suis pas faite pour le bonheur, et je vais gâcher sa vie. J'avais tout sous les yeux et j'ai rien vu ! Je suis trop con !

– Arrête ! Arrête ! Arrête ! Merde ! Véro ! Je ne suis pas venue te voir pour entendre ces élucubrations. Dis-moi la vérité objective. Sans ça, comment tu veux que je t'aide ?

– Je ne veux pas que tu m'aides, Cricri. Je veux juste que tu t'occupes de Simon. J'ai fait une lettre pour la DDASS.

– Arrête tes conneries. Tu vas vivre. Tu ne vas pas aller en prison. Et tu vas rentrer tranquillement toucher tes allocs et élever tes fils. On va retrouver Pierrot et…

– Michel est incapable de s'occuper des enfants tout seul, Cricri ! Et il sera bien content que ce soit toi qui t'en occupes.

– Attends, mais attends, mais de quoi on parle, là ?! C'est quoi ce délire ? Oh ! Véro !

J'ai commencé à crier sans m'en rendre compte. Elle a fermé les yeux, épuisée, mais j'ai continué :

– Oh ! Véro ! Arrête un peu ce cauchemar, t'as compris ! Il faut que tu te battes ! Il faut que tu t'en sortes, tu es déprimée, c'est tout… Et d'abord, il est où ce con d'Alexandre, hein ?

– Je l'ai tué…

– Voilà que ça recommence ! Alors comme ça, depuis quelques jours, tu te mets à zigouiller tout le monde, hein ? T'es devenue *serial killer*, ou quoi ?

– Série âne quoi ? elle a murmuré.

J'ai renoncé. D'ailleurs une infirmière est entrée à ce moment avec un plateau-repas.

– Bonjour mademoiselle ! Il faut essayer de manger, hein ? Il ne faut pas perdre l'habitude parce que, après, ça sera trop dur.

J'ai aidé Véro à manger, puis je lui ai raconté toutes

mes histoires avec les cent patates, et le maire, et la mafia, et tout ça. Elle avait l'air ailleurs, je ne sais pas si elle m'entendait vraiment. Elle m'a juste regardée quand je lui ai parlé du gosse de Mimi.

– Ça alors, qu'elle a dit. Je n'aurais jamais cru.

– Ouais. J'ai pas eu encore le temps, mais il faut que j'écrive à la DDASS pour le prendre parfois à la maison.

– Heureusement qu'elle te l'a dit, hein ?

– Oui. Ça vaut pour toi. Il faut me raconter vraiment ce qui s'est passé. Véro, jure-moi que tu vas te battre, hein, dis, Véro, jure-moi que tu ne vas pas leur dire trop de conneries, hein ?

Et là, je ne sais pas pourquoi, ma voix s'est brisée et je n'ai pas pu me retenir. Je me suis mise à chialer comme une Madeleine, la tête dans ses draps. Elle, avec son bras perfusé, elle me caressait comme elle pouvait. Je sentais la pression de ses doigts, poids plume, dans mes cheveux.

– Cricri. Je vais me battre, d'accord. Pour Simon. Mais la vérité, je suis obligée de la leur dire. À eux. Tout est ma faute et j'ai tué un homme.

– Ah oui ? Alors, si tu l'as tué, il est où, le corps ?

– Dans la cuisine, chez moi, par terre.

Je me suis sentie brusquement soulagée.

– T'as rêvé, ma puce. J'y suis allée, il n'y a rien dans ta cuisine.

Elle a fermé les yeux et elle s'est murée dans un silence buté.

Je n'ai pas pu en supporter davantage et je suis partie en pleurant. Au bout du couloir, j'ai heurté deux types. Borelli et Jérôme.

– Holà ! Holà ! a fait Borelli. On va où, comme ça ? Restez avec nous, puisqu'on a rendez-vous ensemble dans une heure. Ça tombe bien !

J'avais oublié que j'avais une convocation à la police !

J'ai essuyé mes larmes avec la main et je les ai salués en reniflant :

– Tiens, les Dupont et Dupond ! Ça va, vous ?

Jérôme a voulu me consoler, je voyais bien que mon état lui faisait de la peine, mais je me suis écartée avec violence.

Borelli m'a prise par le bras pour me faire revenir sur mes pas jusqu'à la chambre de Véro. Ils se sont arrêtés devant en attendant qu'une infirmière les autorise à y entrer.

– 62 –

J'étais coincée entre mes deux flics préférés devant la chambre. Il était clair que Borelli voulait me dire quelque chose, mais il restait en même temps concentré sur ce qu'il avait à faire avec Véro.

Ce type était vraiment redoutable.

– Alors, comme ça, il m'a attaquée de but en blanc, vous avez fait parler de vous, il paraît, ce matin, au conseil ?

– Je vois que les nouvelles vont vite !

– Dites donc, vous avez remué une sacrée merde ! Il va faire long feu, le maire. Il y a un truc que je n'arrive pas à comprendre, c'est pourquoi vous n'avez pas discrètement gardé le fric pour en profiter… Vous acheter une nouvelle caravane, par exemple.

– C'est quoi, cette insinuation ? Ma nouvelle caravane, c'est mon oncle qui me l'a offerte !

– Vraiment ? Mais quand même, pourquoi vous n'avez pas gardé ce fric ?

– J'avais la mafia au cul.

– Tss. Tss. Ne me dites pas que la mafia vous fait peur ! Pas à vous ! Et restez polie, hein ? Vous avez parlé avec votre amie, ce matin ?

– Non. Elle ne peut pas parler. C'est ici, l'interrogatoire, où c'est dans vos bureaux ?

– Ce n'est pas un interrogatoire, Maldonne, c'est juste une discussion entre copains.

Je jetais des regards furibonds à Jérôme qui faisait semblant de contempler les néons du couloir.

– Je ne comprends vraiment pas comment on peut faire ce métier : flic.

– C'est un beau métier ! a dit Borelli. On défend la veuve et l'orphelin.

À partir de là, j'ai fermé ma gueule parce qu'il commençait à me taper tellement sur les nerfs que, si je l'avais ouverte, je n'aurais plus répondu de rien !

L'infirmière nous a fait entrer. Je voulais rester dehors, mais Borelli a insisté pour que je vienne avec eux. Il avait peur que je me fasse la malle.

Dans la chambre, ils ont posé des questions basiques à Véro, mais chaque fois je répondais à sa place en disant :

– Fais attention, Véro. C'est des flics. Fais attention à ce que tu dis. T'as droit à un avocat.

Finalement, Borelli a gueulé :

– Vous, sortez, attendez-nous dehors ! Et vous avez pas intérêt à disparaître !

Une infirmière qui passait par là l'a tancé :

– Si je vous entends encore crier comme ça, vous n'aurez plus le droit de la voir, compris ?

– D'accord, a bougonné Borelli en me désignant la porte avec son menton.

– Elle risque de partir, chef, a dit Jérôme.

– T'as qu'à aller avec elle, a dit Borelli. De toute façon, t'attends que ça depuis tout à l'heure !

Jérôme a rougi et on est sortis tous les deux dans le couloir. On a fait quelques pas.

– Ce n'est pas la peine de me tenir la main, je ne vais pas me barrer. De toute façon j'ai décidé de passer vous voir tout à l'heure, alors comme ça je profite de votre caisse, c'est plus pratique, au lieu de venir en bus.

– Tu crois que je vais croire ton baratin ? Je n'ai plus confiance en toi !

– Ah oui, et depuis quand ? Depuis que je n'ai pas voulu coucher avec toi ?

– Je ne te l'ai jamais demandé !

– Ben c'est mieux comme ça, parce que je ne couche pas avec les flics.

– Les flics… Les flics… Vous êtes bien contents de les appeler, les flics, quand il y a un truc qui ne va pas, hein ?

– Comme quoi par exemple ? Comme quand on se fait agresser pendant une randonnée dans l'arrière-pays ?

– Tu vois que tu ne peux pas t'empêcher de raconter n'importe quoi !

Alors là, il m'a tellement énervée que je me la suis encore une fois fermée. Au moins, on ne risquait plus de s'engueuler ! Comme il boudait de son côté, c'était très bien.

Je n'ai jamais su ce que Véro lui avait dit, à Borelli.

Il est ressorti de la chambre l'air songeur.

Je me suis rendue avec eux en voiture jusqu'au commissariat.

Là, comme la dernière fois, ils ont disparu en me faisant poireauter dans un bureau, mais moins longtemps. Ensuite, ils sont rentrés avec des sandwichs et ils m'en ont proposé un.

Je ne savais pas comment refuser. Hors de question que je partage le bout de gras avec eux. J'ai repensé à la conversation de la veille et j'ai dit :

– Non, merci, je mange bio.

Borelli a franchement rigolé. Jérôme a eu l'air gêné. Borelli a commencé à me poser plein de questions. Jérôme, lui, s'efforçait de noter tout ce qu'on disait en tapant sur un vieux clavier devant un énorme écran en forme de grosse télé ancienne. C'était un ordinateur. Quand même, hein, attention, faut pas rigoler ! Ils sont modernes dans la police !

Pour résumer l'interrogatoire, je leur ai raconté comment j'avais trouvé par hasard Véro à la mutuelle en allant aux toilettes.

– Et tu crois qu'on va te croire? a demandé Borelli.

– Je ne sais pas, j'ai répliqué. Je suis censée répondre quoi, là ?

Je leur ai demandé s'ils avaient eu les résultats de l'analyse des affaires de Pierrot. Borelli a longtemps hésité avant de lâcher :

– Je ne devrais pas vous le communiquer, Maldonne. Parce qu'on ne peut pas vraiment dire que vous coopérez avec nous. Mais je comprends votre anxiété, alors je vous le confie quand même. Il y a des traces. Non, calmez-vous, pas des traces de violence ! Des traces d'autres personnes. On fait des recherches. On a des cheveux qui ne correspondent à aucun proche du petit, ni au type qu'on soupçonnait. Il y a un témoin aussi. On est sur une piste.

Une piste de quoi ? Je n'ai pas bien compris ce qu'il essayait de me dire, mais mon cœur s'est mis à battre la chamade.

J'avais devant les yeux l'image de Pierre dans les bras de sa mère souriante, Pierre enfin retrouvé, en pleine forme, puis celle de son corps sans vie, pauvre petite chose inerte. Et je ne savais pas laquelle allait gagner. Mais Borelli avait dit : « Je comprends votre anxiété. »

Ça voulait sûrement dire que ces nouvelles étaient bonnes ou en tout cas pleines d'espoir.

Ils m'ont encore questionnée, puis pour finir ils m'ont laissée partir vers trois heures. J'avais juste assez de temps pour décamper de l'hôtel et aller récupérer les enfants.

– 63 –

J'ai donc foncé à l'hôtel pour réunir mes affaires. Avec le fric que j'avais gardé dans mon sac, j'ai réservé un taxi break pour rentrer chez moi.

J'avais déposé tout mon barda devant la porte de l'hôtel et on a fait plusieurs chargements. Une fois la voiture remplie, j'ai pris la litière de Pastis que j'ai déposée à mes pieds, et je me suis assise, avec lui sur les genoux, à côté du chauffeur qui n'arrêtait pas de râler qu'il n'était pas un camion de déménagement. Mais comme il ne me disait rien en face, je faisais celle qui n'entendait pas.

Ma nouvelle Ambassador était posée, là, rutilante, tout près de l'emplacement de l'autre, qui, elle, avait disparu comme par miracle. Le type avait tenu parole, il nous avait débarrassés de l'ancienne.

La clé de ma nouvelle maison était bien posée sous un pot de fleurs vide et cassé, près de la porte.

J'ai ouvert. C'était magnifique, dedans. Tout neuf, propre, brillant. Il y avait une odeur de plastique d'emballage que j'ai tout de suite adorée, et Pastis aussi. Il se promenait précautionneusement partout en reniflant chaque recoin avec une concentration intense.

Le livreur avait même – et ça, c'était vraiment

sympa – pris la peine de réunir tout un tas d'affaires éparses dans la vieille Caravelair, pour les entasser dans trois cartons qu'il avait déposés dans mon nouvel home.

Des draps, des sacs de couchage, des couettes, des serviettes de toilette et aussi de la vaisselle. Finalement, tout bien réfléchi, Gaston avait sûrement laissé un pourliche en plus, sinon le livreur ne se serait pas donné cette peine !

J'ai posé tout ce que j'avais apporté de l'hôtel dedans, en catastrophe, et j'ai laissé Pastis se débrouiller avec tout ça, pour courir à la crèche puis à la maternelle.

J'ai entendu, devant l'école, une mamie qui disait sur un ton atterré à un gamin :

– Tu te rends compte ? À son âge, quand même !

Le petit ne répondait rien, il restait concentré sur son goûter. Je n'ai accordé aucune espèce d'importance à cet échange. J'ai pensé : *Encore quelqu'un qui s'est fait remarquer !*

Mais ça ne m'intéressait pas vraiment de savoir ni qui ni qu'est-ce. Je ne pensais pas qu'il s'agissait d'un événement qui allait influer sur ma vie.

J'ai pris Simon et Sabrina et je leur ai annoncé :

– Ce soir, on dort chez nous, dans notre nouvelle caravane !

– Choueeeeeeette ! Youpi !

– On va prendre le goûter là-bas et après on ira au Sélect regarder les infos, vous allez voir maman à la télé ce soir.

– On n'a plus la télé à la maison ?

– Non. L'autre a été cassée, et j'en ai pas encore racheté une, et d'ailleurs maintenant je n'ai plus de sous pour le faire.

– T'as dépensé tous les sous du Loto, maman ?

– Ouais. Oh, tu sais, il n'y en avait pas autant que tu crois !

– Alors on est encore pauvres, maintenant ?

– Ouais. Mais ce n'est pas une maladie, hein ?

Enfin, c'est ce qu'on dit ! Et je ne lui ai pas répondu ce que je pensais : que c'était bien pire d'être pauvre que malade. Et surtout qu'il fallait éviter dans la vie d'être les deux à la fois.

En ce qui me concernait, et pour le présent, la vie se présentait tout de même plutôt bien : un caravane de reine pour logement en attendant celui de fonction et un emploi à plein temps en CDI... Y a des destins plus pénibles !

Quand on est arrivés à la caravane, les enfants étaient aux anges.

– On dirait un château, maman ! C'est grand ! n'arrêtait pas de répéter Sabrina.

Ils se sont mis à sauter partout, à essayer tous les lits, à jouer à la dînette, bref, l'excitation était à son comble.

Il y avait un tas de trucs à faire pour rendre la nouvelle caravane habitable dans le genre branchements divers.

J'ai d'abord fait les lits.

Ensuite on s'est fait des jus de fruits avec des tartines de pain et de confiture, et on a grimpé jusqu'au Sélect.

Il était environ dix-huit heures quand on y est entrés. D'habitude, à cette heure-là, tout le monde est agglutiné au bar à s'enfiler son pastis du soir en discutant. Mais là, c'était bizarre, ils avaient tous la tête en l'air, les yeux braqués sur la télé. Je me suis dit chouette, je vais voir si j'y suis, aux infos, c'est sûrement ça qu'ils regardent tous. Mais j'entendais des exclamations :

– La pauvre ! Comme quoi que personne n'est jamais à l'abri…

– Tu l'as dit, bouffi !

– *God save the Queen !* Tu parles ! Ça met pas à l'abri des sentiments.

– Sentiments ou pas, à son âge, elle aurait dû mettre un peu d'eau dans son vin !

– Dans son whisky pur malt, tu veux dire !

Sabrina a dit :

– T'as vu la grand-mère, comme elle brille, maman ? C'est ça le paradis ?

J'ai tourné la tête vers l'écran télé vissé sur la tablette murale en accordéon.

On voyait défiler toute la vie de la reine d'Angleterre, surtout à côté de son mec. Fiançailles, mariage, noces d'argent, et tutti quanti. Un commentateur excité roucoulait : « … a demandé le divorce pour incompatibilité. Elle s'est confiée à notre correspondant. Et, couvrant la voix de la reine qu'on continuait à percevoir vaguement en fond, le journaliste s'est lancé dans une traduction sauvage : "Il disait toujours bonjour à son chien en premier. Petit à petit, j'étais passée derrière son animal favori. Je n'en pouvais plus." »

La voix continuait sa description : « La reine s'est confiée à ses millions de sujets sur la BBC. » Un gros plan de la reine, en pleurs, le front reposant sur sa main diamantée, a rempli l'écran. « Je n'en pouvais plus… », balbutiait-elle entre deux sanglots.

Je me suis approchée du comptoir et j'ai commandé un calva que j'ai avalé cul sec.

– 64 –

Je n'arrivais pas à croire que mon action téméraire et héroïque du matin venait de passer à la trappe par un sale coup du sort.

– T'as vu ça ? m'a fait Mimi. Depuis tout à l'heure, toutes les chaînes ne parlent que de ça.

– Ouais. C'est dingue ! C'est dur pour elle, j'ai dit d'une toute petite voix.

– Qu'est-ce que t'as ? Je ne savais pas que tu l'aimais à ce point !

– Non, c'est pas ça. C'est juste que je devais passer à la télé !

– Ah bon, pourquoi ?

– Ce matin, j'ai renversé le maire.

– Comment ça, tu l'as « renversé » ? Tu ne conduis pas !

– Non ! Je veux dire que j'ai fait un scandale à la mairie, je l'ai dénoncé comme quoi il touchait des pots-de-vin, la télé est venue, ils m'ont interviewée et tout ! C'est pour voir ça que je suis venue ici. Je n'ai plus de télé chez moi.

– Ah ? C'est pas de chance, qu'elle a soufflé en regardant les images. C'est elle qui rafle tout aujourd'hui.

C'est en boucle depuis que la nouvelle est tombée. Tu parles, c'est la fin du monde !

Je ne savais plus quoi dire. Le choc m'avait coupé la chique.

– Bon, je vais me rentrer doucement. Si jamais ils passent quelque chose sur moi, tu m'appelles. Mais c'est pas gagné…

– Attends, les enfants, ça les amuse de voir une reine qui pleure.

– Alors je vais attendre un peu. Mais je me demande bien comment ils savent que c'est une reine ? Elle n'a pas sa couronne !

Je me suis installée au fond du café. J'étais sonnée. Mon ressort était cassé. Je me disais que si mon action du matin n'avait aucun impact médiatique, tout allait retomber comme un soufflé au fromage. Retour à la case départ, mais sans le fric. Et l'autre, il lui suffisait de tout nier en bloc !

Y'a d'la rumba dans l'air / Le smoking de travers…

Je contemplais mollement les images en *replay*, sans les voir. Au bout d'un long moment, j'ai fini par trouver ça hypnotique, je me suis dit que c'était pas bon pour les gosses, de voir une vieille pleurer comme ça, alors on est rentrés.

Au passage, chez l'épicier arabe, on a acheté des baguettes, du beurre et une boîte de thon, avec quelques tomates. Lui aussi, il discutait avec un client du divorce de la reine d'Angleterre. Logique ! Le scoop !

– Moi, j'ai rien contre elle, mais je me suis toujours demandé si elle venait pas d'une autre planète. Comme Michael Jackson.

Écœurée par cette overdose de pipolisme, je suis sortie sans dire au revoir.

On a réintégré notre nouvelle maison. On a dû prendre de l'eau à la bouche d'incendie puisqu'on n'était pas encore connectés. On a pissé derrière la gare. Ça a fait rire les gosses…

Au moment de dîner, les petits, enfin surtout Simon – parce que vous avez sûrement compris que les jumelles, elles sont toujours d'accord pour tout – a commencé à dire qu'il ne voulait pas manger du pain et du thon, et encore moins des tomates. Il voulait des frites. J'ai eu beau tempêter, crier, supplier, il n'y a rien eu à faire. Sabrina le soutenait en disant qu'elle voulait un hamburger, quand soudain on a frappé à la porte.

Je me suis méfiée et je ne suis pas tombée dans le panneau en me précipitant pour ouvrir sans réfléchir. Mais c'était tout de même difficile de faire celle qui n'était pas là, avec le raffut que faisaient les mioches.

J'ai mis un doigt sur ma bouche et ça a été radical : les enfants m'ont aussitôt imitée ! On leur apprend ça en maternelle ! C'est drôlement efficace. Bien sûr, ça ne marchait pas avec les jumelles, qui continuaient à gazouiller. Les deux grands, eux, avaient l'air à la fois effrayés et ravis. Comme d'habitude.

J'ai éteint la lumière et je me suis approchée de la petite lucarne. J'ai un lampadaire municipal pas très loin de mon emplacement, et je vois dehors comme en plein jour. Je m'attendais donc à avoir une bonne vue d'ensemble, dans l'espoir de reconnaître mon visiteur avant d'ouvrir.

Au moment où j'approchais mon visage de la vitre en Plexi, j'ai eu la pétoche de ma vie : je me suis trouvée nez à nez avec une énorme grosse tête de crétin. Oui, c'étaient eux, Crétin et Abruti ! J'ai d'abord sursauté bêtement en poussant un petit cri, et j'ai vu que l'autre faisait la même chose. Ça m'a fait plaisir de constater que lui aussi, il avait eu la trouille de me voir.

Je me suis reculée vivement. Les coups sur la porte ont redoublé de violence :

– Allez, ouvre, cocotte… On veut juste te parler.

Le ton était doucereux. Je me méfiais de ces types comme de la peste, mais est-ce que j'avais le choix ?

– Ça va ! J'arrive ! j'ai bougonné sans conviction.

J'ai regardé les enfants.

– Vous ne sortez pas, vous ne bougez pas, vous ne faites pas de bruit… Je reviens.

– C'est qui ? a demandé Sabrina.

– C'est les balais de la sorcière. Si vous voyez qu'ils essaient de rentrer ici, vous vous sauvez par cette fenêtre que je vais ouvrir.

Mon idée était de sortir et de parler aux types dehors. C'était pas grand-chose, mais c'était tout ce que j'avais trouvé pour mettre les petits à l'abri.

Je me suis approchée de la porte.

– Tirez-vous de là ou je vous descends. J'ai vos flingues.

– Allez, poulette ! Arrête ton char ! On sait bien que tu tirerais pas ! Et puis on n'est pas venus pour faire la guerre. On cherche un truc. Et on a une proposition à te faire.

– Écartez-vous de là ! j'ai dit.

Je suis allée voir à la fenêtre s'ils obtempéraient.

J'ai eu le plaisir de les voir s'éloigner de la porte à reculons, d'un air circonspect.

J'ai emballé un pistolet à eau dans un torchon de cuisine, et je suis sortie en refermant derrière moi.

Je les tenais en respect avec mon arme bidon.

De l'autre main, je leur faisais signe de se reculer encore.

Ils avaient l'air vexés mais ils ne mouftaient pas. J'ai entendu la porte que j'avais refermée derrière moi s'ouvrir doucement. Comme je ne voulais pas quitter les deux taches des yeux, je ne me suis pas retournée pour regarder ce que j'avais déjà compris. Sabrina et Simon se sont brusquement matérialisés à côté de moi. J'avais bien deviné. Mes deux gardes du corps étaient venus à ma rescousse.

Et on a entendu un drôle de feulement. C'était Pastis, tout hérissé, qui s'était posté devant nous et qui soufflait sur nos ennemis.

– 65 –

– T'as sorti l'artillerie lourde ? a ricané Crétin.

– Bon. Ça va ! Accouche ! Vous voulez quoi ?

– T'as raison, on va faire court. T'as un truc à nous. On est venus le récupérer.

– Vous en êtes encore là ? Vous avez loupé un épisode alors ! J'ai tout refilé au maire. Vous êtes pas au courant ? Il me reste plus un rond.

– Te fais pas plus con que t'es. C'est pas du pognon qu'on parle, et tu le sais très bien.

– Ah bon ? C'est pas du pognon ? Et de quoi alors ? Qu'est-ce que vous voulez ?

Ils ont regardé tout autour d'eux d'un air gêné, et Abruti a chuchoté :

– Tu sais bien. Les diam's.

– Qu'est-ce que t'as dit, là ? Diam's ? La chanteuse ? Je la supporte plus depuis qu'elle a sorti le grand jeu.

– Mais de quoi tu parles ? Les diam's ! C'est ça qu'on est venus chercher.

– Ils étaient dans une enveloppe avec le reste et tu le sais très bien.

– Alors tu vas arrêter de jouer à la débile et tu vas vite rendre les cailloux.

– Parce que le boss, il est un peu furax, tu vois ? Il veut les récupérer.

– Mais en même temps, tu lui as tapé dans l'œil, et il veut t'embaucher pour un p'tit boulot bien payé. T'as du bol. Il t'a à la bonne.

– Bon, les gars, j'ai compris, alors voilà le topo. Pour les diam's, vous lui direz que je suis pas au courant. Pas la peine de fouiller ma maison, vous l'avez déjà fait et vous avez rien trouvé. Et puis vous savez bien que je dis toujours la vérité. C'est trop fatigant de mentir, après on s'embrouille et j'ai horreur de ça. Et pour ce qui est du boulot, vous lui direz que je suis d'accord sur le principe. J'ai besoin de tune, comme tout un chacun. J'ai pas l'habitude de bosser avec la Mamma, et ma mère m'a toujours dit d'éviter. Mais ça coûte rien d'entendre ce qu'il propose, pas vrai ? Il a qu'à venir me voir. Il sait où j'habite. Vous lui direz que je négocie pas avec les sous-fifres. Bon allez, j'ai pas que ça à faire ! Ouste ! Du balai !

J'ai mis les jumelles dans la poussette, les deux petits de chaque côté et nous voilà partis, à dix-neuf heures tapantes, sur la route du McDo, lieu de tous les délices, sous les yeux médusés des deux débiles qui ne savaient plus quoi dire.

Je n'étais pas peu fière de leur avoir ainsi coupé le sifflet !

Mais malgré cette petite victoire, le cœur n'y était pas.

Il y avait un monde fou au fast-food. Là aussi, ils passaient en boucle les larmes d'Élisabeth.

Après avoir fait la queue pendant au moins trois jours, on s'est installés avec notre butin à une table dans un coin, quand soudain Simon s'est mis la tête dans les mains pour pleurer silencieusement.

– Ah non, Simon ! Tu ne vas pas refaire le coup, hein ? Fini les caprices ! Tu as voulu des frites, tu manges tes frites.

Il a levé vers moi un regard noyé de terreur et il a articulé silencieusement quelque chose que je n'ai pas compris tout de suite.

Ma Sabrina s'est précipitée pour qu'il lui parle à l'oreille et elle est revenue vers moi :

– Maman. Je dois te dire le secret de Simon à l'oreille.

Je me suis penchée et voilà ce qu'elle m'a dit :

– Le monsieur avec la chemise jaune, là-bas, c'est l'ogre.

– Quel ogre ? j'ai dit à voix haute.

– Chut ! Moins fort ! Il va t'entendre. C'est l'ogre qui a fait disparaître la maman de Simon.

Alors là, l'histoire a commencé à m'intéresser. J'ai regardé discrètement autour de moi et j'ai repéré, dans la file d'attente, un type vêtu d'une chemise jaune. Mal rasé, il avait l'air épuisé, il fouillait nerveusement dans ses poches, et il jetait des regards traqués autour de lui.

Je me suis penchée vers Simon.

– Simon, garde tes mains sur ton visage. Dis-moi juste avec un signe. Est-ce que ton ogre, il s'appelle Alexandre ? Alex ?

Il a fait signe que non. Puis, dans un murmure, très lentement, il est parvenu à dire :

– Alesq, c'est son nom gentil. Mais son nom d'ogre, c'est Luc.

Luc Berger ! C'était lui ! Le prince charmant de Véro ! Celui qui avait disparu ! Qu'elle avait tué dans sa cuisine.

Celui au double visage et aux deux noms. Celui que tout le monde recherchait. Il y avait urgence à ne pas le laisser filer, c'était sûr !

J'étais persuadée qu'il avait des tas de trucs passionnants à nous révéler sur ce qui s'était réellement passé ce lundi 3 septembre…

– D'accord. Ça va. J'ai compris. C'est lui. Alors, les enfants, vous voulez qu'on l'attrape et que les policiers viennent le prendre pour le mettre en prison ?

Sabrina a dit oui en tapant dans ses mains, toute joyeuse. Simon, lui, s'est caché encore plus, en faisant non de la tête. Je me suis penchée vers Sabrina.

– Sabrina, ma puce, tu as de la ficelle sur toi ?

– Oui, maman. Z'en ai touzours !

– Bon. Alors, voilà. Tu vas aller tout doucement vers ce monsieur, et tu vas lui attacher le bout de cette ficelle à la cheville. Mais attention, hein ! Il ne faut pas qu'il te voie, ni qu'il te sente, parce que ça le ferait partir.

Elle a soufflé d'un air excédé :

– Ze sais, maman !

– 66 –

La voilà qui sort sa ficelle en Nylon blanc. Simon entrouvre deux doigts pour observer la scène, prêt à intervenir s'il arrive quoi que ce soit à Sabrina. Je prends l'autre bout de la ficelle, et l'attache à un pilier en acier.

Sabrina se met à faire semblant de jouer. Le type lui lance un regard distrait.

Je prends mon grillon et compose le numéro de Jérôme. Il décroche. Je chuchote :

– Jérôme ?

– Oui. C'est Rosie ?

– Cricri !

– Ouais, je sais. Excuse-moi, je suis pressé, là ! Tu veux quoi ?

– Je l'ai !

– Quoi ? Qu'est-ce que t'as ?

– Pas quoi ! Qui !

– Qui, quoi ?

– Je l'ai… L'ogre, le monstre, Alex, le type de Véro !

– Le type de Véro ? Ce n'est pas vrai ?!

– Si, je te jure, Jérôme, il est là, juste devant moi…

– Écoute, Rosie…

– Cricri.

– Ouais, écoute, tu ne me fais pas le coup de la dernière fois, à me déranger pour rien, hein ? Parce qu'on ne peut pas jouer comme ça avec la police impunément.

– Arrête, Jérôme ! Si tu ne te grouilles pas, il va s'envoler !

– Comment t'as su que c'était lui ? Tu m'as dit que tu ne l'avais jamais vu.

– C'est Simon qui l'a reconnu. Grouille-toi, je te dis. On est au McDo du carrefour du lycée.

Et je raccroche juste au moment où Sabrina termine son quarantième nœud autour de la cheville de Berger. Elle revient vers nous en riant sous cape. Simon aussi, maintenant, a de la peine à se retenir de rire.

– Venez les enfants, on va se planquer. On est trop près de la ficelle, ici. Simon, cache-toi de l'autre côté de la poussette.

Et nous filons tous les cinq à l'autre bout du resto. Enfin, resto, c'est vite dit, je suis d'accord.

Le type avance dans sa file sans sentir que sa cheville est attachée. Et croyez-moi, ce genre de ficelle blanche en Nylon, c'est impossible à casser !

J'espérais de toutes mes forces que Jérôme se pointerait avant que l'autre se rende compte qu'il était cuit, et je priais tant bien que mal saint Expédit, tout en sachant que les vœux ne sont pas toujours exaucés… Bien entendu, ça n'a pas manqué. Ce qui devait arriver arriva !

Au moment de passer sa commande, Berger fait un pas un peu trop brusque vers la caisse, il sent quelque chose qui le tire à la cheville, il se penche, touche et découvre, incrédule, le bout de ficelle qui le saucissonne.

Sans retenue, il éructe :

– Mais… Mais… Qu'est-ce que c'est que cette merde !

Son regard sombre fait le tour des clients, pendant que quelques jeunes, à ses côtés, découvrent eux aussi ce qu'il a au pied et se retiennent de rire.

Les yeux de Berger s'arrêtent soudain sur Sabrina. Il fait le lien entre cette petite fille qu'il a vue tout à l'heure jouer près de lui et ses jambes prises au piège. Il pousse un cri de rage :

– Toi ! Tu vas voir !

Et il se dirige à grands pas vers notre groupe. Plus exactement vers Sabrina, car il n'a pas vu Simon.

Heureusement, la ficelle est trop courte pour qu'il puisse nous atteindre. On a vraiment bien fait de changer de coin !

Et le voilà qui s'étale de tout son long, dans un rugissement de colère, sur le sol carrelé.

Les jeunes autour de lui ne peuvent plus se retenir et éclatent carrément de rire.

– Vas-y ! Le bouffon !

– Vas-y ! La honte !

Berger s'agite pour se relever, il lance des injures à la cantonade, il mitraille Sabrina du regard. Brusquement, il découvre Simon et son regard croise le mien. Cette fois, il a tout compris.

Il attrape un couteau en plastique et il essaie de couper le fil en Nylon avec, mais il n'arrive à rien. Il tire comme un forcené, essaie de faire glisser son pied dans la boucle et en même temps de défaire les nœuds. Il a une expression de plus en plus traquée. Il voit où est accroché l'autre bout de la ficelle et il se précipite vers le pilier. Pas con ! Le nœud que j'ai fait autour du poteau est loin d'être aussi savant que ceux de Sabrina. Je regarde la porte. Toujours pas de Jérôme. Je me lève, je cours vers Berger, je saisis une chaise et, juste au moment où il parvient à défaire mon nœud, je lui balance la chaise dans les pattes sous l'œil éberlué des clients.

– T'as vu la meuf ?

– C'est le Cheese qui la met dans cet état ?

– 67 –

Plusieurs personnes se sont levées et écartées. Berger est à terre. Sabrina se met à piailler :

– Au secours ! Attrapez-le ! C'est un bandit ! Il a frappé ma maman.

Simon, qui bizarrement n'a plus peur, alors que pourtant Berger l'a reconnu, se met à hurler à son tour. Il saisit des plateaux sur les débarras, et les balance sur la tête de l'ogre.

– C'est l'ogre ! Akension ! Police ! Pimpon ! Pimpon !

Le directeur du McDo s'approche de moi, en colère.

– Madame, calmez-vous, sinon je vais être obligé d'appeler la police.

– Mais faites, putain, faites !

– Maman, t'as dit un gros mot !

– C'est vrai, ma puce. Faites, purée, faites ! Vous ne voyez pas que je l'attends, la police ?

– Madame, c'est un lieu public, ici, vous n'avez pas à régler vos différends familiaux en mettant les autres clients en danger. Vous vous rendez compte, lancer une chaise comme ça ? Mais vous auriez pu blesser quelqu'un !

Pendant ce temps, Berger a réussi à se relever malgré les plateaux que lui lançait Simon.

C'est bien sûr Sabrina la plus intelligente. Elle s'est mise à tourner largement, depuis un moment, autour de l'ogre et du pilier, sans que personne s'en rende compte. Elle tient la ficelle bien au-dessus de sa tête. Berger se précipite comme il le peut vers la sortie, mais il trébuche. Sabrina resserre. Il se met à hurler de nouveau en essayant de se dépêtrer de cette toile d'araignée. Sabrina me donne le bout de la ficelle, et je me mets à tirer à mon tour pour emballer Berger autour du pilier avant qu'il ne parvienne à sortir du guêpier.

Pendant qu'il pousse ses cris de fureur, je lance des cris de guerre et les enfants, des cris de joie.

Les jumelles, attablées sur leurs chaises de bébé, suçotent leurs frites avec un sourire supérieur en ne loupant rien de la scène.

Le directeur du McDo ne renonce pas à me prodiguer ses conseils.

– De quoi s'agit-il ? Hein ? Vous savez, il n'y a jamais aucun problème qui ne trouve sa solution. C'est une histoire de pension alimentaire ?

Je ne lui réponds pas, je continue à tirer et à tourner, et il me suit en me parlant toujours.

– Je comprends, quatre enfants, s'il ne vous verse pas la pension, ça ne doit pas être évident, mais vous savez, une belle fille comme vous !

Je rêve ! Le salopard, il profite de la mêlée générale pour me serrer discrètement !

À vrai dire, il s'y prend un peu tard. Berger a fini par me repérer à l'autre bout de la ficelle, il fonce vers moi et me fout un gnon mémorable sur la tronche.

Je me rétame et j'atterris sur le distributeur de ketchup. De la sauce partout. Un grand cri chez les spectateurs. C'est la panique autour de moi. Tout le monde croit que je pisse le sang. Le type me fonce dessus et me bourre les côtes et la tête de coups de pied. Les gens poussent des oh et des ah éberlués. Mais personne n'intervient…

Berger s'arrête brusquement et il se met à geindre en haletant :

– Mais vous allez tous nous laisser tranquilles, dis ? Vous allez nous laisser vivre ?

Il chiale en même temps.

Si je n'étais pas occupée à me protéger de ses coups de latte, je le trouverais pathétique. Peut-être même qu'il me ferait pitié !

Et le voilà qui recommence ! Une baffe plus forte que les autres, ou plus mal reçue, je vois trente-six chandelles et je m'évanouis.

Un bruit de sirène me réveille. En fait, il ne s'est passé que quelques secondes. Je vois Berger qui se retourne. Il regarde une silhouette qui s'approche. C'est Jérôme, mon héros, mon sauveur, qui se pointe dans le contre-jour. Berger, tourné vers Jérôme, balbutie :

– C'était pas moi… J'ai rien vu…

De quoi il parle ?

Un coup de feu retentit. La balle siffle à quelques millimètres de ma joue. Il y a un grand silence et le reste se déroule au ralenti. Des gens qui refluent vers la sortie, Berger qui tourne lentement la tête vers moi. Dans son regard de noyé, je lis une supplication. Je baisse les yeux. Il tombe sur le côté, toujours au ralenti. Je le regarde de nouveau. Sa bouche articule des bribes de syllabes sans queue ni tête :

– Laaamaaa… Fiyaaa… Gaaagaaa… L'eau…

Avant de toucher terre, sa tête heurte le coin d'une table qui valse, et le plateau qui est dessus aussi. Le ralenti a cessé. Le plateau atterrit sur ma gueule. Je vois de nouveau trente-six chandelles. Rideau.

Je me suis réveillée sur une banquette du fast-food.

Gaston était penché sur moi.

J'ai su par la suite que Jérôme avait bel et bien tiré sur le monstre qui était, paraît-il, dans le coma à l'hosto.

Quand Jérôme m'avait vue dans cet état, il avait appelé Gaston, pour qu'il s'occupe de moi.

Gaston s'est pointé avec sa Jag'. Il m'a emmenée aux urgences. Les enfants étaient avec nous. Je lui ai dit d'appeler Mimi pour qu'elle s'en occupe, mais il m'a répondu qu'il assurait.

Ils m'ont attendue pendant qu'on me faisait une radio et un pansement. En fait, je n'avais pas grand-chose. Des bosses et des bleus. Je le sais que je suis une dure à cuire ! *Y'a d'la rumba dans l'air...*

Puis Gaston nous a tous ramenés à la caravane.

J'ai couché les enfants. Mon œil n'en finissait pas d'enfler. J'ai mis du beurre dessus et je me suis fait un cataplasme d'argile sur l'arcade sourcilière. C'est une recette de ma mère. Je me suis couchée tranquille.

J'entendais Gaston s'affairer à coucher les enfants. C'était bon de pouvoir se laisser aller un peu.

J'ai récapitulé, histoire de faire le bilan de ma vie à ce point. Les circonstances s'y prêtaient. J'ai tout passé en revue : la saga des pots-de-vin était résolue. Je ne savais pas si d'Escobar allait tomber ou pas, mais j'avais en poche un engagement de la mairie que j'espérais bien faire valoir devant les nouveaux élus quand l'occasion se présenterait.

Pour le boulot proposé par le Ruskof, j'allais attendre d'en savoir plus. Mais finalement, ça tombait pile-poil. Il y avait encore le mystère des diamants, mais chaque chose en son temps !

Pour ce qui était de Véro, j'étais encore inquiète. On avait éliminé un beau témoin. Allait-on pouvoir déterminer si facilement que Berger avait enlevé Pierre ? En tout cas, Véro n'avait pas tué cet homme, comme elle s'en accusait… Un bon point pour elle.

L'ogre était pour l'instant hors service. Si c'était lui le kidnappeur, comme une petite voix me le disait tout au fond de moi, au moins, les enfants et moi avions réussi à faire quelque chose de bien : le faire arrêter. Il allait peut-être avouer et dire où était Pierrot ? S'il ne mourait pas…

Du côté de Mimi, je devais demander une entrevue avec les enquêteurs de la DDASS pour voir son petit Léo et qu'on me le confie en accueil. J'espérais que le fait de vivre en caravane ne serait pas pénalisant. Pour Simon, je n'avais pas ce problème, il fallait juste que Michel signe un papier, comme ça j'aurais les signatures des deux parents, en attendant que Véro réintègre son appart.

Je me suis rendu compte, en résumant comme ça, que c'était encore un beau foutoir, avec plein de questions en suspens. Et puis, il y avait quelque chose qui me turlupinait, mais je n'arrivais pas à saisir quoi. Pourtant, apparemment, tout s'emboîtait maintenant…

On avait retrouvé un type qui semblait avoir enlevé Pierre. Mais Pierre, où était-il ?

J'aurais préféré que Jérôme n'ait pas eu la gâchette si facile, car l'idéal aurait été de recueillir les aveux du bonhomme, mais bon, on ne pouvait pas vraiment en vouloir à Jérôme, dont c'était pratiquement la première affaire aussi grave. Et puis après tout, son geste m'avait sauvé la vie, tout impulsif qu'il était… Parce que l'autre, là, il était vraiment enragé. Un coup de pied mal reçu, j'aurais pu en crever !

J'avoue que j'aurais aimé comprendre plus clairement ce que Luc Berger avait articulé juste avant de perdre connaissance. Lama… Une chanson de Serge Lama ? *Je suis malade* ? Mais ça ne pouvait pas être une chanson, sinon ma mère me l'aurait envoyée la nuit précédente !

Peut-être s'agissait-il justement de l'endroit où était Pierre ? Si j'avais été sourde, j'aurais pu lire sur ses lèvres et j'aurais tout saisi distinctement. Comme quoi, il y a des handicaps qui parfois peuvent devenir des avantages.

Mercredi

Un cadeau du McDo

– 68 –

Au réveil, mon œil avait drôlement désenflé, grâce au beurre et à l'argile. Sous mon crâne, c'était le calme plat, silence radio. Pas de chanson. Ni paroles, ni musique. Cassée dedans, la machine. *Houlà, ça va mal !* j'ai pensé en premier. *Ma mère est fâchée, elle ne veut plus me parler. Elle ne m'envoie plus ses messages chantés. Comment je vais faire sans ses indications ?*

Je me sentais de nouveau orpheline. J'ai traîné au lit.

Une fois levée, j'ai téléphoné à mon pote d'EDF, Benjamin, pour lui demander de me prêter ses outils. Je devais absolument refaire mon branchement. Je n'allais pas me laisser abattre pour si peu. *Du nerf, ma vieille, reprends-toi ! Rien de tel que l'action immédiate !*

Je lui ai raconté que j'avais changé de caravane et que je n'avais plus rien, ni eau ni électricité, et il a dit qu'il viendrait avec un copain qui s'y connaissait un peu en plomberie pour m'aider. C'était sympa, mais je préférais agir seule et sans témoin.

– OK, je te laisse le matos sous ta baraque. Je le récupérerai demain au même endroit.

– T'es vraiment un pote. Tu viendras bouffer un soir à la maison, je nous ferai un mafé.

– Rien ne presse ! m'a-t-il répondu.

Il sait que j'ai jamais un rond, et il ne veut pas abuser.

J'ai emmené les petits à la crèche. Les grands sont restés avec moi vu que le mercredi ils n'ont pas école.

J'ai racheté des baguettes, parce que le pain de la veille était rassis. Avec Sabrina et Simon, on est rentrés vers midi à la maison. Le facteur était déjà passé et, dans la boîte, il y avait une lettre, toute froissée, recouverte d'une écriture bizarre.

J'ai reconnu celle de Véro mais toute tremblante, elle avait griffonné partout sur la feuille, il n'y avait aucune marge, les mots étaient petits et serrés, difficiles à déchiffrer, mais j'ai réussi à la lire.

La lettre avait été postée vendredi, donc quand elle était encore à la mutuelle. Elle avait dû la poser sur le courrier en partance dans les bureaux. Ni vu ni connu !

Cricri, je vais mourir parce que je ne mérite pas de vivre. Mais je dois te dire la vraie vérité pour que tu la dises un jour à Simon, et à Pierre si on le retrouve. Je t'en prie, ne communique ce message à personne.

Cela reste entre toi et moi. Mais comme tu vas être la deuxième maman de Simon, je te dois toute la vérité à toi aussi. Alex est revenu ce lundi-là de la promenade à vélo, sans Pierre. Il pleurait.

Il était complètement bourré. Et moi, comme une idiote, je me suis mise à le consoler. Tu sais, c'est la première fois que je tombe sur un type gentil, qui ne gueule pas, qui ne cogne pas, qui pleure. Comme un bébé.

Tout à coup, il s'est mis à parler. Il a dit des choses horribles. J'ai eu peur. J'ai crié : « De quoi tu parles ? Et Pierre ? Où il est ? Qu'est-ce que t'en as fait ? » Il répétait : « Quel Pierre ? » Et il continuait : « C'est ma faute ; mais tu vas voir. Je vais tout réparer. Tout va changer. Tu vas m'aimer, tu vas guérir ! » Et moi : « Rends-moi Pierre ! » Il m'a regardée fixement : « Quel Pierre ? Je connais pas de Pierre. » Alors j'ai imaginé l'horreur, tu comprends ? Qu'il était fou, qu'il était capable du pire. Il pleurait. Il me demandait pardon. « Qu'est-ce que tu as fait ? Pourquoi tu me demandes pardon ? Tu as eu un accident avec le petiot ? Pourquoi il n'est pas avec toi ? Il est mort, hein ? Dis-le-moi ! »

Je me suis mise à pleurer moi aussi, mais lui, il s'est mis à ricaner : « Quel Pierre ? Y a pas de Pierre ! » Alors j'ai hurlé : « Il est mort, c'est ça ? Tu l'as tué ? Dis la vérité ! » J'ai braillé, pleuré, et j'ai essayé de lui faire dire ce qui s'était passé. Où était Pierre ? Mais c'était de plus en plus confus.

Il disait qu'il ne s'appelait pas Alexandre, mais Luc. J'ai commencé à le traiter de monstre. Tu comprends, toi, Cricri !

Tu me connais. Tu sais que je suis une habituée du malheur, hein ?

Les gens comme moi, à quoi ils peuvent s'attendre ?

Quand ils vivent cinq minutes de bonheur, ils savent qu'ils vont le payer toute leur vie. Ça, c'est un truc que je sais. C'est pour ça que j'ai tout de suite compris que le pire était arrivé. Et puis je me suis dit qu'il fallait que je tue ce type, ce Luc Berger. Pour faire revenir mon Alex. Le gentil. Celui que je connaissais. Je l'ai supprimé sans remords. D'un coup sur la tête avec ma statuette en fonte. Celle qui est sur le buffet. Tu la connais ? Il est tombé, mais Alex n'est pas revenu à sa place. Alors j'ai laissé Simon à la voisine et je suis partie en courant, en abandonnant son corps par terre. J'ai erré dans la ville à la recherche de Pierre avec sa poussette vide. J'ai cru le voir avec Alex sortir d'une boulangerie. Mais c'était pas possible, puisque je l'avais tué, celui-là ! Je crois que j'ai croisé Michel, mais tout s'était embrouillé. Je ne savais plus où j'étais. Tu sais, je ne te l'ai jamais dit, mais il y a des moments où je perds les pédales. Il y avait cette poussette vide. J'ai couru chez les flics pour déclarer la disparition du petit. Dans un sens, tant mieux, puisque c'était vrai, comme ça ils ont fait des recherches. Plus tard, ils ont dû se rendre compte qu'il y avait des trous dans mon histoire. Quand j'ai été signaler sa disparition à la police, je n'ai pas eu le courage de dire que j'avais tué un type. Je mélangeais tout. Après j'ai eu tellement de chagrin et tellement honte que je suis allée me cacher à la mutuelle. Je t'ai appelée tout l'après-midi, mais tu ne répondais pas. Je vais me tuer. J'ai déjà essayé, et si je n'arrive pas à me couper les veines, comme je ne mange plus rien depuis l'autre jour, je pense, j'espère, que je vais mourir de faim. Et c'est très bien comme ça. Si vous retrouvez ce Luc mort, assassiné, vous saurez que c'est moi qui l'ai tué. Je ne peux pas encore vous dire comment, c'est confus dans ma mémoire, mais je sais que je l'ai fait. Occupe-toi bien de Simon. Dis-lui que je l'aime, mais que sa mère était malade.

Ton amie, Véronique Lambert.

En même temps que je lisais, je me préparais de nouveau à sortir. Je suis allée au commissariat avec les enfants ; je voulais montrer cette lettre à Borelli, car à mes yeux elle disculpait totalement Véro de tout soupçon d'avoir fait du mal à Pierre. Et on voyait bien qu'elle n'avait pas toute sa tête. Borelli et Jérôme n'étaient pas là. J'ai insisté pour les voir en personne, je ne voulais donner cette lettre à personne d'autre, c'était une preuve trop importante.

Je me suis assise dans un couloir à côté d'une jeune femme bien mise. Les enfants se sont faufilés sous les chaises pour jouer. La dame m'a regardée des pieds à la tête en haussant les sourcils. J'avais oublié que mon œil était tout bleu. Désenflé, certes, mais encore bleu.

J'ai souri d'un air gêné et j'ai dit :

– C'est une longue histoire ! en désignant mon œil.

– Ah ?

– Et vous ? Vous êtes ici pour quoi ?

– Pour un témoignage. Je suis infirmière en psychiatrie. J'ai été convoquée. Je suis les gens à domicile. Je vérifie qu'ils ont bien pris leurs médicaments, tout ça…

– Oh ! Ça existe, ça ?

Elle est devenue soudain très bavarde. On voyait qu'elle ne parlait pas souvent. Je surveillais Simon et Sabrina distraitement.

– Si vous saviez ! continuait la dame. Le nombre de gens qu'on croit normaux et qui sont sous traitement ! Je les connais tous, ceux de la Vieille Ville, c'est mon secteur. Et je vous assure, il y en a un paquet !

– Ah bon ?

– Oui ! Tenez, vous avez entendu cette histoire d'enfant enlevé ?

– Oui… Euh… Justement…

– Eh bien, la mère, je la suivais depuis son adolescence.

– Vous voulez dire qu'elle était folle ?

– Véronique ? Mais non ! Folle, oui, si on veut, enfin, vous savez il n'y a pas de fous, il n'y a que des gens malades, « fou » est un terme qu'on n'utilise jamais, en tout cas, Véronique, elle est malade, oui, mais dangereuse, non. À moins que je n'aie plus aucune intuition, mais croyez-moi, depuis que je fais ce métier, je sais tout de suite qui est violent et qui ne l'est pas. Véronique, elle ne ferait pas de mal à une mouche. Mais elle perd les pédales de temps en temps, ça c'est sûr.

Vous ne pouvez pas savoir comme je l'ai aimée, cette femme-là, quand elle a dit ça. Je me disais qu'avec son témoignage, Véro, elle était sortie du pétrin.

– 69 –

Juste à ce moment-là, Borelli est arrivé.

– Madame Marion Rosenberg ?

– C'est moi.

– Suivez-moi.

Il m'a alors vue, et il m'a parlé sur un ton bourru :

– Tiens, qu'est-ce que vous faites là, vous ? Vous avez quelque chose à nous dire ?

Et puis son ton s'est radouci :

– Vous avez fait du beau travail hier, Maldonne ! Et je vois que vous en portez les traces ! Vous pouvez attendre un peu ?

– C'est-à-dire que… j'ai les enfants avec moi. Je préfère ne pas traîner par ici… euh… mais je voulais juste vous…

J'ai fouillé dans mon sac.

– … donner ça… En main propre.

Je lui ai tendu la lettre de Véro. Il a lu la signature et il m'a fait un sourire.

– Merci. J'ai votre numéro. Je vous appelle si j'ai besoin de vous.

– Oui. Euh… Surtout que, vous savez, il y a quelque chose qui tourne dans ma tête, je n'arrive pas à… je crois qu'il a dit quelque chose, le type, là, hier…

Jérôme est apparu du fond du couloir. Il m'a fait un sourire sous l'œil indulgent et attendri de Borelli, qui a enchaîné :

– Surtout, si vous avez une intuition, Maldonne, je suis preneur, hein ? Tout pourra nous aider, parce que vous savez, on n'a pas encore eu les aveux du type, alors cette affaire n'est pas aussi nette que je l'aurais voulu… Et on cherche toujours Pierre…

Il s'est assombri.

– Même si je n'ai plus beaucoup d'espoir. Plus le temps passe…

– Euh… Vous savez… c'est juste une impression… Je ne sais pas trop… Je n'arrive pas à éclaircir…

– Ce n'est pas grave. Je serai toujours là pour vous, Maldonne. Tenez, mon numéro de portable. Allez, à bientôt…

Et il m'a tendu un vieux bout de papier froissé avec son numéro dessus. Jérôme m'a fait un signe de la main.

Alors là, je suis repartie tout épatée. Borelli sympa avec moi, c'était le monde à l'envers ! Et le pire, c'est que moi aussi, j'avais été sympa avec lui. Je vous jure ! Comme quoi tout peut arriver dans la vie, mais ça je le savais déjà.

Je marchais dans la rue, un sourire béat sur les lèvres, quand j'ai entendu les sirènes des voitures des flics. L'une d'elles m'a dépassée, mais la dernière a freiné sec, dans un crissement de pneus. Borelli a ouvert la portière arrière :

– Montez, Maldonne. Je vous dois bien ça.

– Avec les gosses ?

– Oui, je crois qu'ils vont être contents.

Et pendant qu'on roulait, il m'a tout raconté :

– J'étais en train de lire la lettre de votre copine

quand on m'a passé un appel en urgence. Un homme. Il a signalé une femme. Sa voisine. Plutôt jeune. Elle a été vue avec un bébé d'environ deux ans. Le témoin a été alerté par le comportement de cette femme. Il savait qu'elle n'arrivait pas à avoir un enfant, qu'elle était dépressive. Qu'elle avait fait une tentative de suicide. Et brusquement, du jour au lendemain, il a entendu un bébé pleurer chez elle. Il a d'abord cru qu'elle regardait la télé. Mais ça n'arrêtait pas. Il bosse de nuit et il rentre pour dormir la journée, et il n'y arrivait pas à cause des pleurs du gosse. Il est allé frapper chez elle. Elle a entrouvert la porte, un bébé dans les bras. Elle disait qu'elle s'excusait pour le bruit. Lui, de son côté, s'il avait pu regarder la télé, il aurait fait le rapprochement avec le bébé enlevé grâce à la photo diffusée en boucle, mais il se trouve que son poste est cassé et de toute façon il est trop crevé pour la regarder. Mais ça le travaillait. Qu'il y ait brusquement un enfant, et qu'elle n'ait pas l'air de savoir s'en occuper. Quand il a vu la photo du gosse, ce matin, dans le journal, il l'a tout de suite reconnu. Quand je pense que j'avais pensé arrêter les passages de photos hier ! À mes yeux, c'était déjà trop tard.

Quand on est arrivés dans l'immeuble, il y avait un attroupement dans le hall. Une jeune femme pleurait, entourée de deux femmes flics. J'ai entendu un gazouillis, j'ai tourné la tête, et je l'ai vu.

Mon Pierrot.

Tout beau, tout mignon, dans une superbe salopette Levi's toute neuve. Il jouait avec des Playmobil bébé, par terre. Personne ne s'occupait de lui.

Simon et Sabrina ont couru vers lui. Je me suis approchée et je l'ai pris dans mes bras. Il m'a reconnue tout de suite, bien sûr, et il a souri. Je l'ai serré très fort et je me suis éclipsée discrètement vers la sortie, suivie de mes deux grands.

Je n'avais pas envie qu'ils me le foutent à la DDASS, celui-là aussi, mais Borelli, qui a l'œil sur tout, m'a appelée sans se retourner, alors qu'il était encore penché sur la femme pour l'interroger :

– Vous allez où, Maldonne, avec cet enfant ?

J'ai fait volte-face et je l'ai regardé d'un air suppliant.

– Il me connaît… et j'ai déjà son grand frère…

– …

Et je me suis énervée :

– Pourquoi ? Vous avez une meilleure idée ? La pouponnière de la DDASS, peut-être ?

Il a éclaté de rire :

– Vous savez ce que ça veut dire, « soupe au lait » ? Signez un formulaire auprès de mon lieutenant.

Son lieutenant, c'était Jérôme. Il m'a fait signer un papier, et en échange il m'en a donné un, signé par Borelli lui-même.

Avant de partir, j'ai eu un regard vers la femme. Et j'ai demandé doucement :

– C'est elle, alors ? Et c'est qui ?

– Tu devineras jamais. Elle s'appelle Laure Berger ! a répondu Jérôme.

– Berger… Comme…

– Oui. C'est sa femme. Pas mal, hein ?

En effet ! C'était donc bien lui qui lui avait amené le petit !

Laure… J'entendais les voix de Sabrina et de Simon.

« Maman ogresse, miam miam bébé ! » avait dit Simon. « C'est qui, Maman Ogresse ? » avait demandé Sabrina. « L'or… » avait répondu Simon. *Laure.*

Mais il fallait que je fonce.

– Je suis à la bourre, je dois récupérer les petites à la crèche. Tu me raconteras ?

Et voilà comment j'ai gagné mon cinquième gosse.

– 70 –

Je suis passée à la crèche, j'ai réussi à caser Pierrot avec les jumelles dans la grande poussette – il était un peu plus petit qu'elles, il avait pas encore deux ans –, et on est lentement descendus vers la caravane. On était bien. Pendant qu'on marchait, mon grillon a sonné.

C'était Jérôme. Il m'a demandé si je voulais venir boire un verre chez lui, pour qu'il me raconte tout, et que je lui manquais depuis la dernière fois qu'on s'était vus, vraiment vus, trop d'événements et tout… C'était sympa. Comme j'étais d'une humeur plutôt euphorique, ça m'a semblé de bon augure.

– Véro a été prévenue ? j'ai demandé. Parce que je voulais aller la voir pour tout lui dire, là…

– Oui, Borelli est justement avec elle, en ce moment. La fille a été arrêtée.

J'ai pensé une seconde à cette femme qui pleurait en silence, le regard dans le vide. Mais je l'ai vite chassée de mon esprit. J'avais l'impression que tout me réussissait soudain, et au diable la détresse des autres, mes cent patates perdues et cette étrange sensation que je passais à côté de quelque chose d'important. Et puis, les intuitions de Rosie Maldonne, tout le monde connaît, hein ? Il y a à prendre et à laisser, là-dedans, non ?

– OK. Je vais demander à Mimi de me garder les gosses.

– Non, c'est pas la peine, a dit Jérôme, adorable. J'adore tes gosses, tu le sais. Dis à Sabrina de prendre ses jouets, ses poupées et tout ce qui va avec. Ils ne nous dérangeront pas s'ils ont de quoi jouer, non ? Qu'est-ce que tu en dis ?

J'en disais que je le trouvais vraiment adorable même s'il ne savait pas que, jouets ou pas jouets, un gosse, ça dérange toujours ! Mais je ne voulais pas lui enlever ses illusions.

On s'est alors tous dirigés vers l'appartement de Jérôme. Juste comme on arrivait devant la porte de l'immeuble, on a entendu le bruit de sa moto. Il nous a fait un grand sourire en enlevant son casque. Il était vraiment mignon dans le soleil rasant.

Il nous a préparé des chocolats chauds. Il a demandé gentiment à Sabrina :

– T'as apporté tes jouets de princesse ?

Il a un peu joué avec les petits, entre la cuisine et le salon. Il m'avait installée comme une reine sur le canapé et je ne devais rien faire. Il était sympa avec tous, mais il avait particulièrement un faible pour Sabrina.

Quand le chocolat a été prêt, il est venu s'asseoir en face de moi dans un fauteuil, et on a un peu discuté. Comment ça allait, et si je n'avais pas trop mal. Il m'a raconté l'histoire de la fille qui avait kidnappé Pierrot. Avec la complicité d'Alex-Luc.

À vrai dire, « kidnappé » était un bien grand mot. C'était plus triste que tragique…

Troisième insémination artificielle échouée. Désespoir absolu. Après sa tentative de suicide, elle avait vu un jour Véro et ses gosses dans un jardin. Elle avait craqué pour le petit Pierre.

Elle avait envoyé Luc en éclaireur. C'est là qu'il avait pris un faux nom. Il se sentait coupable et il avait peur qu'elle se tue de nouveau, et cette fois pour de bon. Et puis faut dire que la douce et jolie Véro… Il était attiré, aussi.

Faut comprendre ! Avec la bénédiction de sa femme, en plus ! Mais il lorgnait surtout le bébé et il n'oubliait pas sa mission. Il sortait le grand jeu avec Véro, pour avoir les coudées franches.

Il amenait parfois le bébé à Laure pour qu'elle s'occupe de lui.

Au début, il pensait juste qu'il allait grappiller du temps. Ça faisait de mal à personne : jouer de temps en temps avec le bébé, le dorloter, ça ne pouvait que lui faire du bien, à Laure. C'était comme s'il lui faisait des cadeaux. Il voulait juste l'aider à guérir. Elle chouchoutait Pierrot, c'est tout. C'était pas méchant. Mais voilà qu'elle s'est prise au jeu et qu'elle a débloqué un peu, en l'appelant « mon bébé, mon tout-petit ».

Et une fois qu'elle a eu acheté ce qu'il fallait, c'est-à-dire des fringues, des couches, des petits pots, une poussette, c'était fini. Elle était coincée. Inévitable. Irrémédiable. Définitif. Elle ne pouvait plus le rendre. Il était à elle… Et un jour Luc Berger a dû enlever à Pierre ses habits, avant de l'amener à Laure. Il les a pliés consciencieusement et les a laissés dans un jardin public. Et cette fois, il n'a pas pu ramener le petit à sa mère.

Quand je pense que moi, j'en avais cinq et elle, pas un seul, la vie est vraiment injuste.

Mais soudain, Jérôme s'est mis à me poser des questions insistantes. Sa voix se faisait pressante, presque agressive : et qu'est-ce que je voulais dire à Borelli tout à l'heure ?

Non, non, rien… Juste une impression, comme ça… Comme si j'avais compris les derniers balbutiements du type… Mais que je n'arrivais pas à mettre des mots dessus. Et est-ce qu'il y avait du nouveau du côté de la mairie ? Et de la mafia russe ? Ben oui, justement, figure-toi. Enfin, rien de neuf côté mairie, mais les Russes, ils cherchent un truc… Un truc ? Quoi ? Quoi ? Tu dois bien le savoir ? Tu dois bien savoir où c'est ? Pourquoi tu fais toujours des cachotteries ?

Les gosses se sont mis à courir dans l'appartement. Jérôme leur lançait des regards de plus en plus énervés. Il me rendait nerveuse, du coup. Il avait sûrement un côté vieux garçon, c'est souvent comme ça avec les mecs célibataires sans enfants qui vivent seuls, les pauvres.

Il a haussé un peu la voix et a emmené les enfants dans sa fameuse salle de gym pour qu'ils continuent de s'amuser sans déranger.

Je les ai entendus jouer et rire. Il avait la technique avec eux.

Il est revenu près de moi. Il avait l'air plus calme, détendu. Un sourire flottait sur ses lèvres. Au bout d'un moment, on n'a plus entendu un seul bruit à côté. On a continué à discuter, et le portable de Jérôme a sonné.

– 71 –

Jérôme a décroché puis il s'est tourné vers moi avec une grimace, en chuchotant :

– C'est Borelli.

Il a continué dans l'appareil :

– Oui… Non, je faisais un tour de reconnaissance dans l'appartement de Véronique Lambert, histoire de vérifier certains points… D'accord. J'arrive tout de suite. Non… OK.

À moi :

– Faut que j'y aille. Je range, tu prends les gosses ? Excuse-moi de te mettre dehors comme ça…

– Tu ne lui as pas dit que tu étais avec moi ?

– Non, je suis censé travailler… Tu sais, depuis la bourde que j'ai faite hier !

– Quelle bourde ?

– Ben la bavure, quoi… tirer sur Berger… Sans sommation…

– Ah ! oui. Au fait, pourquoi tu l'as descendu ?

Il m'a regardée d'un air de reproche et en même temps d'amoureux transi. Son regard voulait clairement signifier : « Je l'ai descendu parce que je t'aime, que j'ai eu peur pour toi, que du coup j'ai paniqué… » Mais il a dit d'un air penaud, en baissant la tête :

– Oui, je sais, il a raison, j'ai perdu mon sang-froid. Ça ne devrait jamais arriver à un bon flic. Ils vont sûrement me virer. Une enquête est en cours. Quand je pense à par où je suis passé pour en arriver où je suis. Et je n'ai même pas encore eu mon examen. Je suis vraiment trop nul. Mais j'aurais dû m'y attendre, c'est toujours comme ça dans ma vie. Il y a toujours quelque chose à la dernière minute pour me faire rater ce que je veux, pour m'empêcher d'avancer…

Houlà, mais c'est qu'il allait mal, mon Jérôme ! Il déprimait sec !

J'ai eu envie de le prendre dans mes bras, mais je me suis contenue, j'ai juste bougonné, histoire de tenter de le revaloriser à ses propres yeux, enfin, pour le consoler, quoi :

– Tu rigoles ? Ça arrive tout le temps ! Les journaux sont pleins de bavures de ce genre. Au contraire, ils vont te donner une médaille ! Tu la mérites, d'ailleurs. Et tu es mon héros, non ?

Il n'a pas réagi. Il s'est mis à ranger les bols de chocolat.

Je n'ai pas pu m'empêcher de le trouver un peu maniaque. Et puis je me disais que quelque chose clochait dans sa grosse déprime. C'est vrai, quoi, il venait de dessouder un type, après tout, c'est pas rien, et tout compte fait, il ne pensait qu'aux répercussions que ça allait avoir sur sa carrière. Un peu petit, non ? Il ne pipait rien sur le type. Après tout, il était encore dans le coma et on ne savait pas s'il allait s'en sortir !

Je suis entrée dans sa salle de gym et j'ai compris pourquoi les gosses étaient devenus silencieux : Sabrina et Simon avaient découvert l'ordinateur et, sous les yeux extatiques d'Emma et de Lisa, ils pianotaient gaiement sur le clavier. J'ai tout de suite vu qu'ils avaient réussi à se connecter à Internet. La page était blanche en partie, attendant sûrement un chargement, mais pendant ce temps, ils continuaient à taper de-ci, de-là, et des images publicitaires sont apparues, puis une page d'accueil : Anvers, Amsterdam, des photos de diamants. Le casse du siècle. Le gang des Pink Panthers. C'était quoi ? Un groupe de rock ? La cote des diamants à Anvers ?

Et Sabrina qui dit :

– Regarde, maman, ça c'est des colliers de princesse. Comme le mien !

Je ne sais pas pourquoi, mon cœur a fait un triple saut périlleux dans ma poitrine, un gyrophare s'est mis à clignoter dans ma tête en même temps qu'une sirène d'alarme hurlait à fond la caisse. En général, ce genre de réaction anéantit les réflexes, mais pas chez moi.

Pourtant, rien de plus normal chez un flic, qui plus est qui potasse des examens, que de surfer sur des sites de ce genre. Mais en une fraction de seconde, tout mon univers a basculé. Comme ça. Sans raison. Sans contrôle.

Le sol sur lequel nous marchions me semblait soudain tanguer violemment, le ciel se fracassait sur ma tête. Sans logique, comme d'habitude. Mais « Dans le doute, fais comme si », encore un proverbe de ma mère, que j'ai suivi à la lettre. *Il ne faut pas qu'il voie qu'on a vu ça…*

J'ai tout de suite compris que je ne parviendrais jamais à éteindre cet ordinateur avant que Jérôme ne revienne de la cuisine, alors j'ai plongé sous la table et je l'ai débranché. Carrément. Oui, je sais que c'est très mauvais de faire ça à ces bêtes-là, mais je n'avais pas d'autre choix. Juste au moment où je m'écartais de l'ordi pour faire semblant d'examiner des photos posées sur une commode, dans des cadres, Jérôme est entré.

– Ça y est ? il a demandé.

– On est là ! j'ai répondu sur un ton suraigu et en éclatant d'un rire nerveux.

– Qu'est-ce qui t'arrive ?

– Non, rien… C'est Sabrina qui fait des pitreries, alors ça me fait rire.

Il tenait plusieurs poupées de Sabrina, avec des accessoires dans la main, et il les fourrait maladroitement dans un sachet en plastique qu'il lui tendait.

– Allez ouste. Magnez-vous. Il faut que j'y aille, là !

– Ça va, j'ai compris ! j'ai dit en constatant avec soulagement que ma voix avait repris son registre à peu près normal.

Jérôme a rougi violemment et il a bougonné :

– Allez, allez, il faut partir…

Il m'a poussée vers la sortie de l'appartement en n'oubliant pas de fermer derrière lui. On s'est tous retrouvés en cinq sec dans le couloir de l'immeuble. J'ai vu qu'il ne verrouillait pas. Il a une porte qui ne peut pas s'ouvrir de l'extérieur. Les enfants traînaient dans le couloir et je lui ai dit :

– Vas-y ! Ne nous attends pas, on connaît le chemin ! Tu vas te faire engueuler !

– D'accord ! Je te laisse ! À bientôt…

Et il a disparu dans la cage d'escalier.

– 72 –

On a continué à descendre, et je réfléchissais à tout berzingue pour savoir comment je pourrais réintégrer ce putain d'appartement pour fouiller un peu.

Je voulais m'assurer d'une chose concernant ma panique de tout à l'heure devant l'ordinateur de Jérôme : qu'elle n'était fondée sur rien, que c'était juste moi qui étais folle à m'inventer n'importe quoi.

Trop dingue. *Peut-être que moi aussi, je suis en train de perdre les pédales. Je devrais appeler Marion Rosenberg et lui demander ce qu'il faut faire dans ces cas-là.*

Mais pourquoi il avait voulu nous mettre dehors si vite, hein ? Et puis ça faisait beaucoup de coïncidences. La mafia cherchait des diamants. Jérôme faisait des recherches sur les diamants. Tout d'un coup. Sans en avoir jamais parlé à personne. Il voulait faire un scoop ? Remonter la filière, le trafic à lui tout seul ? Pour quelles raisons ? Être un héros solitaire ? Squeezer son chef ? Sortir premier de sa promo ?

Mais en même temps quelque chose me soufflait qu'il fallait plutôt que j'appelle Borelli sur son portable. Pourtant, maintenant qu'il me respectait et peut-être m'admirait un peu, je n'avais pas envie de tout foutre en l'air à cause d'une intuition complètement loufoque. Il fallait absolument que je vérifie quelques points. Si je trouvais quelque chose, je pourrais alors l'appeler avec des certitudes.

En premier, j'ai enregistré le numéro de Borelli sur mon grillon. Comme ça, en cas de précipitation, je n'aurais pas besoin de retrouver le vieux bout de papier.

Puis je me suis dit que la seule solution était de demander à la concierge de m'ouvrir. J'ai sonné à sa porte. J'avais honte de moi. De ma méfiance envers ce type craquant qui m'avait sauvé la vie.

Mais qu'est-ce qui ne va pas chez moi avec les mecs ? J'ai beau faire, je me méfie toujours de mes amoureux !

La gardienne de l'immeuble a ouvert la porte.

– Bonjour madame, je suis l'amie de Jérôme, vous savez, Jérôme Gallo, au troisième…

– Oui, oui, je sais !

Alors là, elle m'a épatée, parce que je n'étais venue ici qu'une fois, et encore, c'était de nuit !

– Ah bon ?

– Ben oui, je vous ai vus passer tout à l'heure.

Que je suis bête, mais bien sûr !

– Qu'est-ce que vous voulez ?

– Il est parti précipitamment et j'ai oublié quelque chose chez lui. Vous pourriez m'ouvrir, s'il vous plaît ?

– Et puis quoi encore ?

Quelle amabilité ! Je l'ai pensé, mais je ne l'ai pas dit. Elle a continué :

– Et même si je voulais, je ne pourrais pas, parce que avant, avec l'ancien locataire, j'avais le double des clés. Mais quand M. Gallo est arrivé, il a fait changer les serrures, et il a toujours oublié depuis de me confier un jeu, alors vous voyez ! Vous n'avez qu'à l'attendre devant sa porte, ça ne me dérange pas. Mais n'allez pas me mettre des saloperies partout avec les gosses !

J'ai pris l'ascenseur pour remonter, de mauvaise humeur. Arrivée en haut, j'ai sorti ma carte Vitale et j'ai commencé à la faire glisser le long du pêne, mais sans succès.

J'ai entendu un bruit de moto dans le parking. J'ai regardé par la fenêtre du couloir, ce n'était pas Jérôme.

Je m'acharnais avec ma carte, et je me suis dit qu'elle ne voudrait plus jamais rentrer maintenant dans les lecteurs de la Sécu !

Je pensais que je n'avais pas digéré cette façon que Jérôme avait eue de tirer à bout portant sur Luc Berger. Même si ça m'avait sauvé la mise. Même si j'avais tendance à ressentir un picotement douloureux du côté du cœur chaque fois que je sentais que Jérôme n'était peut-être pas celui que j'imaginais qu'il était.

Je revoyais le film. Berger : « Laaamaaa… Fiyaaa… Gaaagaaa… L'eau… »

Ça ne voulait vraiment rien dire.

Il commençait à se faire tard, et j'allais abandonner, quand brusquement ça a marché. Un petit clic, et hop ! la porte a tourné sur ses gonds.

Les gamins ont hurlé de joie et ils sont entrés dans l'appartement en courant. Je me suis précipitée sur l'ordinateur pour le rebrancher. Il a fallu des siècles pour que tous les programmes soient de nouveau fonctionnels, et d'autres siècles encore pour me connecter à Internet. Quelques millénaires plus tard, j'ai ouvert ses favoris.

Des sites sur les diamants. Taille, exploitation, revente, cotation, expertises. Diamants disparus, volés, recherchés. Des photos de diamants. Des articles qui détaillaient des casses célèbres. Des réseaux de revente. Les Pink Panthers, un gang spécialisé dans le vol de diamants. Ils avaient réussi à dérober pour cinquante millions d'euros de diamants roses. Ils venaient des pays de l'Est. Yougos, Polonais, Hongrois, Russes.

Mon regard errait un peu partout dans la pièce tandis que je réfléchissais. Ça devenait vraiment n'importe quoi, cette histoire. Rosie Maldonne et ses intuitions… Ça m'a fait sourire.

Sabrina a poussé un cri de triomphe. Elle parlait à Simon en montrant l'écran :

– Là, tu vois, c'est mon collier de princesse. Tu vois, là ?

Quand j'ai une idée derrière la tête, je ne l'ai pas ailleurs, comme aurait dit ma mère. J'ai fixé Sabrina :

– Qu'est-ce que t'as dit, ma puce ?

– J'ai le même collier, maman ! C'est mon collier de princesse.

– Ah oui ! Et tu l'as eu où, déjà ? Tu te souviens ?

– Oui, c'est un cadeau du McDo. Il était dans la poubelle.

Mais bien sûr ! La poubelle mine d'or ! La poubelle coffre au trésor ! La poubelle magique !

– 73 –

Sabrina avait trouvé son collier de princesse dans la poubelle du McDo !

– Et tu l'as mis où, ma chérie, le collier de princesse ?

– Ben là !

Et elle s'est mise à farfouiller dans le sachet en plastique dans lequel Jérôme avait fourré tout le barda de Sabrina. Mais elle a eu beau en extraire tous ses jouets, elle n'a pas trouvé son collier de princesse.

Ses lèvres ont commencé à trembler sous le regard intéressé de Simon.

À présent, le geste attentionné de Jérôme qui jouait avec les enfants prenait une autre dimension. Je sentais que j'avais là une sorte de preuve, mais une preuve de quoi exactement ? Je ne parvenais pas à cerner ni même à comprendre ce que je venais de découvrir.

Y avait-il vraiment eu ici un collier de diamants valant une véritable fortune ? Bien au-delà du fric que j'avais trouvé ? Ça paraissait invraisemblable. Tiré par les cheveux. Et depuis quand Jérôme connaissait-il l'existence de ce collier, si c'était vraiment lui qui l'avait pris à Sabrina ?

Ma grande avait trouvé un collier estimé à plusieurs millions d'euros ? Et si j'additionnais tout, la mafia recherchait ce collier. C'était ça, le fameux « reste » évoqué par Crétin et Abruti, les diam's. Le « bonus » dont avait parlé le maire.

Des diamants de cette valeur dans une poubelle au McDo ? Ça ne tenait pas debout. Pourtant, mon intuition était de roc.

Jérôme recherchait ce collier aussi. Et Jérôme l'avait retrouvé. C'est pourquoi il était sorti avec cet air satisfait de la salle de gym où il avait joué avec les enfants. C'est pourquoi il traînait toujours autour de Sabrina et de ses jouets. Et moi, je devais absolument prévenir Borelli, au risque de passer pour une débile si je me gourais sur tous les points.

Je voyais bien que je ne tenais là rien de suffisant pour alerter Borelli. L'idéal aurait été de farfouiller à fond ce site, les chats et les forums, et de trouver si Jérôme y participait, sous quel pseudo, et ce qu'il y écrivait.

J'ai soudain eu un coup de remords et de culpabilité. Et si mes soupçons n'étaient que le reflet de ma frustration d'amoureuse plusieurs fois éconduite (avec habileté, mais néanmoins toujours éconduite !). Jérôme ne s'était sûrement connecté à ce site que pour mieux faire son travail de flic !

Ce malaise n'a pas duré longtemps.

J'ai imprimé des articles, dont la photo du collier, puis j'ai glissé les feuilles dans mon sac, pour les lire plus tard, à tête reposée.

Je me suis mise à fureter à droite et à gauche à toute vitesse, histoire de voir si je ne trouvais pas autre chose de mieux dans l'appart de Jérôme.

En même temps, sur mon grillon, je composais le numéro de Borelli. Une voix que j'ai immédiatement reconnue m'a répondu :

– Oui ?

– Jérôme ?

– Rosie, c'est toi ? Qu'est-ce que tu veux ?

– Ben, je veux parler à Borelli. C'est son portable, non ? Il est là ?

– Il est aux chiottes. T'as qu'à me donner ton message, je lui transmettrai.

– Oui. OK. Euh… C'est Michel.

– Michel ? L'ex de Véronique Lambert ?

– Oui. Je me suis rappelé quelque chose qui permettrait peut-être de le localiser…

– Te fatigue pas, il est assis devant moi, dans le bureau.

– Ah ?

– Oui. Il s'est présenté spontanément pour témoignage, après avoir entendu la radio.

– Ah bon, bon alors ciao, hein…

On a raccroché en même temps. J'avais le cœur qui cognait fort. Fallait que je la joue fine, cette fois.

Et juste à ce moment, j'ai entendu la clé dans la serrure. Alors là, mes aïeux, j'ai cru que j'allais mourir d'une attaque.

J'ai quitté Internet. J'ai pris les petits. J'ai fait signe aux grands avec un doigt sur la bouche. On s'est dirigés le plus silencieusement possible vers la fenêtre de la chambre.

J'ai entendu la porte d'entrée qui se refermait, des bruits d'objets qu'on pose, des pas qui se dirigeaient vers la salle de gym.

J'ai poussé la porte-fenêtre et on s'est faufilés sur le petit balcon. Je me suis assise par terre avec les enfants autour de moi. Planqués par un morceau de volet à demi replié.

À un étage un peu plus bas, Nino Ferrer poussait la chansonnette.

Oui je sais, je perds tout mais c'que j'veux pas / C'est qu'on se moque de moi / Oh ! Hé ! Hein ! Bon !... Ça m'a rassurée. Maman avait enfin trouvé un moyen de me joindre. Je me sentais moins seule dans mon guêpier.

Des pas dans la chambre. Le raclement de la chaise du bureau.

Le bruit de l'ordinateur qu'on allume. C'était forcément lui. Il m'avait dit, sur le téléphone de Borelli, qu'il était au commissariat, mais en fait il était juste dans l'escalier. Ici. Il m'avait fait le même mensonge qu'à Borelli tout à l'heure ! L'avantage des portables... On peut *dire* qu'on est n'importe où. Et on peut *être* n'importe où !

Il avait sûrement piqué le portable de Borelli pour intercepter les messages. MES messages.

Il savait que Borelli m'avait donné son numéro. Il savait que j'avais une intuition qui était sur le point d'éclore. Il voulait être le premier à l'entendre. Rien de plus simple que de prendre par inadvertance un portable qui traîne sur une table et de le rendre un peu plus tard en feignant la distraction. Et voilà que j'étais coincée là, sans pouvoir appeler mon sauveur habituel, c'est-à-dire Jérôme, ni Borelli, qui n'était pas au bout de son propre portable.

Je ne pouvais pas attendre comme ça trop longtemps. D'abord, les gosses finiraient par craquer et par faire du bruit. Ensuite, je venais de réaliser qu'il était sûrement venu pour brouiller les pistes chez lui, pour supprimer les liens vers ses sites favoris et autres furetages, ce qui rendrait impossible toute exploration ultérieure sur son ordi, toute trace de ses recherches sur les diamants.

J'ai sorti mon grillon et j'ai composé le numéro d'Ismène.

– 74 –

Faites qu'elle décroche. Elle a décroché !

– Ismène Jourdain, j'écoute ?

Je me suis mise à chuchoter :

– Ismène, c'est moi…

– Allô ? Allô ?

– Ismène, c'est moi, Cricri…

– Allô ? Allô ?

Vraisemblablement, elle ne saisissait rien. Je l'ai entendue s'énerver, pester, injurier, et elle allait raccrocher quand j'ai gueulé, oublieuse de toute précaution :

– C'est moi, merde à la fin ! Tu fais chier, Ismène, lave-toi les oreilles de temps en temps !

Et je suis restée pétrifiée d'horreur.

La porte-fenêtre s'est ouverte en grand. Les gosses se sont mis à hurler de terreur pour jouer, comme si un monstre nous attaquait, ce qui a eu le don d'exaspérer encore plus Jérôme qui m'a regardée d'un air peiné :

– Cricri… Tu n'aurais pas dû. Qu'est-ce que tu fais là ? Rentre !

– Non ! Je rentre pas !

– Pourquoi ? Qu'est-ce que tu sais ? Allez, ne fais pas l'idiote.

Il avait une lueur mauvaise dans le regard. Comme

un sale gamin à qui on aurait arraché son jouet préféré. Une lueur de contrariété. De colère. De reproche. De déception. De résignation. De tristesse. C'est surtout cette dernière qui me faisait peur.

Je devais faire vite, très vite, pour rameuter la populace, tant que j'étais dehors, même si ce petit balcon ne donnait que sur une cour intérieure très peu fréquentée.

– Dommage. Je n'ai rien contre toi, tu le sais, au contraire… a-t-il dit.

Alors maintenant, comme ça, c'était : « Je n'ai rien contre toi » ? Elle était passée où, ma jolie romance ? Il avait disparu où, mon gentil amoureux transi ? Mon sauveur ? Dans quelle trappe ?

– Au secours, au feu ! À l'aide ! Au terrorisme !

– Ta gueule, Rosie, ça sert à rien, c'est trop tard.

Il a sorti un gros flingue de flic tout noir, tout luisant, tout neuf – enfin presque, parce qu'il avait déjà servi pour tirer sur Berger – de son étui.

– Arrête, Jérôme, tu ne vas pas nous tuer, quand même !

– Et tu en penses quoi, toi, Rosie ? Tu crois que j'ai envie de terminer ma carrière en taule alors que je l'ai à peine commencée ? Tu sais ce qu'ils font aux flics, en taule ? Merci, très peu pour moi. Tout ça pour une petite erreur, un accident malheureux, une négligence ?

– Quelle erreur ? Mais de quoi tu parles ? De ta bavure avec Berger ? Mais c'était pour me sauver, Jérôme !

– N'essaie pas de me tirer les vers du nez, Cricri, je les connais toutes, tes ruses à deux balles. Mais qu'est-ce que je peux être con ! Pour une question de timing ! Par esprit de perfectionnisme ! Je ne voulais pas laisser de trace ! Quel débile ! Une chance pareille ! Parce qu'une pétasse de banlieue veut jouer au détective ? Et tu l'estimes à combien, ta vie, Rose Maldonne ? Hein ? Et celle de tes lardons bâtards ? Cent mille euros ? Cinq cent mille euros ? Un million d'euros ? Cinq millions d'euros ? Hein, Rose ? Tu penses que tu pèses dans ma balance ? Tu penses qu'une chance pareille, je vais la laisser filer pour les beaux yeux d'une pute ?

Eh bien là, au moins, c'était clair. J'en prenais pour mon grade.

– Gros mot ! a dit Sabrina.

Il a éclaté de rire en me regardant. Mon dépit devait se lire sur mon visage.

– Allez, rentre bien sagement dans l'appart.

– Va te faire foutre ! Celui qui me donnera des ordres n'est pas encore né, corniaud !

Comme vous pouvez le constater, nous rivalisions de mots fins... J'ai respiré un grand coup pour me calmer.

– Jérôme... Jérôme...

– Arrête ! Qui ? Quoi ? Tu parles, tu parles sans me connaître. Tu voudrais tout savoir, hein ? C'est ça ?

– Je n'arrive pas à y croire. C'est toi qui...

– Je vais te le dire, moi, ce que j'attends de la vie ! Et ce que je suis prêt à faire !

– Non ! Non, Jérôme ! Arrête !

Je ne voulais pas qu'il continue à me parler. Dangereux, ça. Signe qu'il n'en a plus rien à foutre que je sache tout parce que de toute façon il va m'éliminer du terrain de jeu.

Mais il continuait :

– Ce con de Berger qui m'a vu avec eux ! Il ne se rendait pas compte qu'il avait signé sa condamnation.

Sa voix s'est cassée. Mais j'avais compris !

« Laaamaaa... Fiyaaa... Gaaagaaa... L'eau... » Ça devenait limpide : « La mafia, Gallo ! » Berger avait juste voulu donner cette info, sans rapport avec le petit Pierre.

Il avait sûrement vu Gallo traficoter avec les sbires de la mafia.

Il fallait que je lui dise que j'étais d'accord avec tout, que je le comprenais. Ça le calmerait peut-être ?

– Ça va, hein, espèce de conne ! Ne prends pas tes grands airs de bons sentiments ! T'as aucune idée de ce que je ressens, alors écrase !

Ça m'a fait démarrer au quart de tour :

– Salopard ! Parce que tu crois que ça m'intéresse, tes sentiments ?

Sabrina poussait des cris scandalisés chaque fois qu'elle entendait un mot un peu trop vert. Finalement, j'ai repris espoir car j'ai entendu quelqu'un gueuler :

– C'est pas bientôt fini, ce cirque, je vais appeler la police, si ça continue !

J'ai gueulé :

– OUI ! C'EST ÇA ! APPELEZ LES FLICS !

Jérôme a attrapé Sabrina et il lui a mis le flingue sur la tempe. J'ai cru que j'allais m'évanouir. Sabrina, quant à elle, ne perdait pas le nord.

– Méchant, toi !

– Ta gueule ! a dit Jérôme.

– Maman, il a encore dit un gros mot !

– Chut, ma puce, je lui ai dit tendrement. T'inquiète pas, c'est jamais les méchants qui gagnent.

– Ta gueule, toi aussi ! Rentre avec les gosses. Je n'ai plus grand-chose à perdre, Cricri. Si je dois être pris, autant que je vous flingue avant, comme ça je serai pas tout seul à trinquer, et j'aurai encore une chance d'inventer une belle histoire et de m'en sortir. Ça m'a toujours réussi jusqu'à maintenant. Et je vais pas moisir en taule à cause d'une petite conne ! Alors que je suis sur le point de devenir multimilliardaire.

– Tu parles d'un raisonnement, j'ai marmonné, morte

de frayeur pour ma grande, en rentrant à contrecœur dans l'appartement sans lâcher Sabrina des yeux.

– Qu'est-ce que tu dis ? Parle plus fort !

– Faudrait savoir, un coup tu me dis de fermer ma gueule, et deux minutes après, de parler plus fort ! T'es sûr que tu ne travailles pas un peu du chapeau, Gallo ?

J'essayais de le déstabiliser, espérant qu'il lâche Sabrina pour s'en prendre à moi.

– Fais attention, toi ! Ne me cherche pas, parce que ça ne traînera pas.

C'est là que Simon s'est mis à donner des coups de pied dans les tibias de Jérôme.

– Méchant ! Lâche-la ! Lâche-là ! Arrête de la faire prisonnière ! C'est MA copine !

J'ai crié :

– Attention à son pistolet, Simon !

– Moi aussi, j'ai un pistolet ! a crié Simon.

Et il a couru vers la cuisine. Pendant ce temps, Sabrina s'est mise à mordre le mollet de Gallo de toutes ses forces. Jérôme a poussé un cri et il lui a filé un coup de pied.

– 75 –

Oui. Vous avez bien lu. Il a frappé MA FILLE. *C'que j'veux pas / C'est qu'on se moque de moi / Oh ! Hé ! Hein ! Bon !...* Alors là, j'ai vu tout rouge et je lui suis rentré dedans de toutes mes forces. Un coup de boule dans le ventre. Et puis je me suis rappelé qu'il avait des couilles et je ne lui ai pas laissé le temps de récupérer. Je lui ai balancé un coup de talon dans les parties. Il s'est plié en deux en lâchant à la fois son flingue, qui a glissé sur le carrelage, et Sabrina, qui a couru dans mes bras en pleurant. Simon est arrivé avec un pistolet à eau et il s'est mis à arroser Jérôme copieusement.

C'était bien beau, tout ça, mais ça faisait un peu folklo. J'ai sauté sur le flingue, que j'ai réussi à saisir. Ça ne m'avançait pas à grand-chose, car je ne savais pas trop quoi en faire. Mais en tout cas, c'était plus lui qui l'avait. Et puis il suffisait de faire comme dans les films, non ?

Là, j'ai attrapé les jumelles et le petit Pierre, et j'ai poussé Sabrina en criant :

– Simon, vite, la sortie ! Il faut se barrer d'ici, allez, fissa les mômes !

On a couru vers la porte d'entrée. J'allais toucher la poignée quand on a entendu un bruit derrière nous.

C’était lui, bien sûr. Il nous rattrapait, tout dégoulinant, à moitié plié en deux.

Il s’est jeté dans mes jambes. Je suis tombée, et pour bien protéger les jumelles et le petit Pierre dans ma chute, j’ai été obligée de lâcher le flingue.

Il l’a immédiatement récupéré en ricanant bêtement.

– Ne bouge pas, Cricri, ou je tire…

J’ai éclaté de rire, parce qu’il était vraiment comique. Ce n’était pas de la frime, j’ai vraiment ri dans un moment pareil, mais faut pas oublier que je suis un peu frappadingue ! Les petits, qui avaient commencé à pleurer quand nous étions tombés, se sont arrêtés en me voyant rire.

D’ailleurs, c’est peut-être à cause de mon rire qu’il n’a pas tiré.

– Pourquoi tu ris ?

– Tu t’es vu ? Je te jure, t’as pas l’air fin ! Tu te crois où ? Dans *Kill Bill* ?

Pour ponctuer ma réplique, un chuchotement, de l’autre côté de la porte, s’est fait entendre :

– Ouvre, Gallo, c’est nous.

Jérôme a étouffé un cri de contrariété.

Je l’ai raillé :

– Décidément, ça ne va pas comme tu veux aujourd’hui…

Il m’a poussée du pied (j’étais encore par terre) et il a ouvert la porte.

Abruti et Crétin se sont faufilés rapidement dans l’appartement. Jérôme a jeté un bref coup d’œil sur le palier et il a refermé. J’en avais profité pour me lever. Sans les petits, qui se sont mis à se balader partout.

– Vous êtes venus faire quoi, là ? Je vous avais dit que je fixerais moi-même le rencard ! a craché Jérôme, contrarié.

– Oui, mais le Big Boss nous a envoyés en éclaireurs. Histoire de te servir de garde du corps. À toi et au colis. Au cas où. Pour tout dire, il a pas une grande confiance en toi. Il a pas tort, hein ?!

Jérôme a fait une grimace.

– T'es un beau salaud, mais t'as de bonnes idées, a dit Abruti. Au moins, grâce à toi, on va enfin pouvoir lâcher le Ruskof. C'est vrai, il est pas toujours marrant.

– Et pis il critique de trop, a dit Crétin. Mais il a du flair. Il se doute que tu veux le doubler. Il est assez fortiche dans son genre. Il veut qu'on t'ait à l'œil. C'est là qu'il fait une erreur, pas vrai, Gallo ?

C'est à ce moment qu'ils ont pris conscience que j'étais là, avec les enfants. Toujours aussi rapides, les mecs !

– Elle fait quoi ici, cette conne ?

Et toujours un mot gentil !

– Oh ! a dit Sabrina, outrée.

Avant que Jérôme ait eu le temps de répondre, j'ai dit :

– Je suis dans le coup, mon vieux. Maintenant il faut faire avec moi aussi.

– C'est quoi cette salade ? On n'avait pas dit ça !

– Mais mon p'tit gars, faut se réveiller ! Faut suivre ! Qu'est-ce que tu crois ? Qu'il te dit tout, le grand Gallo ? Il veut doubler ton boss avec vous deux ?! Ha ha ha ! Laisse-moi rigoler un bon coup ! Il veut doubler ton boss ET vous deux ! Avec moi ! Sa douce et tendre ! Ça fait quel effet ?

– Qu'est-ce qu'elle raconte, la pouffiasse ?

Décidément, j'en prenais pour mon grade depuis trop longtemps ce jour-là. La moutarde m'est montée au nez.

– Elle raconte que tu t'es fait eu. Eh oui ! Comme dans « Crac boum HUUUUUUUUE ! »

Je me suis mise à chanter :

– *Un piège tabou-ou / Un joujou extra… Crac boum huuue.*

Aucun rapport avec le message que m'avait envoyé ma mère, mais je devais accepter qu'elle aussi, elle pouvait se tromper.

– Ta gueule, a dit Jérôme.

– Quoi, qu'est-ce qui te prend ? je lui ai dit sur un ton offensé. Tu veux pas leur dire qu'on part avec le paquet ? Qu'on les efface ?

– Ta gueule, Rosie, ou…

– Ou quoi ? T'as la trouille d'eux, c'est ça ? Tu prépares des coups en douce, mais t'es cap que quand les gens sont pas là ?

– Qu'est-ce qu'elle raconte Gallo ? T'expliques ?

J'ai enchaîné :

– Vous voyez pas qu'il a la trouille ? Je vais tout vous dire, moi. C'est moi qui tire les ficelles depuis le début. J'ai apporté les diam's, c'est normal que je touche la galette ! Et comme lui c'est mon p'tit chéri, je pars avec lui. Normal. Vous êtes trop pas beaux pour faire partie du voyage.

Sabrina et Simon ont rigolé.

– C'est vrai que c'est ton petit chéri, maman ? a demandé Sabrina. Mais c'est un méchant ou un gentil ?

Pour ne pas répondre, je lui ai fait un clin d'œil.

Elle ne pouvait pas savoir que je disais n'importe quoi histoire de semer la zizanie, mais surtout de gagner du temps.

Juste à ce moment-là, quelqu'un a frappé à la porte. On a entendu la voix de Borelli.

– Gallo, t'es là ?

J'ai sauté au plafond. Sauvée par la cavalerie ! Enfin pas encore, mais presque.

Les autres se sont regardés d'un air paniqué.

J'ai crié :

– Ouais, il est là, et nous aussi ! Et les deux malfrats de la mafia ! Il est cinglé, Borelli, vous m'entendez ? Votre sous-fifre, là, le stagiaire !

Jérôme m'a filé une torgnole et les deux autres se sont mis à courir partout comme pour trouver une sortie.

Je pigeais rien à leur ballet.

Je me suis précipitée sur le verrou de la porte d'entrée.

Jérôme s'est jeté sur moi pour que je n'arrive pas à ouvrir.

Un coup de feu est parti dans le plafond, et on s'est tous pris du plâtre sur la tête. Décidément, Charlot aurait été content du scénario ! Un autre coup de feu. Cette fois c'était Borelli.

La porte s'est ouverte. Borelli est entré et s'est retrouvé en face de Jérôme qui pointait son arme vers moi.

– Bouge pas, Rosie, je t'ai à l'œil, a dit Jérôme. Chef, passez-lui les menottes. Elle fricote un gros casse avec ces deux-là.

Les deux en question se sont zieutés d'un air ahuri, pour changer. Soudain, ils ont foncé vers l'escalier en poussant tout le monde. Borelli, qui n'aime pas les bavures, ne leur a pas tiré dessus. Il a sorti un talkie.

– Cueillez-moi les deux zèbres qui vont déboucher dans le hall d'entrée, il a dit dans la petite boîte qui crachotait.

– Borelli, faites-lui écarter cet engin, je ne suis pas rassurée, j'ai demandé.

Borelli a fixé Jérôme.

– Pose ça, Gallo. T'es cuit, de toute façon.

– Mais qu'est-ce que vous dites, chef ? Attention, elle vous embobine, là.

– Te fatigue pas, on sait tout. Enfin presque.

Borelli lui a donné un grand coup de crosse dans la

main, proprement. Le flingue de Jérôme est tombé à terre. Jérôme aussi. Il se tordait de douleur. Borelli lui a sauté dessus et l'a ceinturé.

– Putain, Borelli, tu m'as fait mal, con !

– Ah oui ? a juste dit Borelli, en faisant un clin d'œil à Sabrina.

Il lui a mis rapidement les menottes et s'est assis sur son dos.

– Tiens, petite, il a demandé à Sabrina qui était aux premières loges, passe-moi le Scotch qui est là.

Sabrina lui a donné le gros rouleau de Scotch de déménagement qui était posé sur le guéridon de l'entrée.

Borelli a saucissonné les pieds et les genoux de Jérôme, sous le regard intéressé de Sabrina et de Simon, et il s'est enfin relevé. Puis il a demandé à Jérôme :

– Au fait, t'aurais pas vu mon portable ?

– Vous voulez le mien ? je lui ai proposé.

Il a pris mon grillon préféré, a ameuté toute la flicaille du coin, et on a attendu calmement qu'ils arrivent.

Je zappe les détails de procédure. Ils ont tout passé au peigne fin : les trois malfrats (je compte Jérôme dedans), l'appartement, les véhicules de tout le monde.

Ils n'ont jamais retrouvé les diamants.

Finalement, Borelli nous a raccompagnés à la maison.

En nous déposant, il a sifflé d'admiration devant notre caravane Ambassador :

– Ça en jette, Maldonne ! Attention à ne pas prendre des goûts de luxe !

J'ai marmonné, fataliste :

– Trop tard !

Il a ajouté :

– Les petits doivent être crevés. Vous viendrez faire votre déposition demain, quand ils seront à l'école.

On lui a tous fait au revoir avec la main quand sa

voiture s'est éloignée. Pour amuser les enfants, il avait mis son gyrophare. C'était presque comme Noël.

On n'a pas eu le courage de se laver dehors, alors on ne s'est pas lavés du tout. On s'est couchés, flapis, après avoir grignoté un bout de baguette rassie.

Jeudi

Vous vivez seule ici ?

– 76 –

Le lendemain, on était à la bourre. J'ai rapidement débarbouillé les enfants à la pompe, et je les ai emmenés à la crèche et à l'école, mais je ne me sentais vraiment pas en forme. Je transpirais, j'avais mal à la gorge, et tous les muscles en chewing-gum. Pourtant je n'arrivais pas à m'enlever cette chanson du crâne : *C'est si bon / De partir n'importe où / Bras dessus, bras dessous / En chantant des chansons…*

En rentrant, je me suis couchée en pensant que je n'avais pas regardé sous la caravane pour voir si Benjamin m'avait laissé les outils pour faire mon branchement illicite.

J'ai à peine eu le temps de laisser un message à Borelli pour lui expliquer que j'étais malade. Je ne pouvais pas me rendre au commissariat pour faire ma déposition.

En m'endormant, ça swinguait dans ma tête, le contraire de ce que je ressentais : *C'est si bon / De se dire des mots doux…*

Je me suis réveillée transpirante, et avec encore plus mal à la gorge, sûrement quarante de fièvre, juste à temps pour aller chercher les enfants, vers quatre heures. En marchant à pas pressés, dans la rue, je battais le rythme de : *C'est si bon / Ces petites sensations…*

Revenue dans mon *sweet home*, j'ai enfin pensé à écouter mes messages. J'en avais un paquet sur mon répondeur.

Le premier était de Véro, de l'hôpital. Elle avait tout appris de la bouche de Borelli, elle sanglotait et me demandait si je pouvais encore garder ses deux garçons quelque temps car il lui avait été fortement conseillé de faire un petit séjour en HP. Elle disait qu'elle ne se pardonnerait jamais ce qui était arrivé à Pierrot. Encore son délire de culpabilité.

J'ai discuté ensuite un moment avec Borelli au téléphone, car il avait tenu à m'appeler pour me dire que Jérôme était en garde à vue pour l'instant, mais qu'il serait sûrement inculpé et envoyé en détention provisoire.

Le collier de diamants, pièce à conviction centrale, n'avait pas été retrouvé, ce qui faisait une preuve en moins contre Jérôme. Mais, premièrement, il y avait des témoins à sa violence, et il y avait aussi l'enquête sur sa « bavure » qui suivait son cours… et qui allait révéler pas mal de choses.

Le témoignage de Luc Berger, qui avait parlé de Jérôme mêlé à la mafia, ça n'allait pas très loin, mais en creusant, ça donnerait peut-être du consistant ? Et Abruti et Crétin avaient déjà commencé le grand déballage.

En raccrochant, je me suis demandé où ce petit con avait réussi à planquer les diamants. Mais même en cherchant bien, j'aurais eu du mal à faire mieux que les flics !

J'ai aussi appelé Gaston, et Ismène. En fait, ils étaient ensemble. Ismène avait pris un jour de congé et ils avaient décidé de faire un tour au musée d'Arts asiatiques. Gaston voulait voir la cérémonie du thé, un truc comme ça. Il m'a fait jurer de venir le lendemain chez lui pour qu'il puisse tout me mimer en détail.

Plus tard, j'ai emmené les enfants chez Mimi pour qu'on se lave, et pendant que les petits barbotaient à cinq dans la baignoire (fallait voir l'état de la salle de bains après !), Mimi n'a pas pu s'empêcher de me poser plein de questions et j'ai été obligée de tout lui raconter.

Plus tard encore, avec les gosses, on est rentrés tout doucement. J'allais à tous petits pas et je me sentais encore flagada. *C'est si bon / Ces petites sensations…*

Je me suis rendu compte que j'avais oublié de faire des courses. Mais il y avait une bonne surprise : eau et électricité à tous les étages ! Mon pote Benjamin était passé. Ses outils n'étaient plus sous la caravane.

Il avait dû en avoir besoin et, comme il avait aussi dû constater que je n'avais pas eu le temps de m'en occuper, il l'avait fait.

J'ai appelé pour le remercier. Discrètement, faut pas laisser de trace. Ça a donné à peu près ça sur son répondeur :

– Allô, Benjamin ? C'est moi, Cricri. J'ai vu que t'étais passé à la maison. T'es un as pour les cadeaux ! Merci ! À plus !

Au moment où on allait ressortir pour acheter des sandwichs, on a entendu un bruit de moteur. Simon a regardé et il a dit :

– Un camion pizza !

– Ça alors ! Ça tombe bien, j'ai dit. On n'avait justement rien à manger. On va se faire des pizzas. C'est chouette !

On a frappé à notre porte. J'ai ouvert sur un type, un rouquin, avec des cheveux tout bouclés, tout mignon, qui avait l'air d'une fille, sauf qu'il était mal rasé. Le genre canaille. Pas plus de vingt-cinq ans.

– Bonjour !

Il avait commencé à parler avant que j'ouvre la porte, mais quand il m'a vue il a poussé un long sifflement d'admiration ! J'ai rigolé, parce qu'il avait l'air vraiment comique.

– C'est mon coquard qui vous fait siffler comme ça ?

– Pas seulement !

– Vous voulez quoi ?

– Je voudrais m'installer ici de temps en temps pour vendre mes pizzas, mais j'ai vu votre caravane – super classe entre parenthèses. Je suis déjà passé avant-hier, vous n'étiez pas là. Dites, ça vous dérange si je m'installe des fois ici pour vendre ?

– Mais pas du tout ! Au contraire, j'adore les pizzas, et aussi les odeurs qui vont avec. Et puis vous savez, le terrain, il ne m'appartient pas, hein ! Alors...

– C'est sympa ! Vous vivez seule, ici ?

– Ouais, pourquoi ? Enfin… avec mes gosses !

– Vous êtes drôlement courageuse. Ils sont vraiment mignons ! Bon allez, je vais mettre le four en route.

– J'ai justement rien à manger pour ce soir, vous pouvez me faire trois pizzas ?

– Allez ! C'est parti ! Vous les voulez à quoi ?

– Deux reines pour les petits et une chorizo pour moi.

– C'est comme si c'était fait !

Après, il a eu plein de clients toute la soirée. Il m'avait fait mes pizzas en premier, on les a mangées et j'ai couché les gosses.

En rangeant leurs affaires, je suis tombée sur le sachet en plastique de Sabrina avec toutes ses poupées. Un collier brillant est tombé par terre. Je l'ai ramassé. C'était lourd. Sabrina me suivait des yeux. Je l'ai regardée. Elle m'a dit :

– Z'ai récupéré mon collier de princesse, maman.

– J'ai vu ça ! Comment t'as fait ?

– Ze l'ai repris dans la poche de ton chéri policier.

Tu te rends compte, maman ? Un policier qui vole les petites filles, c'est pas correc'.

J'ai souri.

– T'as raison, d'ailleurs c'est pas mon chéri. Je faisais semblant pour mieux l'attraper. Et t'es sûre qu'il t'a pas remarquée au moins ?

– Ze suis pas idiote !

– Et on va faire quoi, maintenant, avec ça, hein ? Tu sais qu'il va falloir le rendre ?

– C'est oblizé ?

– Oui, je crois bien. La question c'est : à qui ? Et comment faire pour gagner le Loto avec ?

– On peut gagner le Loto avec un collier de princesse ?

– Ça peut le faire ! Parfois ! Je vais y réfléchir. Et peut-être que mamie va m'envoyer un message cette nuit pour m'aider. En attendant, garde-le dans tes affaires.

– D'accord.

– Allez, bonne nuit, ma puce.

– Bonne nuit, maman, ze t'aime.

Plus tard, j'ai pris deux aspirines, trois vitamines C, et je suis passée voir le type du camion pizza pour discuter un peu et lui offrir un café. Il s'appelait Gabriel.

Je ne sais pas comment il a réussi son coup, mais en deux temps, trois mouvements il m'avait emballée et pesée, et après avoir fermé son camion pizza vers onze heures, il s'est retrouvé bien au chaud, à poil, sur ma couchette personnelle. *Ces petites sensations / Ça vaut mieux qu'un million / mh mh mh…*

Cette nuit-là, je n'ai fait aucun rêve.

Vendredi

Pas de patron pour Rosie Maldonne

– 77 –

Vers quatre heures du matin, mon rouquin est parti sans faire de bruit avec son camion pizza. J'ai pu m'étaler sur ma couchette jusqu'à pas d'heure. Je sais, c'était vendredi et il y avait école. Mais, pour une fois, on avait bien le droit de faire un peu l'école buissonnière !

Juste avant de me rendormir, je me suis vaguement demandé si je n'avais pas imaginé l'épisode Gabriel.

Quand je me suis levée, vers dix heures, j'avais envie de valser, de sautiller, de tourbillonner, sur cette mélodie euphorisante : *You are the one for me, for me, for me, formidable…*

Aznavour, il y a pire pour commencer la journée ! On a fait un super déjeuner dehors, au soleil. Je regardais les enfants jouer en sirotant mon café serré et en cogitant. Je suis comme ça, impossible d'arrêter la machine dans ma tête.

Le boulot pour le Russe, j'allais refuser. Avec la Mamma, on sait quand on y entre, mais est-ce qu'il y a une porte de sortie autre que les pieds devant ? Et puis j'aime bien mon indépendance.

Pas de patron pour Rosie Maldonne. Telle est ma devise.

Enfin faut voir… Parce que en réfléchissant un peu

plus encore, j'étais obligée de constater que je n'étais pas vraiment sortie de l'auberge. « Revenue au point de départ » aurait été l'expression exacte. Car mis à part un collier de diamants qui me paraissait assez difficile à négocier, j'en étais à : pas de tune, pas de boulot et des bouches en plus à nourrir !

Mais il fallait bien reconnaître qu'avec la caravane Ambassador j'avais changé de statut social ! J'étais passée de k-sos à reine des forains. Pas mal, même si ça mettait pas forcément du beurre dans les épinards !

J'ai récapitulé tout ce que je devais faire les jours à venir :

- Écrire à la DDASS pour Léo.
- Trouver un moyen de négocier les diamants, histoire de récupérer un peu de tune.
- Et écrire un poème qui taperait dans l'œil d'une star du show-biz.

Parce que l'histoire de Gaston, avec Madonna, c'était pas tombé dans l'oreille d'une sourde !

Remerciements

J'ai rencontré Rosie Maldonne il y a quelques années déjà. Elle est venue me rendre visite un jour où j'étais au bout du rouleau, apportant dans son bagage les fragments qui la composaient, qui lui venaient des femmes que j'avais croisées dans ma vie, femmes de chair ou de fiction, ordinaires ou ancrées dans l'action, héroïnes de leur quotidien. Avec son caractère pragmatique, sa bonne humeur, son innocence, son courage et sa force de survie, elle m'a injecté jour après jour, à chaque rendez-vous d'écriture, des moments d'évasion salvateurs et pleins de rires. Elle m'a redonné la pêche. Merci Rosie.

Une fois terminé, le roman a vécu bien des rebondissements.

Je voudrais donc remercier les personnes qui l'ont aidé, durant ce cheminement inhabituel et parfois chaotique, à voir enfin le jour dans une vitrine de librairie, ce qui est encore la destination suprême vers laquelle tendent les romans.

Par ordre chronologique, tout d'abord merci à Christian Godefroy, c'est grâce à lui que j'ai réussi à publier la première version du roman en numérique. Sans lui, rien ne serait arrivé. Il nous manque.

Merci à son successeur Cyril, pour son aide persistante.

Au passage, merci aux membres du KBSClub, leur esprit de solidarité, d'échange et leur expertise m'ont bien aidée pour la couverture et le titre de cette première version.

Merci à Éric Nicolas du blog La plume autonome et à tous les Plumos, pour leur ferveur et leurs smileys qui donnent du punch.

Et merci aux forums et autres réseaux auprès de qui j'ai souvent puisé réconfort et soutien pour continuer à avancer.

Merci à Tim pour ses lumières en informatique, d'une patience infinie.

Merci à Alain Evin pour sa générosité.

Merci à Catherine de Palma pour sa loyauté à toute épreuve, son talent de lectrice avertie et gourmande, et ses remarques bienveillantes.

Merci à Valérie pour sa bienveillance et ses dons exceptionnels à sonder l'esprit humain.

Merci à mon équipe de graphistes à quatre mains, Aurélie et Charlotte, talentueuses jeunes femmes séparées par une mer mais travaillant à l'unisson, qui ont aidé Rosie à se faire remarquer parmi des dizaines de couvertures attractives.

Merci à Lionel pour son soutien effectif sur plusieurs fronts et nos aventures partagées depuis longtemps, qui a encore répondu présent quand la machine s'est emballée (dans le bon sens).

Merci à Julien, mon premier lecteur et critique avisé et pertinent, pour son action efficace et enthousiaste à mes côtés.

Merci chez Amazon à Marie-Pierre, Maura et surtout

Anne-Laure, qui tendent la main aux auteurs indépendants avec sollicitude et énergie.

Merci à Laurence, Denis et Myriam grâce à qui j'ai pu vivre le plaisir de donner ma voix à Rosie dans un livre audio.

Et puis une rencontre particulière a permis à Rosie d'accéder au bonheur d'une édition de librairie, merci à Florian. J'ai trouvé avec lui plus qu'un éditeur : un interlocuteur.

Merci à Michel Lafon pour avoir tenté l'aventure avec tout ce qu'elle avait de novateur.

Merci à Marion pour son regard acéré sur les détails et les incohérences. S'il en reste dans le roman, j'en suis la seule responsable.

On demande souvent à un auteur quelles sont ses sources d'inspiration ; outre ma mauvaise éducation qui me fait souvent me chauffer de tout bois en écoutant aux portes de la vie bruissante, dans les cafés, les autobus, les faits divers, les confidences ou les rumeurs, je me sens pleine de gratitude pour tous les écrivains et les cinéastes qui abreuvent ma soif d'évasion et qui s'amalgament dans ma tête. Pour ce roman plus particulièrement, merci à Donald, Lisa, Lawrence, Carl, Jonas, Jerome K., Brigitte, Helen, Catharina, Katarina, Arto, Douglas, David, Carl, Sue, Alan, Evelyn, Kate, Andrea, Tonino… J'en oublie, bien sûr ! Sans vous, ma vie serait bien fade.

Merci aux chanteurs qui ont prêté leur talent aux messages nocturnes de la maman de Rosie : Michel, Charles, Nino, Marcel, Alain, Jacques, Eartha ou Louis.

Merci à toute ma famille : père, mère, frères et sœurs, enfants, neveux, nièces, cousins, cousines, belle-famille, c'est grâce à eux que l'esprit smala de la famille Maldonne s'est au fil des ans insinué en moi, et merci à mes chats qui m'ont permis de façonner Pastis. Merci à mon compagnon du quotidien qui me supporte depuis longtemps dans les deux sens du terme…

Comme ces temps-ci le passé refait surface dans ma vie, et mes vies antérieures me rattrapent, merci à mes chers amis disparus trop tôt dont le souffle me porte toujours et qui sont partout avec moi : Thierry, Fred, Parviz, Bruno, Jean-Claude, Humbert, René…

Un très grand merci à tous les amoureux de romans légers, ceux qu'on lit pour aller mieux, pour sourire un peu, pour avancer plus facilement.

Et merci aux lecteurs sur liseuse numérique. Ces pionniers qui ont choisi par amour du livre de lire sans livre, et ont aimé autant que moi ma Rosie, au point d'en faire le numéro un des ventes numériques en France en 2013.

Ce sont ces lecteurs qui ont fait basculer Rosie de l'autre côté du miroir.

Références musicales, dans l'ordre d'apparition du livre :

Michel Polnareff, « Y'a que pas pouvoir qu'on peut », *Incognito*, RCA, 1985.

Michel Polnareff, « Love Me, Please Love Me » (paroles de Franck Gérald), *Love Me, Please Love Me*, Disc'AZ, 1966.

Charles Aznavour, « Emmenez-moi », *Entre deux rêves*, Barclay Records, 1967.

Nino Ferrer, « Le Téléfon », *Les Petites Jeunes Filles de bonne famille*, Riviera, 1967.

Michel Polnareff, « Tout, tout pour ma chérie », Disc'AZ, 1969.

Charles Aznavour, « La Mamma » (paroles de Robert Gall), *La Mamma*, Barclay, 1963.

Michel Polnareff, « On ira tous au paradis », *Polnarévolution*, Disc'AZ, 1972.

Nino Ferrer, « Les Cornichons », *Je veux être noir*, Riviera, 1966.

Marcel Mouloudji, « Tout fout l'camp », *Faut vivre*, Disques Mouloudji, 1972.

Nino Ferrer, « Je vends des robes », *Agata*, Riviera, 1969.

Alain Souchon, « Y'a de la rumba dans l'air », *Jamais content*, RCA, 1977.

Nino Ferrer, « Oh ! Hé ! Hein ! Bon ! », *Je veux être noir*, Riviera, 1966.

Jacques Dutronc, « Les Play-Boys » (paroles de Jacques Lanzmann), *Et moi, et moi, et moi*, Disques Vogue, 1966.

Louis Armstrong, « C'est si bon » (paroles d'André Hornez), Decca Records, 1950.

Eartha Kitt, « C'est si bon » (paroles d'André Hornez), 1953.

Charles Aznavour, « For me… formidable », *Qui ?*, Barclay, 1963.

Composition PCA
44400–Rezé

Imprimé en Espagne
Dépôt légal : janvier 2015
N° d'impression : 01
ISBN : 978-2-7499-2506-6
LAF : 1981